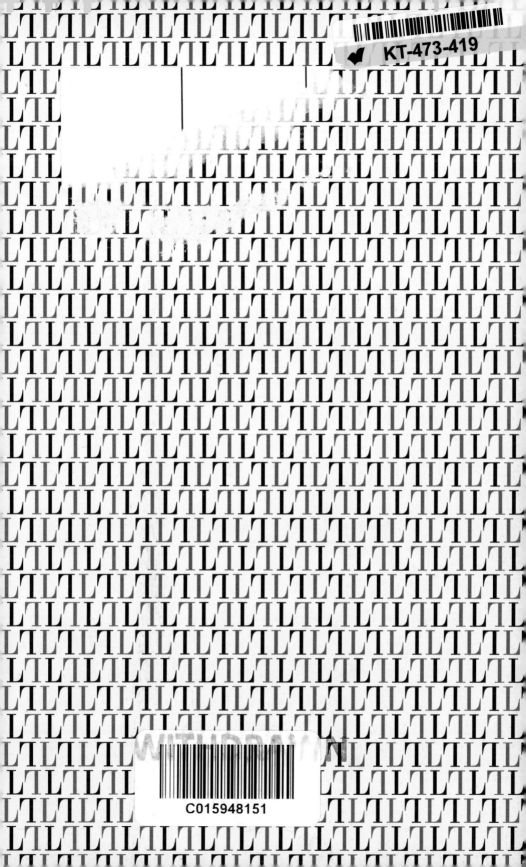

Los días iguales de cuando fuimos malas

Los días iguales de cuando fuimos malas

Inma López Silva

Lumen

narrativa

Primera edición: enero de 2017

© 2017, Inma López Silva
© 2017, Penguin Random House Grupo Editorial, S.A.U.
Travessera de Gràcia, 47-49. 08021 Barcelona

Versión castellana a partir del original gallego de la novela
Aqueles días en que eramos malas

Printed in Spain – Impreso en España

ISBN: 978-84-264-0341-4
Depósito legal: B-17.401-2016

Compuesto en La Nueva Edimac
Impreso en Egedsa
Sabadell (Barcelona)

H 4 0 3 4 1 4

Penguin
Random House
Grupo Editorial

A Pablo

El sabor de las cerezas

Amor, cuando estaba en la cárcel lo único que quería era que pasasen los minutos y que la sensación de relojes parados se marchase al ritmo del cumplimiento de la condena. Ahora que eso ya ha pasado y el tiempo corre, siempre tengo miedo de que el teléfono suene estrepitosamente y me anuncie tu muerte. Puedo, como me dices siempre, ahuyentar fantasmas escribiendo esta novela que ya tarda. Solo que tú no sabes que hace años que no soy capaz de escribir ni una línea, así que todo lo que salga a partir de ahora, durante este tiempo asqueroso en el que escribo, no será más que basura. Verás.

Ya te dije un día que me obsesionan los accidentes de tráfico. Te reíste de mí y ahora así me va. En realidad, sabía que tener un móvil al que avisar en caso de accidente me condenaba de nuevo y me ataba a la preocupación por ti mucho más que el contrato matrimonial. Y ahora aquí me tienes, sin saber si es mejor encender la radio y adormilarme entre tertulias matinales que siempre integro en sueños absurdos o dejarme llevar por estas palabras agobiantes, escribiendo de cualquier manera, mientras tú conduces. Mientras trabajas. Mientras coges el coche, te vas y me dejas sola, pensando que puedo escribir como antes. Mientras estás lejos de mí creyendo que estoy sana y que soy buena.

Ahora tengo la suerte de saber a ciencia cierta que el tiempo siempre pasa. En realidad, aprendí por fin que todo pasa, como pasaron los días iguales en los que de verdad existía el peligro de que los relojes se parasen solo para mí. Si mientras estás fuera no llaman, podré vivir en paz hasta mañana. Y será así el resto de nuestra vida, hasta el día en que te mueras. O en que muera yo.

Por las tardes esto no me sucede. Después de comer, la angustia se me olvida, e incluso me siento algo culpable cuando pienso que debería estar preocupándome, como por las mañanas, y me entero de que ya es tarde, de que ya debes de estar de vuelta, que el peligro ha pasado mientras yo atendía otras cosas que no eran tú. Por las tardes hasta dejo el teléfono en el bolso mientras conduces. La angustia es matinal, y la culpabilidad, vespertina.

Si consiguiese dormir, a lo mejor no pensaría en estas cosas, pero los números fosforescentes del reloj presionan como el cronómetro de la cuenta atrás de una bomba. Es así como me siento, amor: como una artificiera a punto de volar por los aires si el teléfono suena y me dicen que has muerto. Porque un día me dijiste que preferías morir antes que yo, ¿te acuerdas? Es difícil convivir con la certeza de que quieres morir primero y me dejarás.

Tampoco creo que la solución esté en invertir la espera escribiendo esta historia que habla del tiempo anterior a la vida contigo. Me he secado. Por supuesto que no tenías ni idea, pero las verdades y mentiras se me quedaron enganchadas a las rejas de la prisión en un tiempo anterior a ti que ni siquiera imaginas.

Cómo se parece la palabra prisión a presión. Prisión. Presión. Presión. Prisión. Si las repites muchas veces, las dos dejan de tener sentido. Es curioso. Lo mismo te pasa cuando vives rodeada de ellas, en la cárcel. Por las mañanas siento la presión no solo de que mueras, sino de que me avisen de que has muerto, y quedarme así, aprisionada en tu ausencia insoportable. Que escriba dices, que me dedique a lo mío en esta hora en la que solo pienso en tu muerte. ¿Y qué se escribe cuando la cabeza únicamente está llena de angustias?

Suena el timbre del teléfono. Me detengo. Respiro. Miro el reloj. Puede ser. Reúno valor. Sigue sonando. Pero se detiene antes de que lo coja, y yo escribo, mi amor, porque tú me lo pides.

Aquí tienes.

Cuando no llevan puestas las chaquetas, los funcionarios de prisiones van vestidos de gris. *Silver grey* se llama, por lo visto. De buenas a primeras, parecen repartidores de refrescos u obreros de la construcción, pero después, si te fijas bien, tienen toda la pinta de simples carceleros. En realidad, no existe una manera agradable de mirarlos, y ellos, por lo general, tampoco nos miraban a las internas como se mira normalmente a las personas. Hay algo extraño, un navegar entre el miedo y la condescendencia, en el trato entre funcionarios y reclusas. Siempre creí que, mientras oposatan, aprenden a no vernos como a mujeres y así poder practicar con nosotros una especie de trato administrativo, distante, ideado para que pienses que sentirte despreciada no es más que una ilusión personal tuya, causada sobre todo por los años de presidio.

Lo cierto es que en el aire de la cárcel todas dábamos asco. Todas. Aunque nadie fuera del todo culpable ni del todo inocente, era evidente en todos y cada uno de los rincones de aquellas paredes que jamás podríamos volver a vernos ni del todo limpias ni del todo sucias. Para los funcionarios no éramos más que eso, presas, aunque nos llamasen internas. Los que tenían veleidades psicoanalíticas quizá nos veían como presas de nosotras mismas, de nuestras vidas desgraciadas, de nuestras infancias tristes y mutiladas, presas incluso de este mundo en el que alguien nos había metido, pobrecitas de nosotras. Pero la mayoría de ellos nos veían simplemente como reclusas por concurso público, personas que es mejor tener lejos, como cuando decides cambiarte de acera porque unos adolescentes camorristas se van a cruzar contigo y tu carrito de bebé. Y sí, es cierto que no éramos más que mujeres sin vida allí dentro, y solo deseábamos que el tiempo pasara cuanto antes para salir, que aquellos años se convirtiesen en un paréntesis para poder comportarnos algún día como si todo aquello no hubiera ocurrido nunca.

En la hora de la siesta, acostada en el catre con la radio encendida, yo fantaseaba con la idea de cruzarme algún día en la calle con alguna de las compañeras y hacer como que no la conocía, como si no fuésemos una especie de familia mal mirada, como si nunca nos hubiésemos visto llorar ni conociéramos nuestros nombres, o los nombres de aquellos que nos la metieron cruzada y nos lanzaron de cabeza a perder una parte de nuestras vidas en ese paréntesis. Eso me ayudaba a llegar a la hora de la cena sin querer morirme.

Paréntesis como un empacho de cerezas.

Antes de escribir este libro, amor, voy a contarte que los veranos larguísimos en casa de mis abuelos los pasaba jugando al escondite con mis primos, a pesar de que siempre me hacían trampas. Daba igual quien contara, y daba igual que fuera una tortura ponerme a contar a mí porque solo me sabía los números hasta veinte, treinta, si le ponía mucha atención: se las apañaban siempre para ser ellos los que se escondían y yo quien los buscaba. Sigo pensando que lo hacían porque, además de la más pequeña de todos, era niña. Y yo siempre caía en la misma trampa y siempre sentía la misma mezcla de ira y pena cuando me veía buscándolos una y otra vez como una idiota, llamándolos, metiéndome en agujeros llenos de bichos, montando guardia delante de la pared del garaje donde se contaba y enterándome, mucho tiempo después, de que no vendrían porque ya habían salido de sus escondrijos y estaban jugando a otra cosa sin mí desde hacía un buen rato.

Un día coincidieron dos acontecimientos importantes. Uno: decidí rebelarme. Y dos: descubrí el escondite perfecto en un cerezo que había en las lindes de la inmensa finca de mis abuelos. Allí subida, nadie podría encontrarme, así que trepé y trepé hasta acomodarme en una rama ancha, bien camuflada por las hojas del árbol, y me puse a comer cerezas esperando ver pasar a mis primos escondiéndose de mí. Allí arriba, decidí categóricamente que no me encontrarían jamás y que no bajaría hasta que los oyera llorar ante sus madres por haberme perdido en lugar de cuidarme. No fue un acto de protesta, como el barón rampante que subió a un árbol y luego no quiso bajar más. Fue un simple acto de venganza en el que aprendí a ser mala y a sentir placer.

Mientras piensas en ser cruel, amor, no fracasas. Y da gusto.

Nunca comí tantas cerezas, ni tan buenas, tan dulces, tan gustosas. Cerca de mí, un pájaro me miraba desconcertado, como si tuviera miedo de quedarse sin sustento. Si alzaba la vista, podía ver retales de cielo entre las cerezas y las hojas. Allá abajo, el tronco de cortar la leña y el hacha clavada como estaba siempre. Lo recuerdo así, el tronco bajo el cerezo, y cierto miedo a caerme encima del hacha que me amenazaba con su filo goloso. Suspiraba y todo me sabía a una extraña libertad de cerezas y calor. Y pasé así mucho tiempo, entre el hacha y las cerezas.

¿Me habrían hecho lo mismo mis primos si hubieran sabido que un día sería una convicta? ¿Si hubieran imaginado, aunque solo fuera de lejos, la bestia que yo llevaba dentro? Aún no habían comenzado las miradas furtivas, los silencios telefónicos, ni el hacer como si no supiesen quién era yo. Entonces no éramos más que niños, todavía no había muerto ninguno de nosotros, ni habíamos perdido una pizca de inocencia, y no imaginábamos que el futuro fuera a venir como lo hizo.

Estuve en aquel árbol comiendo cerezas esa tarde entera, hasta bien entrada la noche. Hasta que mi abuela, después de que todos mis primos fueran pasando a cenar los macarrones gratinados que siempre mantenía calientes en el horno, se dio cuenta de que faltaba yo, y, claro, le entró ese afán sosegado que solo existía en aquellos tiempos en que una abuela nunca pensaba en la posibilidad de que alguien tuviera el más mínimo interés en raptar a una niña.

Después de castigar e interrogar por ese orden a mis primos, salió a la finca voceando mi nombre. Primero lo oí muy lejos, diminuto, pero luego fue un golpe de voz a mi lado, ¡Inma!, que me arrancó de aquel paréntesis de soledad y libertad lleno de cerezas. Por un rato especulé con la posibilidad de callar y quedarme allí para siempre, pero ver a mi abuela mirándome desde abajo muy muy pequeña, allí, tan cerca del tronco y del hacha, hizo que sintiera de pronto el vértigo y el dolor de estómago que no había tenido durante toda esa tarde en que, a los cinco años, me sentí más libre y poderosa que nunca.

—Venga, baja, que hay macarrones.

En ese momento me dio una punzada en el estómago.

—Es que no sé bajar…

—A tus primos un día de estos los machaco.

Entonces desapareció en la negrura de la noche. En cuanto dejé de verla comencé a sentir de repente el miedo, el mismo miedo que sentí tantas noches después en la cárcel desde la primera vez que se cerró a mis espaldas la puerta de la celda. Un miedo que se mezcla con orgullo, con hambre, con incertidumbres y con idiotez. «Abuela…», quise gritar, pero no me salió más que la vocecita leve que cabe por las rendijas de un nudo hecho con las cuerdas vocales. Y tragué saliva que mantenía aún el sabor dulce de las cerezas.

Juraría que pasaron horas hasta que la abuela Rocío apareció con una escalera de madera y una linterna. La apoyó en el cerezo y, gruesa como era ella, empezó a subir escalón tras escalón, pesadamente. Si no hubiera llevado la linterna en la boca, quizá me habría dicho algunas palabras de cariño, o más probablemente un reproche. Al verla subir, comencé a temer por la solidez del cerezo. ¿Podría con las dos? La escalera no alcanzaba hasta donde estaba yo. Al llegar al penúltimo escalón, la abuela puso la linterna en el bolsillo del delantal.

—Ahora tendrás que hacer tú un esfuerzo. Esas ramas pueden contigo pero conmigo no, así que, con mucho cuidado; yo te alumbro con la linterna y tú vas poniendo los pies en estas ramas de aquí como si fueran una escalera, hasta que estés cerca.

—¿Me vas a agarrar?

—Sí.

Y abrió unos brazos que en aquel momento me parecieron enormes.

—Me duele la barriga.

—No habrás estado comiendo cerezas todo este tiempo…

—Sí…

—¿Con el hueso?

—Con el hueso.

—Pues venga, baja poquito a poco y cuando entremos en casa, preparamos manzanilla.

—¿A ellos les vas a dar manzanilla?

—Lo que les voy a dar a ellos es un castigo para todo el verano. Venga, baja.

Y así, pensando en el castigo a mis primos y en la manzanilla con mucho azúcar que me esperaba sobre el mármol de la cocina económica, fui cerrando aquel paréntesis de cerezas, vigilando con el pie si la rama que iba a sostenerme podría con mi peso de niña de cinco años. En cuanto pudo, mi abuela me cogió con sus brazos gruesos y me ayudó a apoyar los pies en la escalera.

—Ahora ya es mucho más fácil, ¿verdad que sí? —me dijo mientras íbamos bajando las dos poco a poco. Era más fácil, y, sin embargo, sentí que algo de mí se quedaba en aquella tarde de vivir en un árbol con los pájaros y los pedazos de cielo entre las hojas.

Oigo el radio-despertador. Ha pasado esta primera hora de escribir como me pides, amor, y ahora siento alivio porque ya puedo parar. Me aseguro de que el teléfono no ha sonado otra vez sin que yo lo haya oído y me levanto a mirar la calle desde la ventana. Nunca pensé que tendría esta vida que parece fácil, cómoda y sencilla, como si yo fuese una de esas mujeres que no ocultan nada. Incluso el teléfono, tranquilo, empieza a parecerme inofensivo.

Y tú, amor, has sobrevivido por hoy.

Vigo

Para Margot, vivir en Vigo es desaprovechar el mundo un poco. Además, no se le va de la cabeza el día que encontró a aquella asesina ahorcada en la celda. Quitando esas dos obsesiones y un gran amor, siempre dejó correr la vida como si nada, en un ir y venir de días en los que la cárcel es el descanso de los veinte euros por chuparla, treinta por un polvo. Además, no se llama Margot, evidentemente, pero el nombre la precede como un estandarte, y contra eso no hay nada que hacer. Margot es Margot, una institución del Berbés.

El día en que con quince años Margot descubrió que en París también había un Berbés, soñó con ir allí. Intentó aprender algo de francés, más allá del consabido beso, y al mismo tiempo que las conjugaciones y todo lo que le ocurrió hasta convertirla en puta, decidió que su vocación era ejercer allá. En realidad, ese fue su único sueño, y no se cumplió nunca. Se quedó de puta en el Berbés, con ese nombre pretencioso que siempre le recuerda su sueño incumplido, como tantas otras cosas. Eso sí, si se lo piden, tiene un estilo tremendo cuando suelta frases en francés, con acento incluido. Es el sello de la casa, y gracias a eso tiene algún cliente fijo que le permite vivir más o menos bien, en una casita del Barrio del Cura (paradojas) alquilada con renta antigua, que está casi cayéndose pero que Margot tiene muy arreglada, con su colección de teteras y sus pósters de Montmartre, del Moulin Rouge y de cabareteras para tapar los desconchones y las manchas de humedad en las paredes.

Las teteras le gustaron a Margot desde niña, quién sabe por qué. Fue guardando algunas que robó porque eran bonitas y otras que le regalaron las amigas que conocen ese gusto suyo, tan refinado y extraño. Los carteles se los encarga de vez en cuando a los marineros franceses que pasan un par de noches en el puerto de Vigo, y así va variándolos de tal forma que incluso parece que se ha mudado de casa. O incluso que logra estar en París. Sí. Margot ha conseguido hacer de su casita un lugar acogedor, a salvo del resto de su vida. Y aunque parezca una tontería, pensar en ella le hace más llevaderas las temporadas en la cárcel. A veces se podría decir que incluso hace lo posible por que la detengan para pasar una pequeña temporada solo entre mujeres, de vacaciones de hombres, viéndolos como de lejos. Hace algunos años descubrió que solo así pueden seguir gustándole. Si no, ¿de qué viviría?

La primera vez que entró en prisión tenía veintiún años. Otras se gradúan con esa edad. Se metió en uno de esos cruceros enormes y forzó puertas de camarotes para birlar las carteras a quince suecos y a diez italianos, y todo habría ido como la seda si no hubiera sido porque a una inglesa medio paranoica se le ocurrió echar a correr tras ella, tropezaron y en el rifirrafe Margot arañó a la señora. La señora le tiró de los pelos a Margot; entonces ella, en un acto reflejo, le dio una patada en el estómago y, en fin, como Margot era puta y la inglesa profesora de matemáticas jubilada, se consideró que todas las carteras de los cruceristas habían sido un robo con violencia. Y fue así como Margot fue a dar con su cuerpo pequeño y escuálido a la prisión de A Lama, que a lo mejor resulta el sitio ideal para que una puta de veintiún años tenga su primera experiencia entre rejas, y la que más cerca queda de Vigo. Dos años, claro, porque pesaron las denuncias de siempre, las de ejercer la prostitución en la calle, que solo son malas cuando te trincan por otra cosa. De esa primera vez, Margot sacó en limpio un montón de buenos consejos sobre cómo no hay que robar. Y salió, en realidad, siendo la experta en que luego se convirtió.

Toda la vida ocurrió así: Margot siempre fue buena en todo lo que se propuso. La mejor puta del Berbés. La mejor carterista del casco viejo. La mejor estudiante de quinto. La mejor esposa. La mejor madre. Es terca y nunca aceptó la mediocridad. Y sin embargo, ha vivido sin que se cumplieran sus sueños.

En realidad, *stricto sensu*, sí hubo un sueño cumplido: su boda. Fue como ella misma, el mejor enlace del mundo.

Aquel día, Margot se levantó ansiosa. No era felicidad lo que sentía. Era expectación, nerviosismo. Amor tampoco es que hubiera demasiado, pero ¿qué más daba? Había ilusión y deseo de sobra. La esperaba una vida nueva. La pusieron hermosísima, con las joyas de la familia, con el vestido de pedrería, los zapatos de medio tacón y unos tirabuzones brillantes que le caían por la espalda dejando ver algo de su piel morena. Mientras la arreglaban, Margot temblaba de miedo. Ya lo llevaba agarrado en el estómago desde hacía un par de semanas, pero el miedo aumentó cuando las cosas fueron evidentes, en el momento en que llegaron con el vestido y el ajuar, cuando la maquillaron y, sobre todo, cuando se vio entera en el espejo vestida de novia, preparada para el ritual.

Y aun así, fue la mejor boda del mundo. A pesar del miedo, a pesar de los temblores, a pesar de no saber muy bien cómo se construye el amor, o si puede construirse siquiera. Con eso y con todo,

Margot fue la novia perfecta. Y el novio, de alguna manera, también. Isaac, el del pacto con Yahvé, según la Biblia, el padre de uno que después compró una primogenitura por un plato de lentejas. Poco más sabía ella de la Biblia. Siempre había sabido que se casaría con Isaac, a lo mejor porque Margot entonces se llamaba Rebeca y las familias solían hacer esos guiños irónicos al destino y a las Sagradas Escrituras. Probablemente, el hecho de que Margot jamás dudase de que Isaac sería su marido ideal también tenía que ver con los nombres; Isaac, el del enlace perfecto, el de la vida única, el guía de los pueblos, como en la historia antigua de Israel. Más tarde ella siempre pensó en todo aquello como en el producto de otra vida.

En la Biblia, Rebeca era estéril. Tiene gracia. Isaac había sido en realidad el producto extraño también de la esterilidad de sus padres cuando su madre Sara lo parió a los noventa años, y su padre Abraham tendría alrededor de cien. Quizá por eso se atrevió a casarse con aquella mujer que le habían llevado sin elegirla y que era, asimismo, pariente suya. Además Rebeca era prima de su marido. La única diferencia entre ellos y la pareja de la Biblia era que esta Rebeca y este Isaac eran insultantemente jóvenes para una boda perfecta.

Cuando Margot no era Margot, solo soñaba con la boda y con verse desnuda en los brazos de Isaac. Soñaba con aquel día como sueñan casi todas las chicas como ella y, en realidad, no pensaba demasiado en la vida que tendría, ni siquiera, en realidad, en las cosas que rodeaban el matrimonio. Rebeca imaginaba los vestidos y sus diseños, el color de las medias y la longitud de las enaguas. Pensaba también en la comida y en el baile, en la música que le gustaría escuchar, en los cánticos de la ceremonia y en las invitadas que la llevarían en volandas hacia Isaac, a quien no había elegido y no amaba, pero que le gustaba porque soñaba con el contacto desnudo de la piel de ambos casi desde que tenía uso de razón y había entendido que ella existía para ser la esposa de Isaac, como en la Biblia.

El día de su boda llegó a creerse una mujer, aunque no era más que una cría cargada de maquillaje, velos blancos, tules que hacían frufrú, nerviosismo, y la virginidad como una losa. Luego la realidad se impuso y ya fue imposible crecer de golpe. Pero sí, Rebeca tuvo la mejor boda del mundo y fue la novia más guapa a sus catorce años, cumpliendo el destino de Dios.

El destierro comenzó cuando su padre gritó: «¡Esta hija ha muerto para nosotros!». Pero podría decirse que ya hubo un primer anuncio cuando el ritual.

Se habla mucho entre las muchachas gitanas sobre la prueba del paño y la vieja metiéndoles el dedo por ahí. Rebeca no sentía esa presión. Solo le molestaba pensar que alrededor de ella había una multitud de mujeres mientras estaba abierta de piernas, entre cojines y colchas; y le daba un poco de miedo no sentir dolor, sino placer, cuando empezasen a hurgarle por ahí abajo. Y le daba muchísima vergüenza pensar que detrás de la puerta, por donde se oía la música y las palmas, los hombres sabían lo que entre todas estaban haciéndole a ella. Pero fue horroroso. De allí no salía lo que tenía que salir, según la vieja de uñas negras que, por lo visto, era una tía abuela de Isaac muy experta en probar virginidades con el paño blanco. Estaba como blando, más elástico de lo normal, dijo alguien, y acabó sangrando, seguro, de tanto rascarlo. Hubo aplauso, sí, pero tímido, sin convencimiento. Eso Rebeca lo supo después, cuando parió a un hijo ochomesino y rubio.

Hay gitanos rubios. También hay gitanos que tienen unos enormes ojos verdes. Y hay gitanas que pierden la virginidad sin sexo, sin hombres, sin amor, ni nada parecido. Hay gitanas que pierden la virginidad por un golpe que les ha dado su padre o por una mala caída. Pero ella a los quince años no lo sabía.

Rebeca, la de la Biblia, también fue condenada a vivir sin su hijo Jacob, el favorito. Pero Margot habría dado la vida que no tuvo por tener un Esaú que la consolara de su infinita soledad cuando la desterraron por puta y por traidora, y por parir un bebé prematuro de bucles claros. Rebeca habría dado la vida entera por ver cómo a su bebé se le volvían verdes los ojos, y cómo jugaba a perseguir a los perros de los vecinos, y cómo empezó a ir a la escuela, y cómo cantaba en la iglesia. Pero como no tenía tanta vida que dar, dio solo toda su juventud y se convirtió en Margot. Dio la vida de la Rebeca a la que Isaac, quizá por quedar bien con los suyos, molió a palos hasta dejarla sin sentido, una semana después de nacer aquel Jacob al que alguien le cambió el nombre por otro distinto que Margot solo conoció siglos después. Fue la última vez que los vio: la dejaron en la puerta de un hospital muy lejano con la primera condena de su vida, el destierro. Ninguna de las penas de prisión que vino después logró hacer sombra a aquel destierro gitano.

Cuando se curó de las heridas, se quedó en Vigo, bien colocada en el camino de convertirse en Margot. Jamás se le pasó por la cabeza volver al lugar de donde procedía. Y jamás volvió a ver a Isaac, ni a la vieja de uñas negras, ni a su bebé rubio que después tuvo los ojos verdes. Su bebé, que vivió siempre con el estigma de ser hijo de una desterrada sin saber que en realidad su madre era una puta del Berbés, heroinómana por temporadas. Jamás nadie volvió a buscarla, ni a mirarla. No supo de nadie, ni de las bodas de sus hermanas, ni de los entierros de sus abuelos, ni del nacimiento de sus sobrinos. Ningún contacto hasta que ya fue demasiado tarde, tan tarde que esa nebulosa familiar no fue más que humo. Nada. La mataron en vida y todos ellos murieron para ella el día que la dejaron en la puerta de urgencias de aquel hospital del que salió con la certeza de que jamás nacería un Esaú que sustituyera al hijo rubio que le habían arrebatado.

La única que se resistió al destierro fue la madre de Margot. Aquella mujer, que asistió al ritual de la boda como culminación de catorce años de vigilancia escrupulosa de la virginidad de su hija, sabía que era imposible que Rebeca hubiera estado con un hombre que no fuese Isaac, quien además también era casi un niño. Pero tampoco se atrevió a hacer valer esa lógica, ni intentó siquiera que el hijo rubio le fuera devuelto a la madre desterrada. Aceptó aquello e intentó suplir su falta de valor con mucho cariño en las visitas que logró hacerle a su hija a escondidas demasiados años después, cuando consiguió averiguar dónde estaba. Con todo, Margot nunca le perdonó a su madre que no se atreviera a robar el niño y llevárselo. A lo mejor incluso vivir juntas con el pequeño una nueva vida en Vigo, pero no. Lo peor de todo es que Margot nunca entendió por qué la familia de Isaac se quedó con aquel niño rubio.

Vigo la ha salvado gracias a la vieja casita llena de teteras, los clientes encantados con su acento francés, los *souvenirs* que le hacen creer que viaja a París de vez en cuando, las nieblas bajas que entran por el oeste y convierten las islas Cíes en espectros de la ría que vigilan los trabajos de Margot, allí en un escalón de piedra o en una esquina, o en una huerta recóndita, con la acera de Jacinto Benavente siempre como punto de partida. En Vigo Rebeca ha ido desvaneciéndose, aunque Margot ha soñado mil veces con esconderse en alguno de los cruceros en los que robaba para ver dónde podía dejarla el destino. Pero en realidad nunca se atrevió, y con el tiempo, poco a poco, le fue bastando con los pósters colgados en las paredes desconchadas, los relatos de los marineros que habían estado en París, y un pico tranquilizador de jeringuillas tibias.

En la cárcel suele decir que le parece que ha desaprovechado el mundo, pero lo cierto es que siempre creyó que era mejor reducir las fronteras del destierro. Quizá su bebé rubio y de ojos verdes podría llegar un día con un plato de lentejas en la mano, con la ría de fondo y los olores ruidosos de las conserveras. Además, Margot adora Vigo.

«Pas à deux»

No se puede decir que Laura sea una tía lista. Siempre quiso ser bailarina de ballet, pero acabó de funcionaria de prisiones. No es que sufriese una lesión o que tuviera la pelvis estrecha, o que la distancia entre la rodilla y el empeine del pie le impidiera impulsarse y volar en el escenario. A decir verdad, el ballet se le daba bien. A lo mejor, incluso podría haber bailado en una compañía importante si hubiera querido, pero no quiso. Un día empezó a darle pereza, y poco después dejó de bailar. Ni siquiera fue por desidia adolescente o por rebeldía. Como diría ella mucho tiempo después, fue solo que dejó de tener ganas. Y tampoco sintió que dejarlo fuera un drama. Sencillamente, decidió dedicarse a otra cosa.

Es raro que alguien piense con seriedad en ser funcionaria de prisiones. Cuando se les pregunta a las niñas qué quieren ser de mayores, no van por ahí contestando alegremente «¡Funcionaria de prisiones!», y alardeando de vocación carcelaria. En el fondo, a ella la habían educado para hacer algo hermoso y por eso había querido ser bailarina durante tantos años de su infancia. Pero algo se torció en el inmenso aburrimiento de tardes de ensayo al ritmo de las corcheas de un piano de estudio.

Le pusieron el mismo nombre que a la niña de la que se enamoró Petrarca porque, según su madre, estaba predestinada a la belleza. En los días de arrullos y planes, de deseos de futuro y de proyectos posibles para una familia que todavía tardaría mucho en peinar canas, los padres decidieron predestinar a Laura. Pero un día, sin venir demasiado a cuento, ella se enteró de que Laura no era más que un nombre, y se cansó de los poemas de Petrarca y de la danza clásica.

Mientras camina por los pasillos de la cárcel, a Laura todavía se le notan muy bien los rasgos de bailarina. Los años de disciplina han dejado su huella en un cuerpo esbelto que por momentos parece reflejar la elegancia de antaño. Hay algo infantil y despreocupado en la forma de andar de Laura que trata de rememorar un ritmo con garbo. Desde luego, desentona. Ver a Laura en la cárcel es una especie de contradicción que se intensifica cuando te das cuenta, además, de que seguramente es feliz con su trabajo. Dejó el ballet para eso. Estudió derecho para eso, aun sabiendo que no era exactamente lo que precisaba para ser guardia de módulo. Se enfrentó al destino de llamarse Laura para eso y esquivó así un futuro entero lleno de belleza.

Fue alrededor de los once años y Laura no sabe por qué le ocurrió. Tampoco es que se levantase un día y decidiera trabajar en una cárcel. Solo se puso las zapatillas con puntas, los calentadores de lana, el jersey fino de punto gris y el cabello en un moño, se miró en el espejo y pensó que aquello era lo más aburrido del mundo. Pero aún tuvo que soportar años de pasos y barra, de esguinces en los pies, de comidas a base de lechuga y de vídeos de Nuréiev con bailarinas rusas que bailaban con rostro de no haber sufrido jamás y que disfrutaban de la suerte infinita de saber que el ballet clásico estaba pensado para la constitución física de mujeres que no eran latinas. Ni en aquellos días ni más tarde entendió Laura cómo su madre podía asumir tan alegremente que ella debía sufrir y bailar.

Nadie se explica muy bien el empecinamiento de los padres de Laura en esos asuntos, ellos que en su vida han pisado un teatro y viven con parsimonia y sin grandes pretensiones en un lugar que, con el tiempo, ha pasado de aldea a suburbio, convirtiendo a sus habitantes en seres descolocados entre los ritmos agrarios y las pretensiones urbanitas. El padre de Laura ya hace mucho que enterró las ambiciones de la juventud en el mismo cemento con el que allana paredes, sin dejar más rastro que una marquita que pone en los muros que levanta, en lugares inverosímiles que luego alguien pinta para esconder definitivamente su paso por el mundo.

La madre de Laura siempre se ha contentado con llevar la casa, cultivar un huerto que se ha quedado encajado entre edificios de cuatro o cinco pisos, y criar un cerdo, unas cuantas gallinas y algún que otro conejo. Es ella, sobre todo, la que siempre se ha resistido a dejar de imaginar una vida más emocionante y un matrimonio menos prosaico gracias a la radio que la acompañaba a todas horas en el bolsillo del delantal y a las historias de las telenovelas que todavía hoy ve sentada en una banqueta después de comer. Cuando nació Laura, vio en ella la posibilidad de que le cambiase la vida si su hija, mira por dónde, resultaba ser uno de esos personajes que llenaban la pantalla con acentos extranjeros, maquillajes perfectos y ondas de agua en los peinados. Decidió que su hija no podía haber nacido para ser cajera del súper, dependienta en una zapatería cerca de la plaza de España o, como mucho, administrativa de la Seguridad Social. Así que una noche de domingo, cuando Laura no era más que un bebé, con el recuerdo de una caja de música que conservaba desde la infancia brillándole en los ojos, logró convencer a su marido de lo bonito que sería que la niña fuese bailarina. Y sin que él mostrase tanto entusiasmo como ella, puso en marcha ese proyecto poniendo un esfuerzo inhumano en llevarla a Lugo capital, primero dos días a la semana, luego tres y finalmente a diario, para que practicase ballet clásico.

Poco a poco, y a medida que pasaban los festivales de fin de curso del conservatorio, el padre de Laura también fue abrigando esa bonita idea del éxito y los aplausos porque, de algún modo triste, decidió que Laura sería la depositaria de la felicidad que a él se le había resbalado de las manos en algún momento del pasado. Cuando volvían de las horas de barra y puntas que se correspondían para la madre con largos cafés en un bar frente al conservatorio, cenaban todos juntos y hablaban del frío, la niebla, los deberes de matemáticas y de un pequeño esguince en el dedo del pie; después se iban a la cama. La madre evocando los aplausos y las melodías de Chaikovski que a veces escuchaban en la radio. El padre pensando en un dolor de espalda que, sin saber cómo, ya se había convertido en crónico. Laura soñando con vidas en las que las tardes consistían, simplemente, en andar en bicicleta, coger moras o ver la tele. Por eso ella fue una especie de ninfa lucense que se movía por los prados como si fuesen la Ópera Garnier y por los caminos embarrados para ir a la escuela a primera hora de la mañana como si tirasen de ella con hilos de marioneta.

Por suerte no había muchos niños en el barrio de Laura, así que tampoco hubo muchas ocasiones para que la fastidiaran en los recreos o a la salida del colegio. Para los otros chavales de su pequeño colegio, la vida de Laura era algo raro pero sin demasiado interés. Asumían que era así, que era la cuota de rareza que les tocaba y que aquella especie de doble vida por las tardes alejaba a Laura de la normalidad y de las relaciones con los demás. Después ya llegó a un lugar donde había más gente como ella, así que lo que en Lugo podía ser exótico, en Barcelona, donde la mandaron los padres a estudiar los últimos años del instituto para que pudiese compaginar los estudios con el ballet, era casi un atractivo añadido.

Las bailarinas, que parecían haberse reunido todas allí con sus cuerpos esculpidos a base de disciplina, eran mucho más eróticas que las deportistas, quizá por el plus misterioso que las envolvía desde el siglo XIX. A lo mejor, esa fue la razón por la que Laura mantuvo un poco más su dedicación a la danza; ya le quedaba muy poco para obtener el título superior, aun sabiendo entonces que no tenía la más mínima intención de ser bailarina. Luego ya tuvo claro, eso sí, que quería ser funcionaria de prisiones, y por eso se matriculó en derecho. Pero no sabía cómo evitar herir a sus padres, cuya ilusión era ir por primera vez a un gran teatro para ver el debut de su hija.

El caso es que se quedó en Barcelona, mintiéndoles una buena temporada, diciendo que iba a cuanta audición había y que no le salía nada como bailarina, dedicándose a vivir la existencia que nunca había tenido, llena de tiempos muertos, de personas indisciplinadas, y, sobre todo, rodeada de vida por todas partes.

Y en esa vida y en ese tiempo muerto consiguió algo que nunca había podido hacer entre tantos tules y tanto piano: salir con un chico.

No fue ni el primer ni el segundo año. Durante los dos primeros cursos de universidad en Barcelona, Laura sacó unas notas brillantes en la carrera, y consiguió los méritos que le faltaban en sus estudios de danza. Las mañanas del fin de semana dormía y hacía la compra, los sábados por la tarde estudiaba derecho romano y filosofía del derecho, leía la Constitución en profundidad, y salía a tomar algún té temprano con otras amigas bailarinas que llevaban la misma vida que ella y que tampoco podían quedar para cenar y beber alcohol, como las otras chicas, porque todas esas cosas engordan una barbaridad. Ellas tenían que pesar lo que pesa alguien que puede ser lanzado al aire en plena *Consagración de la primavera*. Y además, tenían que dormir sus ocho o nueve horas, llevar una vida sana de cuerpos sin tóxicos ni grasas poliinsaturadas, ni hidratos procedentes de cultivos de cereales transgénicos. Laura y sus tres inseparables amigas durante los dos primeros años allí bebían té y merendaban tortas de arroz; almorzaban ensaladas a base de lechuga que aliñaban con trigo sarraceno y brotes de soja; hacían las tortillas de huevo sin huevo, sabían cocinar cuanta alga existía, y estaban convencidas de que el peor veneno era la lactosa, así que la leche, el queso, los yogures, la mantequilla y otros alimentos deliciosos estaban proscritos incluso de su vocabulario.

De las cuatro, Laura era la única que no se puso a estudiar nada relacionado con las artes. Amanda y Lucía estudiaban arte dramático, y Elisa, historia del arte. Era evidente que ellas terminarían siendo bailarinas. Laura, no. Ellas le preguntaban constantemente por qué estudiaba eso tan árido e insípido que no tenía nada que ver con lo que serían después. Y, en efecto, a ellas tampoco les había dicho nada. Laura se limitaba a escuchar y hacer, sin decir que no tenía ni la más mínima intención de prolongar su tortura más allá del segundo curso.

Solo le confesó su secreto a Raúl.

A día de hoy ni siquiera ella misma se explica por qué con él sí. Aunque quizá lo verdaderamente inexplicable es cómo Raúl logró irrumpir en ese círculo sagrado de bailarinas disciplinadas que vivían rodeadas de una suerte de aura de beatitud. Esa santidad podría parecer castidad si no fuera porque Amanda y Lucía eran pareja y porque Elisa había dejado un novio en San Sebastián, también bailarín, esperando a que ella terminase sus estudios y preparándolo todo para irse juntos a Nueva York a vivir un sueño de escenarios y mallas de ballet. Por tanto, la única sospechosa de castidad era Laura. Y ella, de hecho, no parecía precisar para vivir más que la libertad de estar sola en Barcelona y la confianza de saber que en muy poco tiempo estaría liberada del ballet y de la dichosa belleza.

Entretanto, los padres de Laura no podían ni imaginar que en lugar de tener a una gran bailarina estaban invirtiendo sus ahorros en una jurista que quería ser funcionaria de prisiones. Les contaban a sus vecinos que su Laura iba de audición en audición y que le salían un montón de bolos en compañías importantes. En realidad, los vecinos no sabían qué era un bolo, pero comprendían su alegría por los éxitos de aquella niña que habían visto crecer, aunque no fuera más que los fines de semana. En el fondo, la madre de Laura, mientras preparaba la comida, o mientras veía la telenovela a los postres, o cuando se levantaba y tomaba la leche por las mañanas mirando a través de la ventana de la cocina el huerto y los coches aparcados, planificaba el viaje del verano a Barcelona para ver bailar a Laura en la prueba final en la que, por fin, se graduaría. El padre, menos dado a esos romanticismos, simplemente echaba las cuentas de los objetivos cumplidos en la vida y decidía que podría dedicarse a una especie de jubilación sentimental y comenzar a considerarse un hombre viejo, como tantos hombres aún jóvenes que se iban de vinos con él. Eso sí, con una hija bailarina de danza clásica.

Aun así, y contra lo que Laura pensaba por aquel entonces, la decepción posterior no fue tanta. A fin de cuentas, eran trabajadores gallegos, así que estaban acostumbrados a la resignación.

En efecto, fueron a Barcelona al final del cuarto curso de Laura en la universidad para descubrir que su hija ya no era la gran bailarina que ellos creían, sino una buena estudiante de derecho con una vida en Barcelona y unos proyectos de futuro que no contemplaban para nada la belleza, sino todo lo contrario; por lo menos así era como veían ellos una cárcel, como el lugar más feo del mundo. La primera vez que fueron a verla a Barcelona, Laura todavía era aquella que creían haber educado. Pero al volver, dos años después, por fin se había armado de valor y había decidido contarles la verdad.

Así lo hizo. Les dijo que la danza la aburría soberanamente y que quería ser funcionaria de prisiones. Pero de Raúl no les dijo ni palabra.

Hoteles

Ya que tanto me invitas a escribir lo que sea, ¿qué te han parecido estas confesiones mías? Puede que sean tres capítulos sin gran valor, pero ahí quedan, como tú querías.

Así que sigo. Confieso, mi amor.

Todavía me invitan a eventos literarios en los que, igual que en casa, trato de disimular. En realidad, una novela de éxito, aunque se haya publicado hace mucho, puede darte vida durante varios años. En esos casos me mandan siempre a hoteles lo suficientemente lujosos para sentirme apreciada, pero anodinos, como para recordarme que no soy más que una simple escritora. Y sí. Fue en uno de esos hoteles de ejecutivos donde sucedió.

Pero no fue como en las películas. Esos momentos casi nunca lo son; aunque después las consecuencias sean imprevisibles e incluso irrevocables. Solo fue un reencuentro estúpido, una casualidad de tantas, sin el glamur del misterio con el que yo fantaseo, estoy segura, como fantasean en secreto y en público muchas mujeres, sobre todo si, en el fondo, son escritoras, aunque no sean practicantes. En esas noches tontas del día anterior a una conferencia, a una firma de libros, a una lectura en una librería o antes de pronunciar un pregón gastronómico, también yo me entretengo en imaginarme, en ese mismo hotel en el que estoy cenando sola, ante un hombre que se acerca a mí y me pide primero acompañarme en la mesa, después tomar copas, y luego hacer el amor con ganas y sin miramientos. Pero no. Ya te adelanto que no fue la fantasía hecha realidad, ni siquiera un fascinante juego del destino. Fue simplemente una inevitable casualidad.

Yo estaba leyendo mientras comía un *risotto*, fijándome en los demás solo lo justo. Tan justo que, cuando él se me acercó, al principio no me di cuenta de que sus palabras iban dirigidas a mí: «Ya sé que molesto, pero me da igual, así que me siento contigo; estando tú, paso de cenar solo». Así, sin saludar.

Cuando hice caso de aquella voz familiar, que me trataba con esa especie de confianza de los que nos conocen pero no son amigos, él ya estaba sentándose frente a mí y diciendo: «Es que yo no he traído libro».

Si has estado en la cárcel, es imposible saber hasta qué punto la gente conoce tus circunstancias. Y tampoco sabes a ciencia cierta cuál será tu reacción al volver a toparte con alguien de tu vida anterior. En este caso, me alegré.

—¡Vaya, Ismael! ¿Qué haces tú aquí?

—Una inauguración a deshora. ¿Está bueno el *risotto*?

—Regular. ¿Qué inauguras?

—Un museo. ¿Y tú qué lees?

Le mostré el libro. Era *Las cárceles de Piranesi*, un pequeño libro que compila ensayos de Aldous Huxley, Marguerite Yourcenar y Serguéi Eisenstein sobre los grabados carcelarios del pintor. Lo contempló con curiosidad.

—A las escritoras siempre os imagino leyendo, como mínimo, en sánscrito.

—Pues ya ves que en mi caso no es así.

—Tampoco es que eso lo vendan en quioscos… ¿Documentándote?

—Algo así. ¿Cómo es que no te han regalado para entretenerte esta noche alguno de esos libros de museo que subvencionas, como si le gustaran a alguien?

—Ya sabes que prefiero leer los libros que me regalas tú.

—Y yo ya te dije una vez que podía parecer un soborno andar regalándote tanto libro como pides.

—Qué tierno que creas que me sobornas por agasajarme con tus libros.

—Eso mismo fue lo que le dijo a Cervantes el conde de Lemos, y mira.

Le trajeron su *risotto*, que ya había pedido cuando estaba en la otra mesa, y se quedó mirándome como si esperase algo. En ese momento fui consciente de que a veces, quizá solo en momentos muy concretos y con determinadas personas, sí que existe la erótica del poder.

—¿Qué pasa? ¿Tengo algo? —pregunté un poco nerviosa. Sonrió.

—Es que acabo de darme cuenta de que hacía muchísimo que no nos veíamos. ¿Tres? ¿Cuatro años?

—Creo que más. —Siempre trato de que no se me note—. Ya sabes cómo es este mundo nuestro; coincides con la misma gente todas las semanas y de pronto pasas años sin ver a alguien… Yo sí que he sabido de ti, por supuesto.

—Sí, supongo que a mí me resulta más difícil esconderme. —Volvió a sonreír. No me había fijado, pero se le había puesto una sonrisa inquietante y sugestiva que lo hacía atractivo.

Antes de eso, antes de aquellos cinco años sin vernos, hubo entre él y yo una suerte de coqueteo con el que solíamos distraernos en los aburridísimos lugares en los que coincidíamos y en los que él siempre se deprimía porque los escritores lo acusaban de político, con asco. Por aquella época, incluso hubo una ocasión en Zurich en que nos besamos como por impulso, sin pensarlo, quizá porque él había bebido para olvidar que odiaba aquellos actos literarios lejos de casa, y quizá porque yo, en fin, justo en aquel momento me vi capaz de las peores locuras. Ya te contaré todo eso después.

No sé en qué momento empezó Ismael a dedicarse a la política, pero en la época en que coincidimos yo ya era escritora y él político. Aunque, como sabes, ideológicamente estábamos en las antípodas, siempre hubo empatía entre nosotros.

—¿Y tú a qué has venido? Estás algo lejos de casa…, y de tu hija, ¿no? Alguien me dijo que habías sido madre hace poco… Enhorabuena.

—Gracias. —Rebusqué en el bolso para coger el móvil—. Es una niña muy lista. Te enseñaré una foto. ¡Me he convertido en una de esas madres que enseñan fotos!

—¡Nunca hubiera pensado eso de ti! —Nos reímos los dos.

—A mí me han invitado a un encuentro de escritores. Me marcho mañana mismo en el último avión. Ya sabes que a estas cosas vengo por obligaciones editoriales.

—Pero luego siempre acabas pasándotelo bien, ¿no?

—Depende… Últimamente no.

Si él hubiera sabido lo incómoda que estoy en ese tipo de eventos, lo estúpido que me parece todo ese mundo después de las cosas que hice y que he conocido. Si él hubiera sabido que, además, ya no soy capaz de escribir una línea… Pero lo único que hice fue beber un trago de la copa de vino, dispuesta a aprovechar aquella complicidad inesperada que por un momento me permitía dejar de lado la realidad.

—Qué casualidad. ¡Yo también regreso mañana en el último avión!

—Entonces coincidiremos… Pero a ti te mandarán en primera, ¿no?

—Pues no. Ya ves. Con la crisis, todo Dios en clase turista.

—Lo dices como si antes solo viajaras en primera…

—A todo lo bueno se acostumbra uno.

—Y a lo malo también. Como dice mi suegra: «Si te acostumbras, te gusta».

—Como lema vital está atinado.

—Le fue muy útil para educar a sus hijos.

—Pues eso, que volveremos juntos. —Me miró—. Podemos seguir esta conversación en el avión. O, si quieres y no tienes mucho sueño, la continuamos en el bar con unos gin tonics.

Entonces sucedió. Dije que sí, y sucedió. Porque quise, claro, y porque sé lo que pasa cuando te relacionas con los hombres como lo hago yo. En realidad, todas las mujeres adultas lo sabemos. Cuando habló del avión, yo ya sabía que haríamos juntos el viaje de vuelta después de habernos acostado. Y la idea me gustó porque creo que era una cuenta pendiente desde aquel beso en Zurich.

No sé se te interesará o no saber que él siempre ha sido consciente de que tú eres mi compañero, mi amor, la persona que he elegido y con la que querré estar siempre. Tú no eres una fantasía sino una realidad, una verdad, con todo lo que la verdad tiene de poco sorprendente. De vez en cuando me remuerde la conciencia, es verdad, pero no siempre, también quiero que lo sepas. Él solo fue, es todavía, una forma diferente de amarme a mí misma. Es una posibilidad de experimentar con lo primario, quizá lo que más echo en falta del tiempo en la cárcel. Y también quiero que sepas que fue el primer hombre en mucho tiempo al que no imaginé muerto por mis manos.

Daniel y la cabra

Si estallan, te mueres.

Es increíble lo que una se deja meter dentro por una obsesión. Pero por lo menos el dinero estaba allí fuera, esperándola. Solo tienes que parecer tranquila, que no se te note que sabes que llevas eso metido dentro. Te quitas el cinturón, pones los zapatos, el móvil y el reloj en la bandeja. Respiras hondo con todo en la mano, descalza, y pasas a través del arco. Era evidente que todo aquello que llevaba metido en el cuerpo no haría saltar la alarma. Esas cosas no tienen metal, menos mal. Solo fue que le notaron algo. Están especialmente entrenados para eso, igual que los perros. O alguien les avisó. También es una opción. El caso es que Valentina comenzó así. Y fue así como le quitaron a su hijo Daniel y como busca a diario la manera de traerlo junto a ella.

En su momento, incluso antes de tener nombre y forma, Daniel fue lo peor que le ocurrió a Valentina. Una idiotez. Desde que le crecieron las tetas, Valentina siempre supo dos cosas: que no se podía no parir, y que la culpa de haberse quedado embarazada siempre sería de ella. Por eso, cuando al final se dio cuenta de que iba a tener un hijo, no se le pasó por la cabeza no parirlo ni que quizá la culpa era de aquel imbécil que la violó, diría ahora Valentina. Lo diría ahora porque Valentina acaba de aprender lo que es técnicamente una violación. Técnicamente según Laura, claro. Pero entonces Valentina solo supo que se había quedado embarazada, se suponía que de nadie, que la culpa era de ella y que tenía que parir a Daniel.

Al principio intentó disimular. Siguió yendo a limpiar la iglesia, como todas las mañanas, y siguió preparando la comida en la cantina de Benavides. Siguió vistiendo a sus hermanos pequeños, haciendo las camas, pelando patatas y ordeñando a la cabra. Siguió calentando agua para que su madre se lavase al llegar del monte y de los campos. Y siguió poniendo flores en el pequeño altar de su padre muerto. Hizo eso todos los días, como siempre, sin faltar uno. Y primero se puso fajas, y después camisas sueltas, y cogió en brazos a sus hermanos para ir practicando, pero no le dijo nada a nadie hasta el día que Daniel nació y ya no hubo más remedio. Ese día, por fin, Valentina tuvo la sensación de que su vida había terminado.

La madre de Valentina es tan fea que todo El Calvario, y a lo mejor toda la provincia del Meta, allá en Colombia, la llama la Guapa. Aun así llegó a casarse, lo cual, dice siempre Valentina, demuestra que nunca falta un roto para un descosido. Candelaria, que así se llama en realidad, tiene básicamente dos problemas: un ojo más alto que el otro, y los dientes superiores salidos de una manera que parecen dibujados por el autor de chistes en un periódico. Cualquiera diría que incluso el pato Donald es más agraciado que la Guapa, aunque sobre eso siempre hubo discusiones.

En cambio, Valentina es tan hermosa que todo El Calvario, pese a conocerla y verla desde que nació, día tras día la miraba fascinado. Hay pocos vecinos en El Calvario, una de esas pequeñas aldeas encajada en los montes con su iglesia blanca y sus veinte o treinta casas y los bichos deambulando por las calles de tierra, así que Valentina tendría que haberles resultado familiar y considerar normal su cara y su cuerpo lleno de bonitas curvas, con pechos generosos, muslos y brazos torneados, y su culo poderoso. Sin embargo, les era difícil verla como algo familiar. Valentina tiene esa clase de belleza que también conservan algunos hombres indígenas, cuyos pueblos se han mezclado a lo largo de generaciones desde la conquista, y que generan estupor en quien los mira. Solo que a los hombres no los violan por eso.

Cuando nació Daniel, Valentina no supo qué hacer. De pronto sus vecinos de siempre, que la admiraban al pasar, se avergonzaban al verla con el pequeño colgado de una teta. Fue una situación extraña, como si el hecho de tener un hijo le hubiera arrebatado la belleza y, de pronto, la hubiese dejado fuera del mundo. Detrás de ella fue, de paso, la Guapa. Tal vez podría haber esperado a que la gente se acostumbrase a la nueva situación, o a que aprendieran a ver a Valentina como una madre y no como un ser que vivía de regalo en El Calvario. Pero no soportó ver cómo, en el fondo, su madre sentía que la culpa de que hubieran violado a Valentina era suya, por haber parido una hija hermosa en aquel valle del Meta, y por no saber ganar el pan para la familia con algo diferente a vigilarles el ganado a los vecinos que ya no eran capaces de subir al monte.

Por eso Valentina, al ver que había quien comenzaba a dudar si confiarle el ganado a la Guapa, decidió tomar a Daniel y marcharse a Acacías o Villavicencio, o incluso, si hubiera hecho falta, a Bogotá. Total, para hacer lo que hacía en El Calvario, podía estar en cualquier sitio y, dada la situación, quizá su familia estaría mejor sin ella y sin una boca más que alimentar que era el pequeño Daniel.

Del padre de Valentina nadie guarda fotos, así que de su aspecto físico no queda más que la memoria y la impresión de que la Guapa tuvo una suerte que ni el demonio. En la memoria de Valentina el descosido no parece tan deshilachado como el roto, aunque sin duda tuvo muchísima peor suerte que su mujer: murió de la forma más tonta, por culpa de un dolor de cabeza. Mucho después, la escritora que fue su compañera de celda le contó que también se había muerto de esa forma tan tonta un gran escritor del que Valentina no había oído hablar en su vida, un tal Tennessee Williams. Desde entonces, ella sabe que, en contadísimas ocasiones, las cosas que les pasan a los pobres campesinos de la Colombia central ocurren también en las mejores familias, porque Valentina imaginó entonces que habría escritores ricos.

Abrir un bote de aspirinas con los dientes y atragantarse con el tapón fue la causa de su orfandad a los trece años, desgracia a la que se sumó el tiempo de burla por aquella desafortunada estupidez. Valentina heredó de su padre los ojos grises y los dolores de cabeza. Pero también, por supuesto, una aprensión contra las aspirinas que hizo que soportara muchas veces el dolor con tal de no tener que abrir un frasco con los dientes. Después, esa aprensión a los analgésicos le fue muy útil para aguantar los desgarros y el tirón en los músculos de las ingles por culpa de aquel bestia del Negro abriéndole las piernas desde atrás junto al muro del cementerio, y para sobrellevar el parto en soledad treinta y siete semanas después, cuando ya estaba tan acostumbrada a estar embarazada que casi hubiera preferido quedarse así, gorda como nunca y torpe para siempre. Cuando llegó a España y descubrió las aspirinas en blíster, sintió aún más lástima por su padre que el día del entierro, y comprendió de manera vaga qué es eso del destino del que tanto se habla en la cárcel.

Traer a Daniel al mundo no fue lo más doloroso que tuvo que

hacer Valentina. Allí de pie, en el establo de la cabra, después de estar una mañana entera pasando la fregona por la iglesia y limpiando las vírgenes con aquel dolor periódico que le subía por la parte baja de la espalda y le envolvía el vientre, Valentina parió por intuición, suponiendo que lo que le pedía el cuerpo sería lo mejor para que aquello llegase a buen término. Por momentos, se veía a sí misma como la Virgen María, pariendo entre pajas, observada por la cabra, que debía de sentir por ella cierta compasión de hembra mamífera. Y por momentos, solo tenía fuerzas para pensar que incluso podría morir allí, sin saber parir y sin nadie más que le prestase ayuda que aquella cabra que, cuando se cansó de mirar a Valentina, dio media vuelta y se echó una siesta.

Pero Daniel nació, y el mundo cambió para Valentina, que sintió que la vida se le acababa con aquel ser entre los brazos. A lo mejor porque, de alguna manera, supuso que ser madre, allí y entonces, implicaba necesariamente comenzar una nueva vida llena de un montón de hojas en blanco por escribir en las que ya no sería más la hija de la Guapa, sino la madre de Daniel. Para siempre. Así que, sí, en cierta manera, Valentina murió un poco el día que nació su hijo.

Y se quedó tan embobada al tenerlo en el regazo y mirarlo, que no se enteró de que expulsaba la placenta ni de que se le ocurrió la idea, aún no sabe muy bien cómo, de cortar a dentelladas el cordón umbilical y hacerle un nudo mientras Daniel le gateaba barriga arriba para engancharse de una teta y mamar. Valentina no pensó en el Negro, ni maldijo su suerte, ni rechazó a su hijo como hacen muchas mujeres violadas, según le dijo el trabajador social de la cárcel. Valentina y Daniel, piensa ella, se gustaron desde el primer momento, y gracias al niño ella aprendió la lección de que muchas cosas hay que tomarlas como vienen, lo cual es muy distinto de la resignación.

Resignación. Fue lo que le dijo el cura cuando, unos días más tarde y después de mucho insistirle su madre, fue a confesarse. La Guapa no daba crédito a lo que le había sucedido a Valentina y, sobre todo, nunca se perdonó a sí misma el no haberse enterado del embarazo de su hija, ella que había parido cinco veces y que habría parido otras cinco si Dios no se hubiese llevado a su marido de una forma tan vergonzosa. Efectivamente, la vergüenza se había apoderado de la casa de la Guapa, eso era algo evidente para todo El Calvario, pero no enterarse de que Valentina se había puesto como un tonel y había parido sola una tarde en el establo de la cabra rozaba la idiotez. ¿En qué andaría la Guapa?, se preguntaban todos. Era la comidilla de la aldea, y nadie se cohibía lo más mínimo en decirlo delante de Valentina si hacía falta. Aunque en aquel momento Valentina ya maquinaba cómo largarse de El Calvario. El resto le daba igual.

Pues sí, resignación, le dijo don Silverio, y muchas avemarías, por pecadora, insistió. Y aunque Valentina las rezó todas, no se resignó. No es que ella tuviera nada que decir sobre el asunto, pero tampoco se sentía culpable aquellos días en que el Negro campaba contento a sus anchas ante su casa, y le preguntaba, como cualquier otro, qué tal la criatura. Tampoco es que tramase venganzas o que creyera que el Negro tenía algún deber que cumplir. Simplemente Valentina sabía que, ya que había tenido que parir y no tenía marido, su hijo tampoco tenía padre, y pasó a comportarse así de por vida. Lo normalizó, dice hoy, aunque también dice que, si entonces hubiera sabido lo que sabe ahora, el Negro no habría salido vivo de El Calvario ni su madre habría vuelto a bajar la mirada los domingos a la salida de la misa. Claro que Valentina está donde está, y El Calvario sigue siendo lo que era, anclado donde se quedó cuando Valentina se fue de allí con Daniel.

Solo se despidió de su madre y de sus hermanos. Ni de las amigas, ni de las viejas, ni de don Silverio, ni siquiera de la cabra que le asistió el parto. Aquel día la iglesia se quedó sin limpiar y la Guapa se hizo cargo de la cantina de Benavides, repleta de llaneros pelones que, después de aquellos primeros meses sin atreverse a mirar a Valentina, pasaron a recordarla como era antes de ser madre y, en realidad, a echar en falta la presencia de aquella belleza grande de curvas generosas que nunca más regresó.

Caminando con su hijo a cuestas hacia Acacías, sin saber muy bien qué iglesias limpiaría a partir de aquel momento o qué comidas cocinaría en qué nuevos lugares, Valentina se detuvo delante del Cabestrero para mirarlo por última vez, porque ese manantial es, quizá, lo que más le sigue gustando del lugar donde se crió. Y al contemplarlo, pensó que deseaba profundamente que la Guapa y sus cuatro hermanos pudieran hacer lo mismo algún día, porque intuyó, dijo, que el mundo fuera de El Calvario tenía que ser enorme y mucho mejor.

La Santa Inquisición

Cuando entró en la sala de vistas, sintió claramente que todas las miradas se posaban en su hábito. Había odio, sí, pero también había compasión, y esa compasión fue lo que más le dolió a sor Mercedes. Era una mujer mayor, a la que se le suponía bondad por su condición, entrando esposada en un juzgado y dirigiéndose con pasos suaves hacia el banquillo de los acusados. Incluso sintió odio adornado con sórdida compasión en las pupilas de la juez. Justamente ella.

Sor Mercedes suspiró, se sentó y pensó: «Hágase en mí según tu Palabra». De soslayo, en unas décimas de segundo, tuvo tiempo de observar a los denunciantes. Acusadores, en realidad. Todos, uno por uno. Coincidió que los abogados eran varones. Después, fue todo bastante rápido. Intervinieron todos, excepto ella. Y al final la juez dijo la Palabra: «Culpable», e ingresó en prisión.

De eso hace ya muchos años, tantos, que lleva allí más tiempo que nadie. Quizá solo algún funcionario sea más veterano que ella.

Cuando sor Mercedes era solo Mercedes, tampoco nadie podía imaginar que se haría monja. Bien mirado, era más fácil pensar que terminaría en la cárcel, cosa que demuestra que hay un destino y que, sí, termina por cumplirse siempre. En su caso, lo raro sería que no se cumpliera, después de los méritos que Mercedes fue cultivando desde adolescente. Al final, logró compaginar su espíritu delictivo con la vocación religiosa, que también poseyó desde casi siempre. Quizá por eso sor Mercedes no acaba de entender que fuera el ser monja lo que finalmente la hizo ir a parar a la cárcel. Lo cierto es que, tantos años después, y cuando ya se ha acostumbrado a vivir en una celda muy distinta a la de un convento, sigue pensando que, en realidad, lo que hizo no habría debido considerarse delito.

Sor Mercedes es una de esas monjas que nunca vivió en un convento. Tal vez por eso llevó tan mal los primeros meses en prisión. Antes, nunca había poseído la disciplina férrea de determinadas órdenes religiosas; solo la del trabajo por turnos, pero no había experimentado los votos de silencio, los madrugones, o el orden absoluto de la vida religiosa, más que durante un tiempo cuando era novicia. Por eso la cárcel, después, hizo dudar a sor Mercedes de su vocación por primera vez desde que había decidido hacerse monja. No es que fuera tan tonta como para creer que el estilo de vida tiene algo que ver con la vocación religiosa, pero en su primera noche en la cárcel a sor Mercedes le dio por pensar que, si no podía soportar aquello, quizá era que no estaba hecha para una vida de adversidades. Claro que, en su caso, veinte años de prisión no tenían pinta de ser una simple adversidad.

Veinte años impresionan. No hay creencia en un ser superior que pueda con la certeza aplastante de veinte años de cárcel, y eso fue lo que hizo dudar a sor Mercedes. Veinte años es casi una vida entera, una cadena perpetua, en cierto modo. En teoría, su cercanía, digamos laboral, a Dios debería permitirle relativizar la perspectiva de veinte años encerrada en una prisión, con la disciplina carcelaria y con el estigma del delito como una espada de Damocles sobre su cabeza. Porque lo verdaderamente importante en su vida no es de este mundo, ¿verdad? Pero la primera noche, y la segunda y todas las que vinieron después durante el primer año, sor Mercedes se sintió débil como nadie porque lo cierto es que saber de Dios y de sus enseñanzas bíblicas no le servía para nada allí dentro. Y el miedo se apoderó de ella poco a poco hasta invadirla por completo.

Lo que le quedó a sor Mercedes de tal experiencia es un talante serio, de persona que cuando habla casi predica. La mujer fue aprendiendo lo que, en realidad, no se aprende en noviciado alguno, y asumió también que esa capacidad de comprensión y de convivencia con los propios fantasmas no es exclusiva de las personas que dedican su vida a la religión sino de cualquiera a quien el sistema penitenciario obligue a convivir consigo mismo incluso con una cantidad enorme de tiempo libre durante una época sin perspectiva ni fin. Por algo se llama penitenciario. Hasta su primera noche en la cárcel, sor Mercedes nunca pensó que quizá las penitencias más duras son las que se imponen fuera de los confesonarios.

Pero aun así, ella nunca consideró realmente que hubiera cometido un delito. Para sor Mercedes, su condena fue a todas luces injusta. A fin de cuentas, lo único que hizo ella fue ayudar a aquellas pobres criaturas y distribuir por este mundo de pecadores un poco de justicia divina. De hecho, como cuenta muchas veces a las internas que le hablan durante horas buscando en su hábito azul marino un poco de paz cristiana, ella considera que el sistema judicial español está demasiado falto de un poco de justicia de Dios. Alguna de las presas ironiza sobre la Santa Inquisición cuando sor Mercedes comenta estas cosas, pero ella, que habla siempre en serio, no les hace ni caso.

Porque decir así «delincuente» o «criminal» simplifica. Hace que todo parezca mucho peor de lo que le parecía a sor Mercedes cuando cometió los delitos. Así como dudó de su vocación monástica, jamás dudó de que actuó bien haciendo lo que hizo. Tal vez por eso nunca le aplicaron un atenuante a pesar de ser monja, y también es cierto que ella tampoco lo pidió. Sor Mercedes seguramente morirá pensando que hizo bien, que salvó tanto las vidas como las almas de esos niños y, de paso, su propia alma.

Pero su condición de monja en la cárcel siempre la hizo especial. A lo mejor por eso siempre ha habido un grupo de presas que, pese a conocer su delito, se arriman a ella como si les fuera la vida en ello. Muchas incluso comienzan a pensar que, en efecto, sí, ya que sor Mercedes salvó aquellas almas castigando a las malas madres, quizá pueda salvarlas a ellas, pues según el Código Penal sus delitos parecen tonterías frente al miedo al castigo de Dios por sus pecados. Algunas también son madres.

La cárcel ayudó a sor Mercedes a replantearse su vocación, ya que en la condena iba incluida una inhabilitación para ejercer la enfermería, actividad que de poco le serviría en los veinte años siguientes. Y con eso también tuvo que aprender a vivir. Sor Mercedes quiso ser enfermera desde que no era más que Mercedes, o Mercediñas. No quería ser médico, algo parecido a la enfermería, ni peluquera, ni farmacéutica, profesiones que eligieron algunas de sus coetáneas allí en Monforte, donde se crió. La mayoría de ellas acabaron siendo madres y amas de casa, pero Mercedes siempre tuvo muy claro que ella no quería vivir encerrada en una casa y acostarse con un hombre todas las noches. Los hombres siempre le han dado asco. Huelen mal, su piel gruesa y con pelos le da grima. Nadie intentó violarla, ni convivió con hombres desagradables. Simplemente nunca le han gustado, igual que otras reniegan de los grelos o de la carne de conejo. Para ella es algo visceral, quizá una manía obsesiva que experimentó ya de niña, y por eso siempre pensó en profesiones que la alejaran del futuro cierto de esas mujeres nacidas en los años cuarenta que miden el mundo en función de los pucheros y del número de críos correteando alrededor de sus faldas y delantales.

Siendo enfermera podría haber vivido sola. Y cuando descubrió a Dios y el celibato, creyó realmente en la cuadratura del círculo; por eso se lanzó enseguida a lo que entonces le pareció la mejor solución para una joven como ella.

Sexualmente tampoco le interesan las mujeres. Y no es que el sexo no le vaya. Sor Mercedes ya ha superado la fase de creer que el celibato comporta la abstinencia sexual absoluta. Se limita a meterse los dedos y disfrutar. En la cárcel le llaman a eso alemanita, de «¡hale, manita!». En fin, que como todas las monjas en un momento dado, en su caso después de leer algunos textos de san Agustín muy inspiradores, concluyó que, de alguna manera, su vocación estaba directamente ligada a la liberación sexual. A ella le pasó antes que a la mayoría de las religiosas, que suelen descubrir la emancipación sexual cuando cierta madurez les permite ocultar en la confesión buena parte de lo que hacen. De eso también les habló, aunque con menos intensidad que sobre su delito, a las presas que la tomaron como consejera en materia moral y religiosa. Y sí, gracias a todo eso, sor Mercedes incluso consiguió que alguna de las mujeres con las que coincidió en la cárcel de A Lama optase después por la vida contemplativa. Al haberse acostumbrado a la cárcel, el convento resultaba una buena solución para mantenerlas alejadas de los delitos.

Es evidente que, de una u otra manera, sor Mercedes le usurpó un poco su papel al cura de la cárcel. No del todo cómodo con la situación, él ha comprendido con el paso de los años que, aunque no sea una confesión válida, lo cierto es que las internas se sienten mejor confesándose con una monja, que las comprende en asuntos tan íntimos y femeninos como la comisión de delitos. Mucho mejor que él, dónde va a parar. Incluso por eso, en la intimidad de su hogar, el capellán comenzó a replantearse la política de la Iglesia con las mujeres en general, aunque eso jamás lo reconocería en público. Así que, pasados los primeros años de disputa, el cura dejó hacer a sor Mercedes y cesó de cuestionar sus métodos, seguramente porque él también creía que era injusto que a sor Mercedes le cayesen veinte años de cárcel solo por intentar impartir un poco de justicia divina y luchar contra el pecado.

Pero por las noches, en la paz de su celda que siempre ha intentado imaginar como la de un convento, sor Mercedes no deja de rememorar aquellos días y trata de comprender cómo comenzó el disparate que la llevó a vivir casi en su vejez entre putas, asesinas y narcotraficantes. Porque lo cierto es que sor Mercedes siempre se ha negado a pensar que este fuera su destino, a pesar de aquella juventud suya que, al venirle a la memoria, la llena de nostalgia.

Luciérnagas por linterna

Otra confesión, amor, por si soltar pecados sirve para que me vuelva el talento que tanto te preocupa.

Te aclaro que los libros míos que has leído son todos anteriores a la cárcel, de la época en que exprimía historias y el tiempo parecía interminable. De hecho, en esa época escribía tanto que creo que ya lo dejé todo hecho. Así que a lo mejor resulta que ni siquiera la prisión tuvo la culpa de que ya no sepa escribir. En realidad, tú sigues pensando que por mis venas corre tinta en vez de sangre. Pero, créeme, cuando hice lo que hice ya no escribía. La vida contigo no me impide escribir. La niña no me come ni las ideas ni los relatos con sus lloros y sus cariños. Vosotros no sois responsables de nada.

Todo sucedió antes, en un pasado que ni te imaginas. Un tiempo en el que fui otra persona que, poco a poco, fue matando a la Inma escritora que crees que aún soy y que, por las mañanas, me afano en buscar sin éxito ante la amenaza silenciosa de los teléfonos, cuando tú estás tan ausente. Ahí lo tienes, *mon amour*. No estuve cuatro años trabajando fuera. Estuve cuatro años en la cárcel y nunca me he atrevido a decírtelo a la cara. He tenido suerte de que no fueran quince o veinte, pero, por lo visto, te has casado con una loca que se libró gracias a un buen plan de reinserción.

Tal vez no lo parezca. Incluso quizá no te des cuenta nunca. Puede que solo lo sepas si lees esto a escondidas o si muero y lo encuentras curioseando entre mis cosas. Si ese es el caso, me da igual; ya no habrá problema en que accedas a este documento e incluso lo publiques para arañar unos euros. Lo cierto es que te has casado con una maníaca obsesiva que un día, además, sufrió un brote bipolar. Pensaron que estaba loca de remate, ya ves.

La culpa la tuvo febrero. Siempre supe que sería el mes de mis fatalidades. Todos mis abuelos y abuelas murieron en febrero. Febrero es ese mes sin interés, sin Navidad, sin Reyes, sin vacaciones de ningún tipo, sin sol ni luna ni estrellas. Febrero es el mes de las nubes y de las depresiones. También yo moriré en febrero, ya verás. Y como no podía ser de otro modo, febrero fue el mes del delito. La locura es más habitual en primavera, dijo el fiscal, pero la mía, por lo visto, fue una locura de febrero que apareció de repente, aunque no sin avisar.

El tío Pepe también estaba loco. Me lo dijeron algunos primos segundos cuando el diagnóstico. «No te preocupes. A Pepe al final se le fue pasando.» Y así fue como mi familia convirtió la locura en una especie de migraña. A los ojos de todos, el tío Pepe fue siempre uno de esos tipos extravagantes que hacía cosas como pasarse una semana comiendo solo cosas de color rojo o levantarse una mañana y ponerse a caminar hacia Francia para tomarse una sopa de cebolla un mes después. Pero delitos, lo que se dice delitos graves, nadie llegó a conocérselos nunca. No era tampoco un loco entrañable, a decir verdad. Era un loco de los que parecen cuerdos, siempre razonando con una exquisita selección de vocabulario, siempre justificando con algún motivo extraño sus arrebatos más memorables.

De niña, pasé mucho rato observándolo detenidamente para

ver si había algo en su aspecto exterior que delatase de alguna manera su locura. Tenía los ojos pequeños como mi abuelo, pero los de él, en cambio, eran oscuros y profundos. Debía de ser el único de la familia que no tenía estos ojos verdes míos que a ti tanto te gustan. Y por lo demás, todo en él era relativamente normal. Algo anguloso de cara, las arrugas de los cuarenta asomándole entre las cejas y las sienes, donde el cabello castaño comenzaba a blanquearle, alto, tirando a flaco. Lo recuerdo así, como era cuando yo tenía unos ocho o nueve años. Y quizá porque sabía que estaba loco siempre me empeciné en que tenía algo de don Quijote de los dibujos animados, aunque entre ellos no había parecido alguno. Aún vive, pero ya hace tiempo que no me imagino cómo será su aspecto. Y de eso tampoco tienes la culpa ni tú ni la niña. Ni siquiera la prisión.

Un día el tío Pepe me mostró las luciérnagas. Fue al atardecer, en otro verano. Mi padre me había hecho un columpio colgado de la viga que sostenía la parra y yo había estado toda la tarde allí, aprendiendo a impulsarme sin que nadie me empujara, poniendo en práctica la teoría. Estirar las piernas al ir hacia delante, encoger las piernas al ir hacia atrás. Estirar, encoger. Estirar, encoger. Me gustaba mirarme las rodillas llenas de heridas decoradas con mercromina mientras volaba tan alto que mis pies casi tocaban los racimos aún verdes. Estuve mucho tiempo en el columpio, extrañándome de mi soledad que, en realidad, se parecía mucho a la libertad. De vez en cuando, mi madre pasaba a ver qué hacía y se marchaba a donde quiera que estuviesen los mayores, cuyas voces yo oía en mi ir y venir por las alturas de la viña, procedentes de un mundo distinto. Fue oscureciendo, y con la caída del sol me cansé del columpio y comencé a investigar los confines de aquella dimensión en la que el columpio era mi trono y el cerezo, junto al tronco y el hacha de cortar la leña, su frontera insalvable.

Había un gallinero, un cuarto de baño destartalado con una lavadora oxidada dentro, una caseta de perro vacía, una fila de lechugas que comenzaban a nacer, una regadera azul medio rota que goteaba, una carretilla con una rueda demasiado inestable para montarse en ella, una montaña de arena, dos baldosas de cuando cambiaron el suelo de la cocina, la manguera de limpiar, unas sartenes con unos agujeros en los que cabía mi dedo meñique, pero no el pulgar, y una jaula de cría de conejos con una lucecita dentro. Me agaché para acercar la cabeza al agujero grande del extremo y mirar qué era aquello, y descubrí que la luz procedía de un frasco de cristal que había allí, abandonado hacía tanto tiempo que el vidrio comenzaba a ponerse negro. Lo saqué. Fuera ya casi había oscurecido del todo, como si mi exploración del mundo hubiese agotado definitivamente aquella larguísima tarde de verano.

Es posible que ya en aquel momento, de alguna manera, fuera consciente de que estaba contemplando una de las imágenes más hermosas que jamás había visto. Aunque no sabía qué era. Me senté en el suelo, puse el frasco frente a mí y observé atenta aquellas lucecitas, porque eran varias, que se movían en el interior. Eran unos bichos grimosos parecidos a los grillos, hipnóticos, a los que se les iluminaba la barriga. Me quedé asombrada, como si estuviera asistiendo a algo prohibido, y por eso me llevé un pequeño susto cuando el tío Pepe, de repente a mi lado, dijo: «¿Sabes qué son?». Negué con la cabeza.

—Luciérnagas.

—¡Luciérnagas! Pensaba que ya no había…

—Quedan pocas. ¿A que son bonitas?

En realidad, yo le tenía un poco de miedo al tío Pepe. Por eso me quedé asombrada por su amabilidad y su sensibilidad ante la belleza de las luciérnagas. Hasta aquel momento, yo también pensaba que los locos estaban incapacitados para apreciar la belleza, el bien, el valor, y todas esas cualidades maravillosas que yo, en mi lógica infantil, identificaba solo con lo que las personas tenemos de racional.

—Si le ponemos un asa, un frasco de cristal lleno de luciérnagas podría ser una linterna.

—¿Son venenosas?

—No, no hacen ningún daño. Pero si las tocas, se apagan. Así que solo podemos mirarlas.

—¿Y de día también alumbran?

—No. Solo en las noches de verano, y al caer el sol, como hoy.

Nos quedamos un momento mirando el frasco con las luciérnagas como si se tratase de la aparición de un santo. El tío Pepe se sentó detrás de mí, como si me abrazara con las piernas, a unos centímetros de tocarme.

—¿Y si las liberamos? —dije, creyendo que esa forma de cambiar de tema era una manera de sacudirme el miedo o algo parecido al sentir la respiración del tío Pepe calentándome la nuca.

—Tienes razón. Tiene pinta de que estarán más contentas volando libres por ahí.

—A lo mejor han entrado y no saben salir.

—O quizá ya han nacido ahí.

—No creo.

Cogí el frasco con cuidado y lo giré. Pero las luciérnagas siguieron allí, con el abdomen encendido, como si no se atrevieran a salir al mundo de libertad que les ofrecíamos. Entonces el tío Pepe se irguió de pronto y, con cierta agresividad, le dio la vuelta al frasco y lo agitó para obligar a las luciérnagas a salir. En ese instante se apagaron y se quedaron en el suelo, como muertas, quizá atemorizadas, esperando a que nos fuéramos para echar a volar con una luz nueva hacia la noche inmensa. En ese momento mi madre me llamó desde la puerta de la casa para que fuera a cenar. Me sentí más o menos liberada de no sé muy bien qué y eché a correr hacia la cocina. En el camino, me volví una vez a mirar al tío Pepe allí en pie, junto al puñado de luciérnagas apagadas en el suelo.

Ese recuerdo todavía me asalta a veces; ahí está la imagen un tanto siniestra de aquel hombre agitando el frasco de cristal con genio esa tarde. Y lo vi así, apagando las luciérnagas, en todas las ocasiones en las que el tío Pepe, después de aquel día, se me acercaba por las noches y metía las manos dentro de mis bragas, rebuscando no sé qué, mientras yo me hacía la dormida, quizá pensando en aquella luz de insectos para iluminarme la oscura cordura.

Orgasm Blush

Técnicamente, una violación es un delito que consiste en una agresión derivada de la falta de consentimiento para el contacto sexual mediante penetración anal, bucal o vaginal, obtenida mediante la violencia o el miedo. Por eso es un atentado contra la libertad sexual de la víctima. De la violada.

Eso es lo que dice Laura, que se sabe de memoria varias actualizaciones del Código Penal y que está especialmente interesada en los artículos 178 y 179. Desde que trabaja en la cárcel es, posiblemente, la consulta jurídica que en más ocasiones debe responder, ahora que todas las internas saben que, en tiempos, fue un talento del derecho. A día de hoy, es más bien un talento de la discreción carcelaria.

Tampoco es que Valentina fuera a preguntarle en concreto. Más bien Laura oyó por casualidad cómo Valentina le hablaba de su hijo Daniel a sor Mercedes.

—¿Y por qué no se quedó con su padre?

—Sor, es que mi hijo no tiene padre.

—¿Cómo que no? Todo el mundo tiene padre.

—Daniel no.

—¿No quiso hacerse cargo de él?

—Algo así.

—No entiendo.

—Preferí que no se hiciera cargo.

—¿Por qué?

—Porque la manera en que me quedé en estado no fue como para que desease formar una familia. Ya me entiende.

—¿Estaba casado?

—No.

—Tenía novia, entonces…

—Tampoco.

—¿Te violó?

—No lo sé.

Y la monja prefirió no seguir preguntando, consciente de que, a fin de cuentas, lo que importaba era Daniel. Pero en cuanto sor Mercedes se levantó de la mesa y Valentina se quedó sola, Laura le fue a explicar, sin mediar palabra, lo que es técnicamente una violación. Valentina se quedó un poco cortada. No dijo nada, pero por supuesto pensó en ello. Una vez sentenciado el delito, Laura siguió su camino dándole vueltas a lo de las clases de danza en la cárcel.

El trabajador social es buen amigo suyo. Hicieron buenas migas desde el primer momento, cuando llegaron a la prisión al mismo tiempo. Para Laura era su primer destino, y para Xabier el resultado de un traslado muy deseado desde una prisión de Castilla donde ahondó mucho en la morriña y en el arte de echar de menos a la familia. Bien es cierto que, en cuanto puso los pies en A Lama y asistió a la primera cena de Navidad de los funcionarios de la cárcel, no tuvo problema en añadir a sus múltiples sentimientos encontrados la sensación de culpa por un sexo rápido pero más que satisfactorio con Laura en el baño del restaurante. Aun así, fuera de esa complicidad que da el sexo sin compromiso y que suele derivar en una amistad interesante, entre ellos dos nunca ha existido ningún tipo de expectativas. Mientras le manda un mensaje al móvil, a Laura se le ocurre pensar que su relación con Xabier es todo lo contrario de una violación.

Supuestamente, Laura no tiene que hacer recomendaciones de carácter jurídico deprisa y corriendo a las internas. Y se supone que tampoco tiene que escuchar sus problemas u orientarlas en sus vidas. Ella solo está ahí para vigilar, evitar cualquier alteración, aunque en un módulo de mujeres, en general, haya poco que evitar. Por eso le dijo aquello como quien no quiere la cosa. Casi como si le dijese que llevaba un cordón desatado o la chaqueta del revés. Técnicamente una violación es… Valentina de pronto empezó a entender y a convertir en justicia aquello que la pudría por dentro.

Un tiempo después, buscó a Laura aunque solo fuera para darle las gracias. Quiero estudiar, le dijo. Y Laura, que al principio no entendió muy bien por qué le hacía a ella esa confesión y no a sor Mercedes, enseguida cayó en la cuenta de que su aclaración técnica había servido para que a Valentina se le abriera un mundo nuevo. Unos días después, Laura le pidió a Xabier que hablase con Valentina y la matriculara en la escuela de la cárcel para empezar sacándose el título de ESO. Después ya se vería.

Xabier y Laura.

Él se quedó fascinado con su original perfil. Querer ser funcionaria de prisiones. Dios mío. Cuando él estudió trabajo social fue solo porque la nota de selectividad no le alcanzó para entrar en fisioterapia, luego se le dio bien y, encima, las primeras oposiciones que convocaron fueron esas, las de trabajar en las cárceles. Xabier, como quien dice, ha sido toda su vida un funcionario y tiene ese punto vitalmente extraño de la gente que nunca ha estado en el paro. Como le ha sucedido siempre, Laura tardó un tiempo en tener confianza con él. Lo de aquella cena de Navidad fue un impulso. Laura supone que el alcohol tuvo bastante que ver, sobre todo en ella, que nunca ha llegado a superar del todo los tiempos de vida sana, sin bebidas espirituosas.

Iban por los postres, ella se levantó para ir al baño y esperaba en la puerta a que saliera la persona que estaba dentro. Llevaría un par minutos en aquel pequeño pasillo que enfrentaba las puertas de los dos lavabos con una dama dieciochesca y un caballero de frac, chistera y bastón pintados. Esas figuras le daban al espacio un toque rancio y cutre que desentonaba con las pretensiones decorativas del resto, como pasa en tantos sitios donde los cocineros tienen veleidades arquitectónicas. Al fondo, un espejo neobarroco y una pileta con grifos dorados. Las paredes pintadas de rojo animaban especialmente a la lujuria, o eso le pareció a Laura cuando alguien le besó la nuca desde atrás, apartándole el cabello. Justo en ese instante se abrió la puerta del baño y se deshizo el abrazo. La mujer que estaba dentro salió y le dirigió a Laura una de esas sonrisas que te invitan a entrar, fugaz, mientras ya se iba.

Tras mirar la espalda de aquella mujer por un instante, rehicieron el abrazo, se metieron en el baño de mujeres y cerraron de una patada la puerta de chapa con la dama pintada. Cuando por fin pudo dar la vuelta, esquivando el váter que le daba en las rodillas y la cadena de la cisterna que le golpeaba en la cara, Laura pudo ver, primero, las manos grandes de Xabier cogiéndole la cara, y después sus ojos. Se dejó llevar por el impulso de meterle la lengua en la boca, y él le subió la falda del vestido negro ceñido con una mano mientras con la otra se desabrochaba el pantalón. Hasta aquel momento,

Laura nunca se había fijado en los ojos verdes y las pupilas enormes de Xabier; ni tampoco se le había ocurrido pensar que, debajo de aquellas camisas de marca que solía llevar y de los vaqueros con los que pretendía darse un toque de andar por casa en la cárcel, había un cuerpo grande, musculado seguramente por algunas horas de gimnasio a la semana.

Mientras la penetraba con impulsos poderosos, llegando allí donde solo un pene grande podía tocar a Laura, ella se quedó quieta saboreando el placer, hasta que notó su semen corriéndole por una pierna, ensuciándole las medias de blonda autoadhesiva y las bragas que se le habían quedado enganchadas en el tobillo.

Juntaron las dos frentes, entrechocándose la nariz, suspiraron y sonrieron. Él se subió los pantalones, la miró fijamente con una media sonrisa, y se fue. Ella se desenganchó las bragas del tobillo, se quitó las medias y lo tiró todo en la papelera al lado del váter, se lavó la pierna y con las manos bebió agua de un lavabo diminuto que había en una esquina. Se miró un momento en el espejo y se dio cuenta de que sus mejillas tenían un rubor favorecedor. Se arregló un poco el pelo y salió. En el pasillo diminuto, dejando el espejo neobarroco a su espalda, se preguntó en qué momento le habían desaparecido las ganas de orinar. Antes de ese encuentro, Laura y Xabier solo se habían visto por los corredores de la cárcel en media docena de ocasiones, y ni siquiera habían hablado.

Orgasm Blush.

Cuando estudiaba en Barcelona, Laura fue un día con Lucía y Amanda a una de esas enormes tiendas de perfumes y cosméticos para comprar unas barras de labios que habían visto en el anuncio de una revista. Grandes paneles llenos de fotos retocadas de mujeres bellísimas a las que los labios les brillaban especialmente. Pestañas que medían más que los párpados. Nariz perfecta. Orejas pequeñas. Cabellos rubios con toques de sol. Uñas sin padrastros. Y un colorete llamado Orgasm Blush, al lado de su variante Super Orgasm Blush, algo más oscuro. «El primer colorete que imita el rubor poscoital», rezaba la propaganda. Amanda y Lucía se rieron y lo probaron.

Sin duda, a ella le quedaba mejor el Orgasm Blush sin más. Incluso Raúl se sorprendió de que, la primera vez que se acostaron, ella cogiera enseguida un espejo de la mesilla de noche para ver si era cierto eso de que había un rubor poscoital, y comprobar, de paso, si su color natural tras el sexo era el del orgasmo o el del superorgasmo. Ni uno ni otro. O no había tenido orgasmo, o a ella no se le reflejaba en la cara el supuesto subidón de sangre y adrenalina.

Raúl.

Supone Laura que en algún momento con Raúl acabó poniéndosele el Orgasm Blush en las mejillas. Con él, nunca más volvió a tener la curiosidad de mirarse en el espejo, porque después de aquella primera vez tenía cosas más interesantes que hacer con Raúl en la cama que abrir cajones en busca de espejos de Blancanieves.

Raúl también estudiaba derecho, como Laura, aunque no iba a su clase. Se sentó frente a ella un día en la biblioteca, le dijo después que a propósito, y la invitó a un café, pero Laura tuvo que decirle que no porque tenía que ir a clase de ballet.

—Voy a clases de danza. Bajé el ritmo al empezar derecho.

—¡Eres bailarina!

—No. Solo hago la carrera de danza. Pero no voy a ser bailarina. Ya soy mayor para eso.

—¿En serio?

—Sí. Para eso tendría que haber terminado, concretamente el año pasado. Mejor hace dos años, si me apuras.

—¿Por qué no quieres ser bailarina?

Al día siguiente, cuando Laura salió de la academia de danza, y allí estaba él en la calle, apoyado en un banco, fumando. Laura no recordaba haberle dicho dónde ensayaba, así que supuso que él la había seguido hasta allí desde la facultad de derecho y que llevaría unas cinco horas esperando. O fue detrás de ella a las tres de la tarde y había vuelto no hacía mucho. ¿Qué había hecho entretanto? Entonces sí que tomaron ese café. O mejor dicho, fueron a cenar a un restaurante que Raúl conocía por allí cerca, un italiano en el que Laura se permitió comer, por primera vez desde los diez años, un plato de lasaña de carne con mucha, muchísima bechamel.

—¡Ya no recordaba a qué sabía esto!

Él la miraba un tanto perplejo.

—Laura, me he quedado con una duda. Si no quieres ser bailarina, ¿para qué sigues estudiando la carrera de ballet?

—Porque lo que se empieza debe terminarse, y no lo voy a dejar a medias.

—Eso es un poco radical, ¿no?

—¿Tú crees?

—En la vida hay cosas que se pueden dejar inacabadas, y no pasa nada.

—A mí sí.

Además, Laura tuvo que reconocer ante Raúl que, aunque bailar seis horas diarias le parecía una tortura aburridísima, la danza como espectáculo era para ella la cosa más maravillosa que se podía contemplar o vivir. La emocionaba ver las coreografías sobre el escenario y además deseaba como nadie ser capaz de bailar como las bailarinas a las que sabía que jamás sería capaz de imitar.

—Siendo realista, si lo piensas bien, no tiene demasiado sentido intentarlo. Solo soy práctica. Nunca seré como ellas, ni voy a bailar en un gran ballet. —Nunca había dicho algo así, pero se entendió a sí misma mejor al hacerlo—. Es más saludable pactar con la realidad, ¿no te parece?

En lugar de contestarle, Raúl pidió, sin que ella dijera ni mu, una ración de tarta de queso para cada uno. Después de darle un jugoso bocado a su pedazo, Raúl siguió como si nada.

—Pues tengo que confesarte que yo nunca he ido a ver un espectáculo de danza.

Lo que le fascinaba a él eran los videojuegos. Entonces Laura cayó en la cuenta de que ella, la verdad, nunca había jugado a un videojuego, y por eso elaboraron un plan de salvación mutua para la semana siguiente: ella lo llevaría a un espectáculo de danza, y él la llevaría a un salón de juegos a jugar al Príncipe de Persia.

En aquel salón de juegos, con la música a tope y moviendo torpemente a base de botones aquel muñequito con daga y torso desnudo, Laura descubrió un mundo del que solo había oído hablar y que, en la mística de su círculo de bailarinas, incluso despreciaba. Pero resulta que le gustó. Le gustó quedar con Raúl tardes de sábado enteras a jugar con la Play Station, como si fueran adolescentes que, después, echaban uno, dos, tres polvos entre cubatas y rayas de coca, en los inmensos locales de las zonas de marcha de Barcelona. Laura suponía que alcanzó un montón de veces el Super Orgasm Blush en aquellas noches de sudor entre las pistas de baile y los baños de las discotecas, descubriendo que su cuerpo también respondía a la música tecno, y a dormir menos de cinco horas, a comer carbohidratos a montones y yogures de vainilla, y enlazar con la primera hora de clase directamente, porque, eso sí, por mucho que hiciera con Raúl, seguía sin bajar el ritmo de estudio ni sus expectativas de futuro. Ya que había empezado derecho bien, también lo terminaría bien, y sería funcionaria de prisiones, algo que maravillaba a aquel chaval que solo pretendía acabar de una vez las asignaturas sueltas que le faltaban para ser abogado en el despacho de su tío Arturo y seguir llevando una vida similar a la de aquella época, solo que con algo más de dinero y algo menos de tiempo libre para gastarlo.

Además, sus tres amigas adoraban a Raúl, y se divertían con él como nunca lo habían hecho en aquellos años de estudios. Raúl logró enseñarles a ser estudiantes; él fue para ellas la propia Barcelona, la demostración de que esas ciudades magníficas son así por algo, porque hay gente dispuesta a dejarse morir por llenarlas de vida y experiencias.

Eso lo pensó Laura, en realidad, mucho después. Ella vio mucho más en un Raúl que, de un modo intuitivo, apartó a Laura del silencio para convertirla en alguien que le hablaba y que, entre pantalla y pantalla de los videojuegos más violentos, le contaba cuánto le gustaba perseguir mariquitas allá por los huertos en los suburbios de Lugo. «Rei, rei, ¿prá onde eu irei? ¿Pró mar ou prá terra, ou pró bico da serra?», le cantó alguna vez ella, que nunca cantaba. Y aprendió el valor inaudito del sexo apasionado mezclado con drogas duras y blandas, de alguna que otra orgía, y del amor que parecía eterno. Ese fue, seguramente, el paréntesis importante de Laura que nunca más volvió.

Sí que se enamoró de Raúl. Claro que sí. Un año después de conocerlo, cuando iba a cursar cuarto, ya no podía pasar un día sin verlo, y por eso decidió que vivirían juntos, que era o entonces o nunca, porque todo era sencillo y fácil, porque no había que hacer más que el desayuno, las meriendas y dejarse llevar en un día a día de clases y bibliotecas, porque los dos hacían lo mismo, porque incluso compartían alguna asignatura, porque él fumaba y ella no, porque a Raúl le gustaba esperarla en la puerta de la academia mientras ensayaba los pasos de su proyecto de fin de carrera. Y en ese tiempo Laura fue verdaderamente feliz.

Hasta que un día, cuando ella acababa de terminar derecho, cuando ya había dejado atrás la tortura de la danza, cuando ya sus padres habían asumido que su secreta pasión por ser funcionaria de prisiones los dejaría sin bailarina, cuando ya se había matriculado en una academia para preparar las oposiciones correspondientes, pues uno de esos días, Raúl rompió con ella de repente y sin que Laura pudiera explicárselo, por más vueltas que le dio.

—No puedo más. Ya no te quiero.

—Pero… ¿cómo?

Eso. ¿Cómo? ¡Cómo! ¿Cómo pudo Laura no percatarse de que Raúl había dejado de quererla, la noche anterior mientras hacían el amor, o ese verano de unos meses antes cuando parecían tan felices jugando a enterrarse en la arena de la playa y buceando bajo las olas de la Barceloneta? Laura quiso preguntarle a Raúl por qué había dejado de quererla, qué había hecho para, de pronto, verse sin el amor que le había cambiado la vida. ¿Para qué se había propuesto ser otra persona, si aquello iba a terminarse? ¿Por qué había dedicado sus días y sus ansias a un hombre que, por lo visto, ya no la quería? Pero lo único que le salió de la boca a Laura, como en un golpe de aire que otro te sopla, fue ese «como». ¿Cómo? ¿Cómo?

—Quiero ser sincero contigo. Hace tiempo que me veo con otra y ahora está embarazada.

Y Laura, que a esas alturas ya lloraba, empezó a convertir el susto en indignación, la culpa en ira, y la tristeza en odio. Pero también entrevió en ese momento una lógica asquerosa: si Raúl era sincero, era solo por hacerse un favor a sí mismo y recordar en el futuro aquella ruptura desde su moral irreprochable. Así, él se salvaría. Aunque para eso Laura tuviese que quedar enterrada en la miseria.

—¿Con otra?

—Laura…

—No, ¡no me toques! ¿Cuánto tiempo lleváis?

—¿Y eso qué más da ahora?

—A mí me importa. Soy yo la que se siente imbécil.

—No pienso llevar esta discusión por ahí.

—Si esto fuese una discusión, yo por lo menos tendría alguna opción. Pero, por lo que veo, has tomado la decisión tú solo. —Se calló un momento, sopesando si decir o no lo que finalmente dijo—. No. Habéis tomado la decisión. Vosotros dos. Tú y ella.

Decir «ella», en efecto, dio vida a aquella mujer embarazada que le arrancaba a Laura su existencia hermosa. Fue decirlo, y comprender definitivamente que la otra existía. Fue darle forma con la lengua, los dientes, y el impulso del aire en la boca, y entender que ya estaba hecho, que Raúl se había marchado, que ella ya no era necesaria en aquel dúo, sino esa otra mujer que acariciaba un vientre con el hijo de Raúl dentro. Fue pronunciar ese pronombre y sentirse excluida, cargada de una autocompasión envenenada que abrió en Laura una grieta.

Raúl se calló. Nunca había visto así a Laura, la bailarina comedida y hábil que se concentraba en sus libros y en sus rotuladores fluorescentes y parecía incapaz de salirse del guión disciplinado en el que se había educado. Laura, la del justo medio. Laura, la que levitaba al limpiar el polvo. Seguramente Raúl esperaba un enfado, unas lágrimas, una tristeza infinita de muchacha rota por el dolor de ser abandonada. Pero no esperaba aquellos ojos de mujer despechada simplemente acompañados de silencio acusador. Raúl habría preferido la ira, la locura y el llanto en lugar de aquellas palabras tragadas que no salían de Laura, toda compostura por fuera.

Pero todavía le quedaba algo por decir en su arrebato de sinceridad. Aquella tarde, Raúl tenía una misión y tenía que llevarla a cabo.

—Me voy a vivir con ella a Santiago.

—¿Santiago de Galicia? —No era un chiste. Fue lo que le salió a Laura, como forma de ahogar la náusea que le provocaba entender aquel juego asqueroso de los papeles cambiados: él en Santiago y ella en Barcelona. El mundo al revés.

—Sí, ese Santiago.

—Pero…, ¿y tu trabajo? ¿Tu tío Arturo?

—Ya no quiero ser abogado ni trabajar con mi tío. —Se quedó pensando un momento—. Y tampoco tengo ni idea de lo que quiero o debo ser con ella y con el bebé. Pero no puedo seguir así, aquí, contigo.

Que se iba. Y se fue. Como suele pasar en la vida y en las telenovelas.

Laura se quedó con la felicidad entre los dientes sin entender nada, sin saber en qué momento perdió aquel amor enorme y fascinante que la cambió. Y sobre todo le entró la sensación humillante de que, si todo estaba siendo tan asquerosamente común, debería haberlo previsto. De pronto se sintió como la protagonista de un mal espectáculo, ella que había nacido para atraer la belleza y no esos asuntos simplones de mujeres engañadas sin darse cuenta.

Laura podría haber pasado meses comiéndose los mocos como forma de vivir el luto, pero su forma de limpiar su cuerpo del Orgasm Blush y el resto de las drogas de Raúl apareció en el mismo momento en el que él cerró la puerta y ella se quedó del otro lado mirando el pomo y la mirilla como si el mundo empezase y terminase ahí, en ese pedazo de madera blanca con un agujero para mirar al otro lado, y en esa esfera dorada que se le antojó el peor de los cerrojos, el que la encerraría para siempre si no reaccionaba. Mirando la puerta, plantada allí inmóvil durante unos minutos, Laura repasó mentalmente sus últimos meses con Raúl y evocó la tarde feliz en que se conocieron, las noches cargadas de alegría en que él le descubrió un mundo nuevo, los mensajes telefónicos en los que simplemente se mandaban un beso, aquellos días en que estrenaron juguetes sexuales, las tardes de supermercado en que compraba las galletas que a él le gustaban, y los planes de futuro que, hasta no hacía mucho, todavía comentaban. Llegó a la conclusión de que a ella no se le hacía eso.

De eso nada.

No. Absolutamente, no. Laura tenía amor propio. Y enseguida pasó del dolor a la indignación. Decidió que tenía que hacer algo. Recuperar a Raúl. O vengarse. U odiarlo. O hacerle tanto daño como él le había hecho a ella. Lo que se empieza hay que acabarlo.

Ahora, pasados los años, esas heridas cerradas le pican a Laura como las cicatrices cuando cambia el tiempo. Lo cierto es que todavía piensa a menudo en Raúl. Se acuerda de él siempre que habla con Xabier, igual que no puede evitar recordar a Raúl cuando se acuesta con un hombre. Con cualquiera. Ahora, por supuesto, lo ve todo de otro modo, pero hay cuentas pendientes. Aunque Xabier es, seguramente, lo contrario de Raúl, despierta en Laura el mismo tipo de deseo más o menos adolescente que sintió aquellos días primeros en las discotecas de Barcelona. Solo que Xabier es un hombre, no un joven de veinte años. Xabier podría ser Raúl, con una mujer y unos hijos en casa, viviendo una vida paralela que lo saque del aburrimiento.

—Entonces, ¿qué te parece si montas un grupo de baile? Solo por probar.

—¿No hay nada más femenino que se te pase por la cabeza?

—Si el director nos deja, yo misma puedo dar las clases.

—¿Tú?

—También tengo el título superior en danza. Las internas me conocen y algunas tienen cierta confianza conmigo. Podemos ofrecérselo a las mujeres y a los internos del módulo de respeto.

—Va a resultar un poco raro.

—Un experimento. Si sale bien, luego puedes escribir uno de esos artículos que lees en los congresos.

—Veré qué puedo hacer. ¿Qué haces hoy al salir? ¿Tomamos una copa?

—Hoy no puedo. ¿Es que tú no tienes casa?

Laura sale del despacho de Xabier arreglándose el pelo y vuelve a cruzarse como tantas veces con Valentina, que le sonríe agradecida, con sus libros de ortografía y matemáticas de camino a las clases. Como una hermosa colegiala encerrada en una cárcel en lugar de un internado. Laura también le sonríe.

—¿Todo bien?

Todo bien.

A pan y cuchillo

A Valentina la fascina esa monja que cuenta cómo robó un montón de bebés y se quedó tan ancha. Desde la primera vez que habló con ella, no deja de ponerse en el lugar de aquellas madres que creyeron muertos a sus hijos no solo en el momento de recibir la inesperada noticia, sino mucho después, en el instante en que supieron que todo era mentira y sus vidas dejaron de tener sentido. Hacerse a la idea imposible de parir un niño muerto. Tener que ver cómo de los pechos, de una manera insultante e intempestiva, de repente te gotea una leche que no alimentará a nadie; cómo tu útero aún grande delata durante meses la pérdida, todo ese tiempo en que el vientre tarda en volver a su lugar y que ya nunca será igual, en realidad, porque ha sido ataúd; el hueco enorme que ya no se llena con la suave e inocente dulzura de esa vida diminuta acurrucada contra ti, y saber que ya no volverás a ser la misma. A eso no puede acostumbrarse nadie por muchos años que pasen. Seguramente en las mañanas que vinieron después, sin faltar una, y pasara lo que pasase en sus vidas, ya fuesen felices o no, tuvieran más hijos, triunfasen o fracasasen, amaran o no a hombres que podrían convertirse en padres, aquellas madres se levantaban con el pensamiento volcado en la criatura que perdieron, que quedó atrapada en las luces blancas de un quirófano y que no volvió más. Desayunaban la amargura de sentirse culpables, sin saber muy bien por qué, y en la boca les quedaba para siempre ese sinsabor, ese amor malogrado, esa idea de que los niños no mueren a no ser que algo los mate. Esas madres mutiladas para siempre que ya no pueden contemplar su propio vientre sin miedo y rencor. Por eso a Valentina le parece que, a pesar de todo, el peor momento tuvo que ser cuando descubrieron la mentira. Ella también le escupiría en la cara a sor Mercedes si estuviera en el lugar de aquella madre. Qué horror, enterarte de que te has permitido vivir sin preocuparte por tu hija.

Aun así, Valentina es creyente, y mucho. Por eso es una de esas allegadas a sor Mercedes que tienen que escuchar su historia una y otra vez. Las creyentes son así, sobre todo las creyentes latinoamericanas: viven la fe por cercanía. Y, en el fondo, siente curiosidad por la personalidad de la monja, la misma curiosidad que nos causan los asesinos y los locos. Cerca de sor Mercedes, Valentina experimenta esa voluntad de saber un tanto morbosa que nos obliga a mirar cuando pasamos por el lugar de un accidente o al lado de alguien que llora en plena calle. Tal vez, lo que más le fascina es esa apariencia de persona normal, de monja normal, más bien, que tiene sor Mercedes. Como si nunca hubiese dicho una mentira y como si fuera tierna y cándida, a pesar de saber que veinte años de prisión no le caen porque sí a una anciana que siempre dice la verdad, y a pesar de entender, en definitiva, por qué sigue vistiendo el hábito y por qué se niega a todo tipo de beneficio penitenciario.

Valentina habla mucho con sor Mercedes, aunque no puede evitar juzgarla. El asunto de su delito, del que tanto alardea la monja, la supera. Intenta pensar que ya está cumpliendo su condena, que ella no tiene derecho a juzgar a nadie, que a fin de cuentas, y por injusto que fuera, la cogieron intentando meter en España tres kilos de coca, entre maletas que no sabía ni que tenía y orificios corporales varios. Si estás en la cárcel será porque algo habrás hecho; ninguna de las presas es precisamente una santa, aunque se arrepientan para el resto de sus días, y de esa ley no se libra ni la monja sor Mercedes, solo faltaba. Aunque, piensa Valentina, hay delitos y delitos. El delito de ella es deleznable, cierto. Imposible calcular la vida de cuántas personas habría destrozado la droga que ella introdujo, pero el de sor Mercedes se parece más a un genocidio. Desde que decidió estudiar derecho, a Valentina le da por hacer taxonomías de delitos para entretenerse mientras transita el camino interminable de preparar la ESO, el bachillerato, la selectividad… Mínimo unos cuatro años antes de empezar a pensar en la posibilidad de ser abogada. Y para esa época ya le quedará poco en prisión. A veces, Valentina preferiría detener el tiempo allí dentro, a pesar de todo.

Una mañana, Valentina decidió leer el Código Penal para tener un objetivo en la vida. Jugó, por así decirlo, su futuro a esa carta: si el Código Penal le gustaba, podría estudiar derecho y defenderse a sí misma cuando lo precisara. Como suele ocurrir con los delitos de narcotráfico, desde el primer momento estuvo convencida de que ella no tenía que estar allí, que de alguna manera ella era una víctima de algo que, desde luego, la excedía a ella y a todos los que estaban allí dentro, a Laura, a Xabier, y también a las cocineras y al director de la prisión. Hubo un tremendo engaño, señor juez, las muchachas como yo casi nunca van presas. Pero el juez le contestó que las muchachas como ella acababan confundiéndose casi siempre. Y allí acabó, deseosa de replantear la justicia europea y con una motivación para empezar a estudiar, ella, que ya tenía un hijo y ya había caminado medio mundo, pero que, sobre todo, supo al poco de llegar a la cárcel que había sido violada y ni siquiera se había enterado. Aun así, mientras resuelve ecuaciones y hace análisis sintácticos, divide palabras en lexemas y morfemas y memoriza los ríos de España, leer el Código Penal solo le sirve a Valentina para darle ideas con las que cometer nuevos y creativos delitos.

En realidad, parece mentira que no se diese cuenta de que a cualquiera pueden trincarla: en cuanto puso los pies fuera de El Calvario, o incluso antes, cuando el Negro se le echó encima y ella se sintió capaz de matarlo si pudiera, o cuando parió a Daniel con la cabra mirándola, y se dio cuenta de que, si hacía aquello, sería capaz de cualquier otra cosa que se propusiera o le propusiesen. Claro que ni siquiera los hijos de convictos se pasan el día pensando en que ellos también pueden acabar en la cárcel, a pesar de que la estadística los marca como los más propensos. Es que la vida obliga. En realidad, criminales de verdad, en el módulo de mujeres no hay ninguna. A lo mejor la escritora, aunque lo de ella es relativo. Y probablemente sor Mercedes, aunque su insistencia en que lo hizo para bien le resta mucha capacidad criminal. Los criminales que Valentina ha conocido, los de verdad, esos criminales que asustan y que salen en los documentales de la televisión como autores de verdaderos delitos que, mires por donde los mires, son maldades y crueldades dignas de los códigos penales más rebuscados, esos están todos campando libres, fuera de las cárceles. Valentina piensa muchas veces que estaría muy bien tener un detector de exconvictos. Por lo menos a ella le habría ayudado.

Probablemente ese discurrir es producto del cansancio. Desde que recorrió todos aquellos kilómetros andando y con Daniel a cuestas, vive cansada. Es una fatiga profundísima, vital, absoluta, para siempre, que sigue ahí cuando se levanta por la mañana y que va asentándose a medida que avanza el día. A lo mejor, podría haber buscado otro modo de desplazarse. Podría haber cogido un caballo, por ejemplo. O podría haber hecho andando el trayecto de El Calvario a Guayabetal, o incluso a Villavicencio, que ya tiene lo suyo, y allí coger un autobús a Acacías. Incluso pudo no haber ido a Acacías e instalarse definitivamente en Villavicencio, y así no habría ido nunca a Bogotá y, por tanto, a los aeropuertos de Bogotá y de Madrid-Barajas, ni tampoco a la cárcel de A Lama. Pero no, igual que el cansancio se le ha instalado de por vida en el alma, también le pareció inevitable ir a Acacías en lugar de a cualquier otro lugar. Que lo más lógico del mundo era hacer eso, como si no hubiera más opciones. Y allá se fue, a pie, hacia Acacías, con el niño a cuestas sujetado con una tela, como las africanas que caminan veinte kilómetros al día para ir a buscar agua para sus familias, para sus maridos. Así descubrió que cuando el cansancio supera un determinado límite, el cuerpo no siente dolor, o lo siente de una manera más soportable. A lo mejor la falta de oxígeno después de caminar durante horas, sintiendo que huyes, acaba siendo buena para concentrarse. Llegar a Acacías, llegar a Acacías, llegar a Acacías. Con el tiempo y el Atlántico de por medio, a Valentina todo esto le parece incluso extravagante. Pero en aquel momento para ella resultaba lo más lógico del mundo. Acacías, esa ciudad más bien feúcha y pequeña, le parecía el lugar donde triunfar y hacer feliz a su hijo Daniel.

Es curioso, pero las obsesiones van por donde les da la gana. Cuando no llevaba más que un par de días en Acacías, a Valentina le dio por dejar en un segundo plano eso de la felicidad de Daniel. No porque hubiera dejado de quererlo o importarle, ¡por Dios!, ni tampoco es que pensase que no era la prioridad fundamental de su vida hacer feliz su hijo. Entonces y ahora, Valentina habría dado la vida si alguien hubiera llegado y le hubiese dicho: si te matas, Daniel será feliz para siempre. Es solo que Valentina pensó que habría otros atajos para conseguir esa ansiada felicidad y que no tenían por qué pasar por su proyecto de permanecer en Acacías. Seguramente ese convencimiento fue otro producto más del cansancio, y así de repente mudó una obsesión por otra.

Al llegar, no supo adónde ir. Sintió ese vacío que aparece en el minuto después, un vacío que tenía algo de físico, porque las piernas de pronto dejaron de caminar, y porque de repente también fue consciente de que el poco dinero que llevaba tenía que permitirle poner una serie de límites a su pobre odisea: no dormir en la calle y tener un lecho donde acostar a Daniel. Pero los hoteles más o menos decentes, dentro de la poca oferta decente de Acacías, costaban por lo menos ciento cincuenta mil pesos. Y a ese ritmo, Valentina podía quedarse sin dinero en poco más de una semana, así que se le ocurrió una genialidad. Entró en un supermercado, que fue lo que le pareció el establecimiento más fiable de aquella calle, y, dibujando su mejor sonrisa, preguntó a una cajera que tecleaba en la caja registradora con unas larguísimas uñas pintadas de rojo con puntos negros, si sabía de alguien que pudiera alquilarle una habitación. A cambio, ella podía limpiar o cocinar.

Solo hacía un mes que la cajera había salido de la cárcel, pero claro, eso Valentina, que no había salido de El Calvario más que para ir a la feria a Villavicencio, no podía ni imaginarlo. La vio allí sentada, con sus uñas largas y su amabilidad mientras cobraba paquetes de galletas y filetes de ternera, y le pareció una honrada trabajadora. Por entonces Valentina, evidentemente, no tenía ni idea de que existía algo llamado «libertad condicional».

—¿Para usted y el bebé?

—Sí. No necesitamos algo muy grande. Con tal de poder usar también el baño y la cocina…

—Yo tengo un cuarto libre, si quiere. No es gran cosa, pero hay una cama y podemos hablar con la vecina, que tiene seis hijos y alguna cuna tendrá.

—No tengo dinero.

—¿No decía que sabía cocinar?

Y, en efecto, ese fue el trato: Valentina hacía la comida y le pagaba una cantidad pequeña por el cuarto. Después supo que los alimentos que comían y que ella cocinaba eran robados de aquel súper que el primer día le pareció el paraíso terrenal.

Pero no pasó mucho tiempo allí. En realidad, ni siquiera tuvo ocasión de buscar un trabajo además de cocinar para la cajera de las uñas largas, para sí misma y para los amigos y familiares que iban a aquella casa un día sí y otro también. Cuando su casera y jefa apareció aquella misma tarde con varias bolsas de comida, Valentina le preguntó si tenía que cocinar para varios días, y la otra le contestó, simplemente, con un lacónico «Espera y verás». Y así fue, alrededor de las ocho empezó a llegar gente y Valentina entendió que tendría que hacer una comida que sirviese para muchos, o no tantos, que nunca se sabía quién aparecería y quién no, y que por eso tendría que acostumbrarse a comer sobras durante el tiempo que permaneciera en aquella casa.

Ella ya había decidido que su estancia en aquel piso no sería muy larga, pero, en realidad, se marchó de allí incluso antes de lo que esperaba. Valentina no sabe qué cantidad exacta de exconvictos acudían a aquellas merendolas, pero ella calcula que debían de ser todos o casi todos, excepto los niños, que también lo serían pronto. Claro que todo eso lo supo después. En aquel momento pensó simplemente que eran amigos más o menos ruidosos, más o menos agresivos, más o menos educados, más o menos exagerados. Como la chica de las uñas largas, que una de aquellas tardes incluso intentó convencer a Valentina de que también se pintase las uñas de las manos y de los pies, para quitarle la tierra de la aldea, le dijo, y sacarle un poco de partido a aquella belleza suya que tanto admiraban los comensales varones. Con el paso del tiempo Valentina también se convenció de que, de haber permanecido en aquella casa un mes más, habrían acabado montando un burdel. Y quizá ella habría aceptado.

Lo que sucedió fue un poco distinto, pero seguramente mucho peor. Valentina ya sabía que su siguiente objetivo tenía que ser Bogotá, aunque desconocía cuándo partiría. Sí tenía claro que había llegado al límite del cansancio, y, por lo tanto, no tenía ni la más mínima intención de hacer esos ciento cincuenta kilómetros andando. Podía ir en autobús, o en coche si encontraba quien la llevara, o en tren. El problema no era cómo llegar, sino qué hacer al llegar allí. Valentina no quería verse con Daniel vagando sin rumbo por Bogotá, agobiándose por no saber qué hacer y sintiendo otra vez, como cuando llegó a Acacías, que se había equivocado marchándose de El Calvario. Y la solución llegó, finalmente, en forma de comensal. También ex convicto.

Agustín.

El que más gritaba, el que más cantaba, el que más les tocaba el culo a todas, el que más bebía. Y Valentina, que no tenía una gran experiencia con los hombres, pensó que era también el más simpático. Y él se quedó fascinado por la belleza de ella. Siempre había creído que esa opulencia suya de curvas y grasa, que aún se hizo más evidente después del nacimiento de Daniel, era una limitación de su cuerpo, a juzgar por las mujeres de las revistas. Y sin embargo, todos, sin faltar uno, incluido el Negro mientras la estaba violando, afirmaban que la belleza de Valentina no era solo su cara bonita, sino aquel cuerpo generoso y feliz.

Agustín, fascinado casi a partes iguales por la belleza de Valentina y por el toque casero de su forma de cocinar, la observó el primer día, habló con ella el segundo, el tercero y el cuarto; el quinto día le alabó la comida, el sexto y el séptimo apareció por la casa cuando Valentina estaba sola, y tomaron juntos un café con bizcocho de naranja. Y el séptimo día, le propuso ir a Bogotá. «En Acacías no se puede vivir. Aquí no hay ritmo —le dijo a Valentina, que lo imaginó bailando salsa de la mañana a la noche—; Bogotá ofrece todas las oportunidades para gente como nosotros.»

Valentina intuía ya por entonces que no tenía nada en común con gente como él, pero como solo estuvo segura de eso mucho tiempo después, se dejó llevar. En realidad, creía que ella y Agustín se parecían, por lo menos en tener Bogotá como objetivo. Y eso tenía que implicar alguna cosa más. Así que a la tercera semana hizo las maletas, tapó a Daniel con una mantita, y se montaron en el coche de Agustín rumbo a Bogotá, donde él evidentemente tenía una vida distinta de la que Valentina le había imaginado en Acacías.

Tampoco regresó nunca a Acacías.

En su proyecto de convertir a Valentina en alguien como él, Agustín le mostró una Bogotá muy distinta de la que ella habría conocido si hubiera ido por su cuenta. Ese fue el destino de Valentina y Daniel, y de ahí a terminar detenida en un aeropuerto había poco trecho. Sobre todo si eras un poco inexperta, como le sucedía a ella entonces. Pero mientras tanto, por lo menos, Agustín les dio alojamiento a los dos, sin pedir nada a cambio. Evidentemente, Valentina no era tan tonta como para no darse cuenta de que era raro que un hombre así aceptara que no se acostase con él de buenas a primeras. Quería otra cosa de Valentina, y poco tenía que ver con el sexo. Agustín tenía una retahíla de mujeres que lo adoraban y le acariciaban los tatuajes; quizá no cocinasen tan bien como ella, y no tuvieran un hijo; se ponían esos tops que aprietan las tetas y esas mallas de estampado de tigre que levantan el culo; pero ellas, suponía Valentina, no habían tenido tratos con alguien como el Negro. Aunque, quién sabe. Lo cierto es que, por lo que fuera, esas mujeres se arrimaban a Agustín e iban a menudo al piso en el que vivía con Valentina y Daniel. Ella le dijo muchas veces que en un par de meses, cuando encontrara un trabajo en Bogotá y conociese mejor la ciudad, viviría sola y le pagaría lo que le debía por el tiempo que él la había alojado allí, pero él, solícito, le decía que todo eso ya se arreglaría.

Hasta el día que le pidió que saldara la deuda. Usted me lleva unas cosas a España y yo asumo que me paga a mí, que paga también la estancia en Acacías e incluso, si quiere, puede empezar con Daniel una vida bonita allá. Yo pongo el dinero para comenzar. Este no tiene que devolvérmelo. Y sí, Valentina pensó que tenía que haber gato encerrado en esa historia, que tanta generosidad no era propia de hombres como Agustín; pero también creyó que si aceptaba el trato que le ofrecía sin duda ella y Daniel podrían, por fin, comenzar su vida, y serían felices lejos de El Calvario, del Negro, del cura y del reggaeton que Agustín ponía constantemente a todo volumen. Y terminaría tanto cansancio.

«El aeropuerto de El Dorado está controlado —le dijo Agustín cuando aquel médico le introdujo las cápsulas y la avisó de que si estallaban moriría—. Solo debe tener cuidado en Madrid. Allí no tiene que mostrarse nerviosa, ni insegura. Asuma su papel: usted es una colombiana rica que va de vacaciones.» Así que ella borró Bogotá de la cabeza y escribió mentalmente España con pulso tembloroso, pero convencida de que el riesgo merecía la pena.

Valentina jamás imaginó que el riesgo era tan alto como para quedarse sin Daniel.

Después, igual que antes, la suya siguió siendo una historia como tantas otras, aunque ella, por lo menos, siempre dice que tiene la satisfacción de no haber hecho lo que hizo por haberse enamorado de un imbécil que le buscó la ruina. Lo suyo fue más bien un socio que se la jugó, y lo que ella hizo fue por sí misma y por su Daniel. Tampoco es que lo pensara demasiado, pero está contenta de que hubiese surgido así.

Por supuesto que en el aeropuerto fue evidente que Valentina, con Daniel a cuestas, no era ninguna colombiana rica, sino una mula a la que le cayeron diez años de cárcel y, sobre todo, el adiós a su hijo.

—No hay espacio ni en las residencias ni en los módulos de madres —le dijo la abogada de oficio—. A veces es así. Mandan a tu niño con una familia de acogida hasta que salgas. También puedes mandarlo con tu familia a Colombia.

—A Colombia no. Ni él ni yo volveremos a Colombia.

Ese es ahora su objetivo fundamental. Quedarse. No regresar nunca más. Hacer esa vida nueva, a pesar de todo, en la que Valentina debería ser abogada o algo parecido, porque para eso quiere estudiar.

—La legislación española es dura en este sentido —continuó la abogada—, aunque creo que no eras más que un cebo.

—¿Un cebo?

—Sí, es algo habitual. Mientras te cogen a ti, pasan otros. Tú eres guapa, llevas un niño… Motivo de atención para la policía. Todo el mundo lo sabe, incluida la propia poli, si me apuras… Al que te reclutó le interesaste por eso.

—¡Cómo iba a saberlo yo! —Valentina habría preferido que no se lo hubiera explicado—. ¡Usted tiene que conseguir que el juez se dé cuenta de que he sido víctima de un engaño!

A la abogada le dio la risa, aunque intentó disimular. Y después le comentó que el asunto de la falta de espacio también debía de ser el motivo por el que la mandaban a una cárcel de Galicia mientras el niño se quedaría en una casa de acogida en Madrid. Por lo demás, solo le dio un consejo útil: si no quieres que te manden a Colombia en cuanto pongas un pie fuera de la cárcel, ve pensando en un plan B para quedarte en el país.

De los seis años, ya ha pasado más de uno. Cuando lleve cuatro, parece ser que puede pedir el tercer grado, pero entonces ya debería tener bien organizado su plan B. Un nuevo objetivo que sumar a lo que llena sus días de angustia: volver a ver a Daniel y lograr que el tiempo no sirva para que su rostro se le borre de la memoria. En realidad, para Valentina ambos objetivos están relacionados, son la cara y la cruz de una misma moneda, pero aún no sabe muy bien cómo lograrlos. Por el momento, lo único que ha conseguido es que la bajen de litera. Le pidió a sor Mercedes que le corrigiera las faltas en la carta de solicitud, y se sintió importante al recibir una respuesta afirmativa. Por un momento, pensó que ser abogada sería algo así. Lo aprovechó cuando su primera compañera de celda se suicidó y llegó esta mujer callada que escribe todo el día. Valentina teme que escriba sobre ella. Aunque, pensándolo bien, qué más da. Habla poco, quizá porque no tiene mucho interés en llevarse bien con nadie dentro de la cárcel. Es una opción inteligente. Pero hay quien dice que habla poco porque está loca de atar, y también que se cree superior a los demás. Pueden ser muchas cosas, pero a Valentina le gusta, porque le hace compañía y porque sabe escuchar. Además, parece que no le importa nada estar en la litera de arriba, lo cual Valentina valora por encima de muchas cosas.

Las demás internas la llaman la Escritora, porque escribe mucho, sí, pero también porque habla distinto. Aunque pocas saben cuál fue su delito, Valentina conoce todos los detalles, pues para eso es su presa de confianza. Todas creen que es terrorista, pero Valentina sabe que no, que simplemente es una especie de pobre loca que casi mata a alguien. Si las chicas como Valentina no acaban en prisión, es evidente que las que son como la Escritora todavía menos. Tal vez por eso las han puesto juntas en la misma celda.

Cunetas

Siempre llevaba flores a la cuneta donde estaba enterrada su madre y, a medida que pasa el tiempo, se atormenta más por no continuar haciéndolo. Cualquiera diría que la cárcel, en realidad, no es una condena para sor Mercedes, sino para su madre muerta en la cuneta, lejos de donde se crió.

Se ven muchas flores en las cunetas, y la gente tiende a creer que es porque hubo un accidente de coche con algún ser querido entre los muertos. Pero los muertos de las cunetas suelen ser de otra clase. Cuando era joven, Mercedes aprendió a pensar que había sido bueno que la salvasen de su madre, pero como, a pesar de todo, también le enseñaron a honrar a los padres, empezó a llevarle flores a la cuneta y después ya no pudo dejar de hacerlo. Sentía una satisfacción rara al preparar el pequeño ramo, atarlo con un cordel y ponerle papel de aluminio juntando los tallos; cortar las espinas a las rosas, arrancarles los brotes a las camelias; y la satisfacción duraba aún unas horas, unos días, quizá. Irracional. Profunda. Primaria. En parte, sor Mercedes se alegra de que su madre no viviera para verla ahora. A ninguna madre le agrada ver a su hija condenada a veinte años de cárcel, aunque sea injustamente, porque después, no te liberas de las dudas en la vida. A lo mejor por eso en la cuneta de

Lugo donde iba siempre sor Mercedes antes de entrar en prisión ni siquiera nacen las calas o las amapolas; solo unas zarzas que, para colmo, dan unas moras amargas.

Sor Mercedes rechaza los permisos y el tercer grado. Hace ya muchos años que le dijo al abogado que se olvide de ella, que no quiere recurrir ni pedir nada más. Que asume la pena y punto. Que no se anda regateando con las penitencias. Que ella sabe bien cómo fue todo; ya está. A fin de cuentas, a su edad, tanto le da dónde envejecer y dónde morir, porque, en realidad, su madre seguramente preferiría otro tipo de regalos que no fueran esas flores, por mucho que a sor Mercedes la tranquilicen y reconforten. Lo sabe porque ha conocido a muchas mujeres como su madre, mujeres especiales, mujeres que creyeron que sus hijas vivirían mejor de otra manera.

De niña vivía en Monforte y se llamaba Mercediñas, y muchas veces se preguntaba qué había sido de su padre. Después le dio igual. Aunque tampoco recordaba a su madre, con ella la cosa era distinta, pues sí existía memoria de ella y opiniones enfrentadas entre la gente. Cuando paseaba junto al río, aún había quien la observaba con cierta curiosidad, como preguntándose hasta qué punto se heredan el carácter y los ideales; hasta qué punto las creencias se llevan en la sangre o escritas en los genes. Las monjas se habían encargado de recordarle lo bien que le había venido, dado su sexo, que su madre muriera lejos en aquella cuneta, dejándola sola, para que la educaran ellas, que sí sabían educar. A veces, no se perdona a sí misma los años díscolos de la adolescencia en los que llegó a odiar a aquellas mujeres que la vistieron, la formaron y, en menor medida, le dieron de comer. Sabe que con su tendencia a meterse en líos por aquellos días, en cierto modo las hizo sufrir, aunque nunca se lo dije ella supone que las propias monjas sabían lo que les tocaba con aquella huérfana que llevaba la misma sangre de la madre, y a saber de qué padre. Les costó sangre, sudor y lágrimas reconducirla, pero lo lograron.

Así como otras buscan su historia familiar hasta debajo de las piedras, incluso en aquellos años difíciles pero divertidos en los que se dedicaba a robar tabaco en el paseo y a quedarse con el dinero del cepillo de la iglesia de las clarisas, a discutirles el horario de las comidas y a cortarse ella misma el pelo por el simple hecho de verlas rabiar, y cosas más serias que ya contaremos, Mercediñas jamás tuvo interés en contradecir la versión de las monjas sobre su familia. Del padre no se sabía nada, aunque era probable que fuera un anarquista o incluso un maquis, por lo que llegó a intuir preguntando aquí y allá, antes de dejar de interesarse por él. A su madre, todo Monforte sabía bien por qué la habían matado. Según las monjas, ese tipo de maestras nunca tendrían que haber ejercido la profesión, y mucho menos tener una hija. Sor Mercedes aprendió la palabra «esterilizar» un día que una de las clarisas se refirió a su madre. Por eso tampoco le cupo nunca duda alguna de que era cierto que ella había sido salvada, aunque los motivos los entendió muchos años después de que la rescatasen de su casa aquella noche en que mataron a la madre en la cuneta donde no faltaron las flores una vez por semana, cada sábado, hasta el día en que sor Mercedes entró en la cárcel.

· La palabra se le quedó grabada a fuego. Esterilizar. Le fue útil a modo de mantra de sus principios morales y guía por la que acabó haciendo las cosas que hizo. Dudó algunas veces, por supuesto. Sería un monstruo si no dudase, si creyera absolutamente que jamás se equivocaba, que separar hijos y madres era algo que se podía hacer según el criterio de una desconocida que nunca los volvería a ver. Pero en todas las ocasiones concluyó que era lo mejor, sobre todo al conocer a aquellos nuevos padres. Y muy a menudo, las dudas se disipaban gracias a la compasión. Sor Mercedes veía a aquellos niños y a aquellas mujeres que acababan de parir, y elaboraba una composición de lugar que casi siempre situaba a las criaturas en otras casas, en inviernos más cálidos, en cunas levantadas del suelo. Ella sabía bien que lo que hacía estaba mal, pero creía con firmeza que era más justo hacerlo así. Y punto.

Lo bueno no siempre coincide con lo justo, pensaba muchas veces. A ella le facilitaba las cosas sentirse por momentos como un oficial de las SS ejecutando la Solución Final a través del cumplimiento de las órdenes de sus superiores. Ahí la responsabilidad siempre se deriva, es fácil decir que no lo sabías, que estabas allí para cumplir lo que te mandaban, que no eras más que el eslabón de una enorme cadena de atrocidades, que no tenías más opción que hacer lo que te mandaban para sobrevivir. Por eso en las guerras son más difíciles las condenas. Las guerras dejan en suspenso el derecho a no matar, el derecho a juzgar, el derecho a tener moral.

Pero sor Mercedes no estaba en una guerra, sino en una larga posguerra, y por eso simplificó un poco la teoría. Para ella, su caso era mucho más sencillo: llevaba escrito en la sangre un decálogo moral en el que hacer el bien atañía a cuestiones como dar de comer a los pobres, recomendar recato a las jóvenes con minifalda, ayunar el Viernes Santo, el celibato, escandalizarse por el adulterio, alejar niños de contextos perniciosos. Alejar niños de la pobreza. Alejar niños de las malas madres. Puede que sor Mercedes se excediese un poco en eso cuando, desde su asepsia sanitaria y católica, se ponía a determinar qué era una mala madre. A lo mejor ahí sí que cumplía órdenes, o ella, por lo menos, tenía cierta tendencia a verse así si le entraban las dudas. Ahí era un soldado de Cristo y del Papa. Ahí justamente, no tenía que ser ella quien juzgase, aunque pudiera tener dudas. Quizá usted no haría lo mismo en su lugar, pero ¿está segura? ¿Está segura de que, pensando como pensamos todas que determinadas personas no deberían tener hijos, resistiría la tentación de quitárselos, retirárselos, si tuviera la capacidad de hacerlo? Quien esté libre de pecado, que tire la primera piedra, pensaba siempre sor Mercedes cuando le entraban dudas. La diferencia entre querer matar y matar realmente, es solo una cuestión de atrevimiento. Y ella siempre estuvo segura de que se atrevió, igual que un soldado, a poner en práctica el catálogo de preceptos que hacían del mundo un lugar más ordenado. En realidad, también su madre había dado la vida por algo así. El atrevimiento, la valentía incluso, son una cuestión de perspectiva.

Últimamente, a sor Mercedes le viene muchas veces a la memoria el primero de los bebés. Nunca fue una de esas reclusas que no habla de su delito, pero en los últimos tiempos parece que se siente en especial reconfortada contando aquella primera vez que tomó la decisión de separar a la pequeña de su madre. Las demás la escuchan con cierto hastío; solo las nuevas sienten curiosidad, e incluso compasión ante su historia. Como ella, también esta era una niña. La diferencia es que ella se ha convertido en una vieja reclusa casi venerable, con su hábito azul, mientras que el bebé ha llegado a ser una mujer obstinada y perseverante. Ese primer bebé jamás habría pensado en el asunto si no fuera porque otros lo destaparon. Otros bebés obstinados y perseverantes, con sus madres tanto o más obstinadas y perseverantes, pero sobre todo desgraciadas desde el momento en que creyeron muertos a sus hijos. En total cincuenta y dos.

Curiosamente, la primera vez dudó poco y no tuvo ni el más mínimo remordimiento. Aún recuerda a aquella mujer pobre, con la cara llena de marcas de varicela, sola por completo en el hospital. «Llamen a mi madre —chillaba entre contracción y contracción—. Llamen a mi madre.» No tenía a nadie más. Y así, casi sin pensarlo, como por un impulso, sor Mercedes decidió que aquella criatura no podía quedarse con ella. Estaba naciendo condenada a la pobreza, a la soledad, a las penurias de una mujer sola, al contacto con alguien que se había quedado embarazada de cualquier manera, lo más seguro, o por tonta, que aún era peor. Las familias estaban para algo, pensó sor Mercedes, quien jamás había tenido una.

Otras monjas que por la misma época hicieron lo mismo que ella se regodeaban metiéndose con las mujeres mientras parían, pero sor Mercedes nunca se alegró de su dolor ni tuvo la tentación de compararlo con el placer del sexo, ni las acusó de putas por no tener marido, o de cabezas locas por quedarse en estado fuera del matrimonio, ni de pobres desgraciadas que no eran capaces de aspirar a una vida decente. Ella no hizo eso. Sor Mercedes actuaba y callaba, porque sentía que era su deber y porque enjuiciar no era su trabajo, sino el de Dios, que ya había dispuesto bien claro a través de sus normas lo que aquellas muchachas se empecinaban en incumplir. Sor Mercedes, sabía, sabe aún, que no fue más que el brazo ejecutor. Alguien con capacidad circunstancial para reconducir a aquellos niños y para obligar a aquellas madres a una dura reflexión. Y todos, sin faltar uno, tuvieron una vida mejor. Fue evidente cuando los vio en el juicio. Ella sí estaba segura de que aprovechó la oportunidad que otros, quizá por cobardía, no habrían aprovechado. Cualquier otra, en tal circunstancia, sería una de esas cobardes.

Si les hubiera tocado otra monja, quizá sus vidas habrían sido de otra manera. Para bien o para mal. Sor Mercedes cree que para mal. Aunque la jueza no le hiciese ningún caso, siempre dijo que si hubiera sabido que las vidas de esos pequeños irían a peor, jamás habría hecho lo que hizo. La suya no solo era una buena intención, sino una seguridad absoluta de que estaba haciéndoles un bien. Y lo que son las cosas, no se confundió.

A diferencia de los médicos y de otras monjas y enfermeras que hicieron lo mismo, sor Mercedes jamás cobró a las familias de adopción ni les exigió regalos o privilegios. Se conformaba con escogerlas ella, entre una retahíla de parejas candidatas que comenzaron a proliferar al mismo ritmo que el rumor medio secreto y medio sabido que, sin duda, el propio médico se encargó de hacer correr entre sus amistades de clase alta, o de clase media, pero con deseos de tener hijos, o de convertirse en mediadores entre la inocencia de un bebé y la voluntad penitencial de la Santa Iglesia Católica.

Lo de esterilizarlas ya fue otra cosa. Sor Mercedes se vino arriba con el éxito de su supuesta buena acción con los bebés, y tomó la decisión de esterilizar a algunas madres, quizá porque es fácil ser así cuando tienes el poder para hacerlo. Nunca se lo ha dicho a nadie, pero de eso sí que no está plenamente satisfecha, aunque en su día tuvo un convencimiento tan absoluto sobre eso como sobre la cuestión de los robos. Lo que la atrajo fue sentirse con el poder de convencer a aquellos médicos de que se podía, e incluso se debía, hacer aquello. Pero ahora ha comenzado a pensar en si algún día dudará sobre los robos de bebés igual que ha dudado acerca de las mujeres esterilizadas. Treinta y cinco en total. La jueza dice que treinta y siete, pero esa no es su cuenta.

Aquella primera niña era rellenita. Tenía coloretes, unas pestañas larguísimas y una buena mata de cabello negro que después se convirtió en una melena rubia llena de bucles. Pesaba unos tres kilos y medio, más o menos. Sor Mercedes no lo recuerda con exactitud. La vistieron con un pelele del hospital porque la madre no tenía nada que ponerle a su bebé, y la abuela, que finalmente llegó para consolarla de los dolores, tampoco. Por raro que parezca, ese fue el detonante. Un pelele de esos que se les olvidan a familias más ricas o más despistadas. Sor Mercedes se empeñó en verlo como una señal, un mensaje de que tenía que actuar más allá de vestir a aquel bebé que, en cuanto saliera de allí, iría a parar a una casa sin peleles y sin vida para niñas regordetas que un día acabarían siendo rubias.

Mientras le ponía el pelele a la niña, sor Mercedes se debatió entre la voluntad de hacer y no hacer. Entre pensar en la pobre madre u obviarla por completo. Por un ventanal vio pasar a la abuela, que aparentaba veinte años más de los que seguramente tenía. De negro, con un pañuelo en la cabeza. Las cejas desarregladas, grises, unas arrugas profundas marcadas por el sol y la intemperie, las manos ennegrecidas de tanto manejar cazuelas calientes y tanta piedra y tanta tierra. Sor Mercedes incluso creyó ver en la mirada intensa pero triste de aquella mujer la idea de que la niña no solo no vendría con un pan bajo el brazo, sino que sería una desgracia más que añadir a la casa. El pelele limpio, blanco, suave, con el que sor Mercedes estaba vistiendo a la niña era otra cosa. Otro mundo. La vieja desapareció en el corredor y sor Mercedes tuvo un impulso de profundísimo amor por aquella criaturita. Una vez vestida, la cogió en brazos, se la acercó, puso la carita de ella contra la suya, y se dejó llenar por aquel olor de recién nacido. Si hubiera tenido leche en los pechos, le habría dado de mamar, pero se conformó con un biberón. Se quedó dormida al instante. Sor Mercedes aún permaneció un rato mirando a la niña, acostada en la cuna al lado de otros tres niños en la sala de neonatos, niños de familias que no precisaban un expolio. Pero esa niña sí. Se sentó allí, esperando quizá una señal de Dios que le disipara las dudas, y decidió que esa señal ya había venido en forma de pelele de la talla 0. Respiró hondo, volvió a levantarse y cogió otra vez en brazos a la pequeña, dormida, envuelta en una manta, y la llevó a otro lugar. Un cuarto discreto, sin ventanas transparentes que dieran a corredores a la vista de abuelas desmejoradas. Un lugar recogido donde la niña pudiera dormir y esperar, simplemente, a que su madre se marchase del hospital. Y así lo hizo.

Un par de horas después fue a darle la noticia a la madre.

—A veces pasa —le dijo con cierta frialdad mientras la chica se deshacía en lágrimas, incomprensión y frustración—. Parece que están bien, y aun así mueren.

—Ni siquiera tenía nombre —empezó a decir la abuela. Lo siguió repitiendo a modo de letanía, como si sirviera para devolvérsela otra vez—. Ni siquiera tenía nombre, ni siquiera tenía nombre, ni siquiera tenía nombre, ni siquiera tenía nombre.

—Quiero verla.

—Es mejor que no. ¿Para qué?

Y la abuela, que, con el rostro desencajado tenía un aire a la *Pietà* de Miguel Ángel, la apoyó.

—No, hija, mejor que no la veas. Mejor que la recuerdes viva. —La acariciaba—. Eres muy joven. Serás madre otra vez.

Por un momento, sor Mercedes pensó en la vieja como cómplice. ¿Tal vez se había dado cuenta de que era una maniobra para robarles el bebé y se había alegrado porque las liberaba de una boca que alimentar en una casa pobre? Quizá exageraba. El día del juicio, la joven, que nunca más volvió a ser madre y que acabó por parecerse a la abuela de una forma estremecedora, fue la que escupió a la cara a sor Mercedes y que tanto fotografiaron los medios de comunicación.

Tras la noticia, volvió junto a la niña. No había pensado en cómo proceder, pero buscar cómplices de un delito en un hospital religioso en la época del franquismo fue mucho más fácil de lo que creyó sor Mercedes en un primer momento. Se lo contaba así a las reclusas. «No sé por qué, pero entonces siempre había alguien bien dispuesto para ese tipo de asuntos.» Un médico. Otra enfermera. Un celador. Los primeros años fueron ellos tres los que ayudaron a la causa de sor Mercedes. Después vino otro médico, por el asunto de las esterilizaciones. Y con el tiempo algunos más en otros hospitales. Un total de cincuenta y una. La jueza lo denominó «red criminal» en su auto. A sor Mercedes eso sí que le dolió. Criminal. Y a las demás internas, también. Podían ser muchas cosas, le decían, ladronas, putas, narcotraficantes, estafadoras, mentirosas, pobres de pedir... ¡Pero criminales! Y menos una monja. Quizá por eso sor Mercedes se empeñó en seguir llevando su hábito azul por los corredores, para limpiar de su memoria la palabra «criminal».

En realidad, no dedica mucho tiempo a pensar en ello. Sí a recordarlo todo, ahora que de pronto le vienen a la memoria los recuerdos concretísimos, cargados de sensaciones y de pequeños detalles en los que no reparó siquiera cuando el abogado le pedía que se esforzase en recordar a cada uno de los bebés, a cada una de las familias. Después no, y ahora, transcurridos más de diez años, sí. Recuerda a la perfección la sensación de volver al cuarto donde había dejado durmiendo a la niña y sentarse a su lado. Y recuerda que ya en aquel momento imaginó que podría volver a hacerlo si hacía falta.

La vida es sueño

El día que no sueñas, piensas que lo vas a dejar para siempre. De hecho, hay gente que no sueña. Unos, porque no lo hacían antes; otros, porque en cuanto ponen los pies en los pasillos blancos y observan en la lejanía los muros de hormigón, dejan de soñar. Cuando te ocurre eso, te quedas con el miedo de permanecer así. Solo se te pasa si sales de la cárcel y, una vez recuperada tu cama, vuelven otra vez los sueños, pero nunca como antes. Mientras estás en prisión, es habitual soñar con que estás en tu casa, y cuando te despiertas, dudas si en realidad estar despierta es el sueño o si aquello que soñabas era tu vida de verdad. La versión penitenciaria de la obra de Calderón.

Una tarde tiempo en acostumbrarse, y ayuda mucho tener algo que hacer; por eso allí dentro hay una auténtica obsesión por conseguir trabajo, o por participar en las actividades que matan el tiempo y que te recuerdan que estar viva es, sencillamente, soñar solo cuando estás durmiendo. Por eso también los castigos suelen comenzar por prohibirte esa ocupación del tiempo que es un privilegio.

Tampoco yo logré ocupar el tiempo. Podrías pensar que, como muchos presos escritores que aprovecharon la cárcel para escribir grandes obras o para profundizar seriamente en su cordura, también yo habría aprovechado la experiencia para algo así de productivo. Pero no. Quitarte la libertad es anularte por completo. Y si ya no era capaz de escribir justo antes del delito, ¿por qué iba a hacerlo estando allí dentro? Las horas y los días comienzan a sucederse en una rutina que engancha, y de pronto precisas mucho, muchísimo ánimo y fuerza de voluntad para ponerte a hacer algo, a no ser que tengas necesidad o un estímulo fuerte ahí fuera que valga la pena y justifique el inmenso esfuerzo que supone comenzar algo, salir de la lógica perversa del sueño, de esa comodidad inconsciente que implica pensar que, en el fondo, cualquier cosa que hagas dará igual porque en algún momento despertarás para descubrir que todo ha sido un paréntesis.

Así que al salir y ser consciente de que ya vivo otra vez fuera de los sueños, debería poder iniciar algo. Este libro, por ejemplo. Pero para obligarme a escribir debo tener una vida, algo al margen de mi pasado y mis locuras, y me da la impresión de que todo eso ya se acabó para mí. Es como si el juez que me mandó a la cárcel hubiera condenado a muerte a la Inma escritora, porque la presencia aplastante de aquella celda dentro de mí también me condenó, como si en lugar de vivir yo dentro de ella, viviese ella dentro de mí y no dejase espacio para nada más, nunca.

Tal vez tengas la tentación de pensar que estos recuerdos son solo puras invenciones. Y a lo mejor no te equivocas. A veces yo misma dudo. Ese narrador objetivo que está en la cárcel y mira desde los techos a todas esas mujeres puede ser pura invención. Pero sea como sea, vuelvo a escribir, aunque lo único que me anima es pensar en la perspectiva de no dedicarme en cuerpo y alma a esta niña que me absorbe las ideas como si fuera una esponja y reconvierte todo lo que imagino en balbuceos, risas, reflujos y lloros intempestivos. Un asco.

Antes escribir era ser libre. Ahora es solo darle vueltas a otro tiempo.

Recuerdo a mi madre cuando aún era joven y se ponía unas katiuskas azules por encima de los pantalones vaqueros. También recuerdo no saber agarrarme cuando ella conducía la moto, las pocas veces que monté en ella. Un copo de nieve sobre mi mano derritiéndose justo donde estaba la sortija que perdí aquel día que intenté llegar al centro de la tierra a fuerza de cavar en la playa. Mis calcetines colgados de una pequeña barra metálica en la estufa eléctrica con su reja y las dos ruedas de la temperatura y la potencia. El Tragabolas, y la Rueda de la Moda, aquel vestido que le cosí yo misma a la Barbie. Las discusiones sobre leer o no leer libros de vampiros, incluido *Drácula*. Las patatas rellenas de carne. Recuerdo. Y nada más. Pero llega un punto en que no sé si invento o recuerdo. Me he quedado enganchada en la confusión, en esa frontera viscosa entre la realidad y la ficción. Locura. A lo mejor. Pero indago y quizá solo así recupero la palabra literaria. Y no. No pienso tomar pastillas para que la locura deje lugar a un cerebro aletargado que ni piensa ni imagina ni miente ni escribe.

Prefiero no hablar de eso.

Hay otras cosas que podrían interesarte. O no, porque quizá no me leas nunca.

Una noche, en la cárcel, soñé que venías a verme. Solo había estado contigo una vez antes, en aquel club de lectura en el que nos conocimos, y de repente aparecías. Abrí los ojos, me quedé sentada en la cama y te vi. No estabas muerto pero tampoco vivo, como los espíritus vivos del Japón, los *ikiryos* que aparecían en aquel libro que leímos allí, *La historia de Genji*. Por aquel entonces no podíamos imaginar que terminaríamos juntos.

Entraste en mi celda y te quedaste allí de pie, como ido, mirándome durante largo rato. Después me convencí de que, en realidad, no es que siguiera soñando, sino que de algún modo inexplicable yo me había introducido en un sueño tuyo. Nunca me dijiste si soñaste conmigo antes de reencontrarnos, pero yo siempre estuve segura de que sí, aunque no lo recuerdes. Tuvo que ser tu *ikiryo* que se liberó de tu cuerpo y vino a buscarme a la cárcel. Y no voy a decir que fuera nuestro mejor polvo, pero para mí aquello fue verdaderamente importante.

Por eso te busqué al salir.

Después de aquello, y por mucho que lo intenté, nunca logré que mi *ikiryo* me sacara de la cárcel, aunque solo fuese una noche. Si lo hubiera logrado, habría empleado esa oportunidad para ir a verte. Entretanto, me dediqué a recordar, pensando que mis recuerdos eran sueños y a dejarme llevar por aquel mundo de mujeres convictas sobre las que no sé si hago bien en escribir porque incluso dudo que sean recuerdos.

Cuando estaba allí, me veía a mí misma saliendo y publicando la gran novela sobre aquellas mujeres en la cárcel, cada una con su historia y con una trama que las uniera a todas, un objetivo común para matar mi falta de libertad y de dignidad. Y ahora aquí estoy, confiando excesivamente en un juego de palabras pero sabiendo que no hay novela si no tienes nada que contar. Porque matar el miedo a que mueras antes que yo escribiendo esto, tampoco lo convierte en una buena obra. Ahora que solo sueño cuando tengo que soñar, me ha caído encima la desgracia de emborronar unos documentos de Word sin que de ellos salga una mísera historia que me dé un motivo para considerar que este oficio siga siendo el mío.

¿Qué harás tú mientras conduces, mientras trabajas, mientras comes? A veces, me gustaría que imaginaras que esto que aquí te cuento es verdad. Otras veces, querría enviar mi espíritu para que te acompañe, y que mi cuerpo se quede aquí con la niña, en este aburrimiento blando que es la maternidad y esta esclavitud a la que llaman lactancia. Así no necesitaría escribir. ¿Y tú? ¿También te dedicas a recordar? ¿Mientras pisas el acelerador recuerdas aquel día que pescaste un tiburón? Tu libro sobre los exploradores, las gotas de sangre en la camisa de tu padre cuando te partiste el labio. ¿Nuestra hija también te hace recordar la infancia? Entre nosotros casi no hay recuerdos, aún. Solo secretos que tú no conoces.

Escribir sobre tus secretos. Tus sueños. Tu vida que yo desconozco. Quizá estuviste en la cárcel. Quisiste matar a alguien. Robaste dinero. Te cogieron con droga. Te prostituiste. Por las mañanas, mientras conduces, o trabajas, o comes, o miras el horizonte y el reloj me acosa, te sueño cometiendo delitos para darte una vida anterior a nuestro encuentro. Pero no me sale nada, quizá porque eres solo aquel espíritu vivo que vino a verme.

De todas formas, sigamos.

Beso, verdad o consecuencia

Hace años Margot pensaba que quizá, a lo mejor, todavía deseaba dejar de ser puta y dedicarse a ser otra vez esposa y madre, y que, puesta a recibir un Esaú con lentejas o sin ellas, preferiría una niña. Más tarde, Margot se resistió a la idea de saberse seca de hijos por dentro y por fuera, e imaginaba que llamaría Magdalena a la hija que tendría con un hombre de esos que visten trajes con corbata y conducen un crossover azul marino a través de la ciudad, dejando a su mujer en una hermosa casa con jardín y diciéndole que se van al trabajo, cuando en realidad van a visitar a su amante. Quizá Margot también tendría un amante. El padre de una amiguita de Magdalena, probablemente. Se conocerían en el parque, porque Magdalena le habría robado la merienda a la hija de su amante. O en la guardería, en uno de esos interminables festivales en que los niños hacen el ridículo, porque a Margot se le estropearía aquella cámara pequeñita que había comprado en un viaje a Tenerife justo en el momento estelar de su hija, y su amante le prestaría, ¡que amable!, su Nikon profesional; intercambiarían correos electrónicos para el envío de las fotos y, *voilà*, uno de ellos terminaría diciendo: «¿Tomamos un café un día de estos?». Margot seguramente sí le contaría su vida anterior a su amante, porque amante viene de amar, y a quien amas le cuentas tus secretos, tu pasado, el dolor de que te arrancasen un hijo bonito, gitano y rubio al que nunca más volviste a ver.

Todo eso podría haber pasado antes de que Margot supiese que era lesbiana. Aunque en un momento dado se convenció de que siempre lo había sido, hubo un tiempo en que llegó a creer que esa condición suya era producto de las estancias en la cárcel. Después, todo cambió cuando se enamoró de Isabel. En ese momento hizo un repaso de los amores indignos que había tenido antes, y llegó a la conclusión de que, si contaba el beso robado que en quinto le dio a Laura, ya era lesbiana antes de cumplir los diez años. Y también cuando envidiaba las tetas altas y redondas de su prima Candela, que no era por ella, sino por el deseo de verla quitarse el sujetador y compararlas una al lado de la otra, alrededor de los doce años, en la época en que empezaban a tener tetas. Igual que cuando hacía la calle y discutía por las fronteras del territorio, entre las naves de las conserveras y los cristales rotos en el suelo; a veces se quedaba mirando a alguna de sus colegas, avenida Jacinto Benavente arriba y abajo, como si la retase a usurparle el espacio, cuando en realidad le admiraba los andares.

Tardó, pero lo supo, como también supo que, efectivamente, jamás tendría una Magdalena en sus brazos, ni un marido con amante, ni el más mínimo contacto con padres de niñas que las llevan al colegio, a no ser algunos clientes más o menos regulares entre los que se había hecho bastante conocida en ciertos ambientes de la clase media-alta viguesa. Alguno que, con su crossover azul marino, la recogía delante de la lonja y la llevaba hasta un aparcamiento de Samil donde creía que nadie se enteraría de que ese era su coche, para chupársela primero y para darle a ella por el culo después, a veces de a dos, como en las pelis porno, porque los asientos traseros de los crossovers son totalmente abatibles y abren un espacio considerable en la parte de atrás, en la que van los niños jugando a la PS3. Justo ahí pueden caber tres, incluso cuatro personas bien organizadas si Margot está a cuatro patas, el dueño del crossover arrodillado de cara a Margot, un amigo sentado detrás de ella y otro a su lado, quizá; hay múltiples opciones mientras ella tenga boca, culo y una mano libre, y un pequeño hueco, el suficiente para que junto a cada una de esas partes de su cuerpo quepa una persona. Es que Margot también es muy versátil, como a ella le gusta decir.

Igual que resulta raro que alguien diga de niña que quiere ser funcionaria de prisiones, también lo es que alguien sueñe con ser puta. Así que, evidentemente, eso no es lo que Margot quería de niña, pero tampoco entiende el porqué de ese estigma contra las putas. Siempre le pareció alucinante que en toda esta historia de la prostitución ella sea la mala. Claro que también es verdad que tardó unos cuantos años en percatarse de eso. Durante media vida, Margot creyó que era la escoria que sus clientes buscaban.

Pero un día, después de conocer a Isabel, se preguntó por qué, a pesar de todo, llevaba tanto tiempo de puta. ¿Era solo comodidad, incapacidad para ser otra cosa? ¿O era que, en el fondo de su alma, Margot sabía que ser puta no era algo indigno en sí mismo? Y si era tan indigno, ¿por qué desde que el mundo es mundo nos empecinamos en mantener relaciones con mujeres que cambian sexo por dinero?

En realidad, Margot no pensó eso exactamente, sino casi lo contrario, es decir, que hay cosas mucho peores que cambiar sexo por dinero, e incluso muchas formas bien vistas de hacerlo, formas que incluso salen en las revistas y en los telediarios, aunque a ella le tocase, justamente, la proscrita. Todo eso también lo aprendió compilando delitos en prisión.

El día que se dio cuenta fue como si Margot arrancase la anilla a una granada de mano, y entendió que una es lo que es y no lo que los demás dicen que es, y para ella ser puta era una profesión. Intentaba trabajar lo mejor posible, como cualquiera, y además tenía la particularidad de que para poder ejercer precisaba de *partenaires*, tal vez dotados de un alto grado de hipocresía, que pagasen. Gente dispuesta a comprar lo que ella vendía, ya fueran marineros borrachos habituales de la rotonda del Berbés a ciertas horas, o los hombres de los crossover azules que aparcaban en Samil y después iban a limpiar sus secretos bajo duchas de hidromasaje. Luego les darían un beso en la nuca a sus mujeres, profundamente dormidas a las dos o tres de la madrugada, con el sérum anticelulítico haciéndoles efecto por debajo del pijama bonito que les habían regalado por el día de la Madre. Porque igual que ninguna sueña de niña con ser puta, tampoco nadie reconoce abiertamente que la mayor ilusión de su vida es gastarse el dinero en putas como modelo de bienestar social. Más tarde, Isabel le diría que lo que era digno o indigno, moral e inmoral era una convención. Como colocar el pan a la izquierda del plato. Y que las convenciones las suelen instalar los poderosos.

Por cierto, sí.

Hemos dicho Laura.

Puede que haya pasado inadvertido entre tanto puterío. Pero hemos dicho Laura, sí, sí, la del beso robado en quinto. Hay muchas Lauras, pero no en esta historia. Y Laura por ahora no sabe que Margot es Rebeca, ni se ha dado cuenta todavía de que ella no solo fue la bailarina medio despistada del colegio, sino también la niña de quinto que jugaba a verdad, beso o consecuencia en las excursiones. Como todas. Laura ha olvidado por completo aquel día que fueron a Betanzos de excursión y el beso en los labios que le dio a Rebeca, la gitana que se marchó poco después para casarse. Así que Laura no tiene ni idea de que esas cosas que pueden ocurrir efectivamente ocurren.

Siempre fue un misterio para todos ellos por qué los llevaban a Betanzos pudiendo llevar a niños y niñas de un colegio rural de Lugo a algún sitio maravilloso que tuviese, por lo menos, un Zara. Y no es que Betanzos estuviese mal, pero, antes de casarse, Margot no quería ver las tumbas de aquellos nobles del antiguo Reino de Galicia, ni unos hermosos paisajes junto al río, ni ir a A Coruña a la playa y a los museos. Margot quería entrar en un Zara con sus amigas y probarse camisetas fluorescentes, mallas blancas y zapatos con plataforma, como correspondía a la moda del momento. Pero los profesores no compartían el criterio de la niña gitana de quinto, porque imaginaban que a Zara acabaría yendo en algún momento de su vida, y a contemplar la torre de los Andrade jamás volvería. Como de hecho ocurrió.

Era un día radiante, de esos de las excursiones de quinto. Aunque hubiera llovido a cántaros, Margot lo recordaría como un día de sol, de esos soles inmensos que llenaban los días largos de cuando tenía diez años y su vida aún no había comenzado. Como siempre, cantaron en el autobús y comieron en un parque, todos con su bocadillo de filete empanado y una lata de Fanta. Vestidos con su visera, su chándal, sus deportivas. Excepto Rebeca que, en fin, iba a las excursiones como podía; y comía de lo que le daban, porque los filetes empanados no entraban en la dieta de su casa de familia extensa e intensa.

Pero comer era lo de menos. Como a las demás, aquellas excursiones le servían a Rebeca para profundizar en los amores del recreo. Eran días enteros para no leer, no hacer cuentas, no aprender en los libros de texto y, a cambio, escuchar música a medias compartiendo auriculares y cintas de casete, comer helados a deshora, leer revistas en el autobús, comer sentadas en la hierba intercambiando los sabores de las cazuelas de cada madre, y jugar a verdad, beso o consecuencia en el tiempo muerto después de la comida, que siempre era larguísimo. Y ese era el verdadero recreo en el que se delataba quién le gustaba a quién, o, por lo menos, se tonteaba con la idea de posibles amores ocultos entre niños de diez años.

Todos pensaban que a Rebeca le gustaba Pablo, sobre todo porque no tenían ni idea de que ella era para Isaac, lógicamente. Los niños de diez años no piensan en bodas. Y a Pablo…, a Pablo en realidad le gustaba Laura, a quien, al final, tampoco es que le gustase nadie en especial, porque vivía en otra dimensión, o porque aún no le había llegado el tiempo de esos intereses, ella que llevaba una Barbie en la mochila de ballet para entretenerse entre una clase y otra, y que a menudo dejaba a Ken abandonado en un cajón porque, en realidad, no sabía qué hacer con Ken y Barbie juntos.

¿Verdad, beso o consecuencia? Verdad. ¿Verdad que te gusta…, verdad que te gusta… ¡Pablo!? No. ¡No se vale mentir! ¡Que no miento, idiota!, ¡qué sabrás tú quién me mola a mí! ¿Y cómo sabemos que no mientes si dices que te gusta uno de fuera? Pues no puedes saberlo. ¡Tiene que ser de nuestro cole! ¿Qué quieres que haga si la verdad es que me gusta uno que no es de aquí? Así no se vale. Pues que elija otra cosa; le tocó a ella y le tocó. ¡Qué lela, tía! Con Rebe no se puede jugar a estas cosas. Venga, no os pongáis así, elijo otra cosa… A ver. ¿Verdad, beso o consecuencia? Beso. Pues dale un beso a Pablo. Pero ¿cómo os tengo que decir que a mí Pablo me da igual? Y yo tendré algo que decir, ¿no? ¿Ah, pero a ti qué más te da que Rebe te dé un beso si quien te gusta es Laura? ¿Y tú qué sabes si me gusta Laura? ¡Se te nota! ¡Mirad, mirad, se pone colorado! ¡No me pongo colorado! ¡Sí, sí! Además, estabais con el beso de Rebe, no me tocaba a mí. Estáis cambiando las reglas como os conviene. ¡A Pablo le gusta Laura, a Pablo le gusta Laura, a Pablo le gusta Laura! ¡Que no, pesada! ¡Que no! Ah, no… ¡Pues entonces te gusta Rebe! ¡Y a Rebe le gusta Pablo! ¡A Rebe le gusta Pablo! ¡A Rebe le gusta…! ¡¿Pero cómo os lo tengo que decir?! A mí me gusta uno que no viene a nuestro cole, y ya basta. Has elegido beso. ¡A mí que no me bese! ¡Tranquilo que tampoco yo quería besarte! ¡Antes de eso pongo las bragas como prenda! ¡Puaj, las bragas! ¿Qué? ¡Como si vosotras no llevaseis bragas!… ¡Vuestras madres le compran las bragas a la mía, tontas! Las de ellas y las vuestras. Todas lleváis bragas de cien pesetas el par, ciento cincuenta si tienen florecitas de colores. ¡Hasta me sé vuestras tallas! ¡Estábamos con el beso! Eso, estábamos con el beso. Déjate de bragas. A ver… Ya sé: dale un beso en los labios a Laura. ¿Qué? ¡Oh! ¡Qué buena idea! Pero ¿cómo va Rebe a darle un beso en los labios a Laura? Eso será si yo quiero. No, si juegas tienes que aceptar. Ah, ¿y Pablo puede decir que no y yo tengo que decir que sí? Sí. ¿Y por qué? Porque la madre soy yo, me tocó a mí y te aguantas. Cuando tú seas la madre, organizas tú. Pues se lo doy y listo, pero ve preparándote para cuando me toque a mí ser madre. Que yo no quiero besos de Rebe, ¿cómo me va a besar otra chica? ¡En los labios! Si no aceptas, pagas tú la prenda, ¡y además no juegas! ¡Nos quedamos con el tutú! Yo no llevo tutú. Pues con los calentadores. Tú verás. Yo ya dije que se lo daba, que a mí me da igual. Después te limpias, Laura, no te preocupes. Si no es que le tenga asco. ¿Entonces? Es que… ¿Y no puede ser un beso en otro sitio? No, tiene que ser en los labios. O que se lo dé a Pablo. ¡No, no, no! Entonces, si no queda más remedio, se lo doy a Laura.

Y Rebeca le dio aquel beso que Laura olvidó y a ella se le quedó grabado en la memoria para siempre. A lo mejor por eso reconoció a Laura en cuanto la tuvo delante, hace ya varios años, aquella vez que la cogieron intentando reventar un cajero automático para quedarse con el cajetín. Laura debía de estar recién llegada, y no había cambiado tanto en todo ese tiempo en el que a Margot la vida la trató mal y a Laura bien. A pesar de todo, Laura seguía siendo la niña bailarina de los moños en la cabeza. Y Margot, en cambio, ya era Margot. Ya no quedaba nada de la Rebeca que amenazaba con desvelar el color de las bragas de las demás y que estaba segurísima de que los niños de su escuela no tenían nada que ofrecerle.

Margot decidió esperar antes de darse a conocer, imaginando, como había hecho en todas las ocasiones en que había estado presa anteriormente, que ya habría oportunidades más adelante para descubrirse. Aprendió hace mucho esas formas de cautela, casi siempre sin saber muy bien por qué, tal vez por intuición, o porque trabajar en la calle y con desconocidos durante décadas convierte la desconfianza en un arma inteligente.

En realidad, cuando la vio lo primero que le vino a la cabeza fue el beso, y suspiró con una mezcla de nostalgia y vacío. De hecho, el día que vio a Laura en la cárcel hacía mucho tiempo que Margot no se permitía recordar su infancia. Aún ahora, Laura sigue pareciéndole la niña más hermosa, como era entonces. El tiempo no le ha arrebatado a Laura su mayor encanto: sigue pensando que esa forma suya de moverse se debe a la disciplina del ballet y no a que

Laura es así de grácil. No tiene ni idea de su hermosura. En comparación, Margot parece unos quince años mayor que Laura. A lo mejor por eso la propia Laura jamás imaginaría que comparten algo más que los días de cárcel. Se comporta con Margot con la distancia condescendiente con que se comportan la mayoría de los funcionarios, pero Laura sigue teniendo algo distinto que, igual que cuando era niña, logra acercarla a los demás. O por lo menos, eso es lo que Margot quiere seguir viendo en esa mujer que le rompe su composición de lugar. Hay algo raro en prisión si conoces a una persona de algo que no sea la propia cárcel, y más aún si es funcionaria. Es como transgredir una norma no escrita, como una distorsión de papeles que te recuerda que has tenido una vida en la que, simplemente, la cárcel no era una opción.

Por lo demás, en esta ocasión, y aparte de a sor Mercedes, Margot no conoce a nadie más. Por un momento pensó que la sudaca bonita era otra, pero no. Solo con mirarla unos segundos más percibió en ella el pánico de la primera vez, la incredulidad, la resistencia a la realidad, a pesar de mostrar esa desenvoltura de quien ya lleva tiempo moviéndose entre la galería y el patio. Por eso ha decidido que, al margen del deseo sexual, que también está ahí, ella necesitará su protección. Margot no suele hacer eso de posicionarse como presa poderosa, de esas que pueden proteger a otras, o como presa de confianza, ni de la dirección del centro ni de las demás reclusas, que ya ha tenido su experiencia con eso, quita, quita. Además de estar en la cárcel, tener que dedicarse a evitar suicidios no es lo suyo. ¿Quién es ella para impedirle a alguien que se mate si así lo ha decidido? Su larga experiencia ya le ha demostrado que, vivas mucho o poco ahí dentro, es mucho mejor no llamar la atención. Y así volver lo antes posible con sus teteras de porcelana y sus pósters de París.

Pero esta vez no pudo evitarlo y, en su segundo desayuno, se sentó, protectora, junto a Valentina, que le contó su historia en un plis plas y le confesó que, a pesar de llevar allí casi un año, no acababa de adaptarse a aquel lugar inhóspito en el que no sabía si podía confiar en alguien o no. A fin de cuentas, por ser confiada ha llegado a esa situación. Margot le sonríe y le suelta un tópico de la cárcel que, como casi todos los tópicos, tiene un algo de verdad: aquí lo mejor que puedes hacer es no implicarte en nada ni con nadie, ni para bien ni para mal, y buscarte una ocupación que haga que el tiempo pase lo más rápido posible. Pero es bien triste tener que estar así. Oír, ver y callar, ¿entiendes? Oír, ver y callar. Lo triste es tener que volver.

Sin embargo, las dos saben que esa conversación, en sí, está rompiendo ese consejo. No es fácil resistir en ningún lugar, también en la cárcel, sin alguien a quien hacer confidencias y confesarle tus preocupaciones. La soledad no es buena amiga de las celdas de la prisión, piensan las dos, aunque ninguna se atreve a confesárselo a la otra, quizá porque quieren hacerse las duras, una por resistir, la otra por gustarle a la sudaca bonita. Un año ya. En realidad, Margot nunca ha estado tanto tiempo en prisión. Lo de ella suele ser menos intenso, porque sus hurtos y estafas son penas pequeñas y ella es siempre la presa ejemplar. Le tira mucho su casita en el Berbés.

Margot está fascinada con la capacidad de Valentina para mantenerse arreglada en la cárcel. Por momentos parece que un hada madrina con conocimientos de peluquería y estética se encargue todas las mañanas de que parezca la duquesa de Windsor al poner los pies en el comedor. Ella no tiene ese humor para acicalarse en prisión más que en los días de visita, pero, de alguna manera, es como si Valentina, que no recibe más visitas que las de su abogada de oficio, se pasase todo el día, todos los días, esperando a alguien que la arranque de ese paréntesis de su vida. Margot le sonríe. Por encima de todo, comprende la angustia, la sensación de ansiedad, y la amargura que destila Valentina, no porque siga pensando que su condena fue injusta, sino porque piensa día sí y día también en que no puede ver a su hijo Daniel.

—Tengo que irme, que tengo clase.

—¿Clase?

—Sí, estoy sacándome la ESO.

—¡Qué bien! ¿También quieres hacerte abogada?

—¿Y usted como lo sabe, mami?

—Pocas presas piensan en estudiar historia del arte, a pesar de que es mucho más bonito.

—Ya puestos, mejor hacer algo útil.

—Eso pensaba yo hasta que empecé a ver abogadas por aquí. Una vez incluso compartí celda con una. Si yo me pusiera a estudiar, la verdad, y visto lo visto, haría historia del arte.

—Visto lo visto…

—Al final, todas estamos aquí por culpa de un abogado inútil, ¿no? Pero no quiero desanimarte… Perdona.

—Usted no me desanima.

Claro que no. Margot observa a Valentina irse, moviendo el culo a un lado y a otro, y piensa que quizá ella también caminó así un día, seguramente en la misma época en que iba de excursión y aún no la había humillado nadie.

Atracción fatal

Algunas veces, cuando camina por la cárcel, Laura tiene cierta tendencia a imaginárselo todo como si estuviese sacado de un musical. Le da la impresión de que en cualquier momento las internas se colocarán en posición y comenzarán una coreografía de pasos aprendidos mientras se acompañan de una canción sobre la desgracia de estar en la cárcel. *Chicago* en plan galaico. Debe de ser la deformación profesional que le queda a Laura de sus tiempos de ensayos interminables.

Quizá se haya excedido en la tentativa de hacer realidad su fantasía, pero sigue convencida de que, a pesar de lo que dicen Xabier y el director de la prisión, podría ser útil para muchas de ellas.

—Lo que quieren es un destino, Laura, trabajo remunerado. Todas sin excepción necesitan pasta. Y si bailan es solo para que les pongamos un positivo en el expediente.

—Esa no es la mejor motivación para una actividad artística.

—Deberían querer hacerlo porque es bueno, como cuando se apuntan a los clubes de lectura o a los talleres de pintura.

—Pero ¿qué me decís de las veces que se han montado compañías de teatro?

—Había mucho de conveniencia y mucho cristo al juntarse para hacer algo tan grupal. Y además, está demostrado que el teatro, igual que la literatura y la pintura, es bueno para ellas. Se estudia en psicología. Hay terapias con esas artes.

—¿Y con la danza no? —preguntó Laura.

—Quizá sí.

—Pero no de la misma forma.

Solo logra arrancarles el compromiso de que, al menos, se lo consulten a ellas, y eso, en realidad, porque Xabier no quiere enfadarse con Laura.

—No podemos forzarlas —le dice después a modo de consuelo, mientras le deshace el moño y le mordisquea el lóbulo de la oreja izquierda.

—Hoy no —le contesta ella—, estoy con la regla. —Y vuelve a hacerse el moño. También descorre el pestillo de la puerta—. ¿Cuándo vas a pasarles el cuestionario?

—Me voy a mudar de casa, ¿sabes? —Por un momento, a Laura se le cruza el miedo en la mirada—. Nos hemos comprado un chalé. Con jardín.

A su mujer le gusta el jardín, y tiene esa creencia tonta tan extendida de que es mejor criar a los hijos en un jardín que en un suelo de madera bien aspirado y sin insectos. Laura sabe de lo que habla. A veces, todavía recuerda la sensación de la hierba en sus pies en el huerto cuando era niña. Con su primer sueldo, ayudó a sus padres para que quitaran las baldosas y pusieran parquet.

—¿Y cuándo os mudáis?

—Yo prefiero vivir en el centro, ya sabes, pero al tener que conducir a diario, se supone que no tengo mucha capacidad de decisión. Ella quiere una casa grande. Y el jardín.

Por eso, después de mucho pensar y de llegar a la conclusión de que es mejor invertir el dinero en eso antes que en viajes, copas y amantes, se han decidido por un chalecito en una carretera plagada de urbanizaciones con tejados naranjas y galerías americanas, con rododendros, magnolios, y gardenias en los alféizares, que son más caras que los geranios.

—Te divertirás con el jardín —comenta Laura, recordando el chalé adosado de Santiago donde vive Raúl.

En realidad, Laura meditó bastante si ir tras Raúl después del portazo, a pesar de que se había propuesto no volver jamás a Galicia. De la danza había pasado a Raúl, y de Raúl a la nada. Y esa nada le provocó tal miedo, que recuperarlo se convirtió para ella en una cuestión de dignidad. Mientras mantuviese a Raúl cerca, habría alguna posibilidad de recuperar el tiempo de ser feliz.

Pero desde que volvió, el asunto se le fue de las manos. Raúl estaba haciéndolo todo mal, estaba convencida, y además solo ella podía ponerle fin a esa fase de su vida, aunque estaba por ver que eso tuviese que terminar, pues podía asumir que lo de sus cuernos había sido solo un desliz. Ella era la mejor opción para él.

Por eso empezó a llamar cada dos horas a Raúl, a enviarle correos electrónicos de amor en los que siempre obviaba que él jamás los había respondido, en perseguirlo por la calle para decirle, en primer lugar, que lo amaba, que volviera con ella, que ella también podía darle un hijo si él quería, y después, casi sin solución de continuidad, que lo mataría porque era suyo y porque las cosas no se hacen así, Raúl, no se le dice un buen día a quien te quiere que *c'est fini*, que los últimos años se pueden borrar de un plumazo, sin dejar opción a responder nada, ni siquiera a rogar. Que si no era suyo no sería de nadie más. Nunca sabes por qué van tomando forma esas extrañas decisiones que parecen lo más lógico del mundo en su momento, en plena depresión, razonables, cargadas de justificaciones. Y sí, Laura llegó a perseguir a Raúl con un cuchillo de cocina semioculto bajo la chaqueta, aunque en el último minuto siempre le entraba el pánico de convertirse en una asesina, ella, que tan claro tenía el papel que quería cumplir en un centro penitenciario. Así que se desviaba y volvía a su casa a llorar su desgraciada *tristesse*.

Raúl nunca la denunció. En realidad, nunca le tuvo verdadero miedo. Lo que sintió con el paso del tiempo fue una culpa que terminó por no dejarlo vivir. Laura no logró hacerlo suyo de nuevo, es cierto, pero sí consiguió que sintiera un dolor permanente que no le permitió ser feliz ni infeliz; solo agobiarlo con la sensación de que Laura podía aparecer en cualquier momento para intentar acabar con él, si es que no lo había hecho ya matándole el alma con tanta persecución y tanta culpa.

Raúl adelgazó, dejó de comer y acabó por sentirse la peor miseria de este mundo mientras Laura estaba henchida de satisfacción porque verdaderamente creyó que ese malestar quizá acabaría por devolverlo a su lado.

—En el fondo —les decía a su mujer y a los amigos de ella, convertidos en amigos suyos—, creo que la comprendo.

Y Raúl también creía sin confesárselo a nadie que tal vez alguna parte de él aún amaba la Laura y la comprendía. Hubo una época en que incluso estuvo dispuesto a perdonárselo todo y a volver con ella para preparar de otro modo la ruptura, pero el bebé se lo impedía. Además, Laura había enfermado de sí misma y no sería él quien la curase.

—Si fueras una mujer y ella un hombre, esto tendrías que denunciarlo —le dijo en un par de ocasiones su nueva mujer cuando supo que Laura solía armarse con cuchillos para perseguir a Raúl.

—Pero el hombre sigo siendo yo —le contestó él—. Ya verás como se le pasa.

—A este ritmo se le pasará, sí, pero acabaréis saliendo en los telediarios.

Y Raúl callaba, seguramente porque no las tenía todas consigo.

En efecto, todo acababa pasando. Incluso hubo un tiempo de paz en que Raúl llegó a creer que Laura había regresado a Barcelona, o que había conocido a otro y se había olvidado de él. Pero solo era que había aprobado las oposiciones y comenzado a trabajar en A Lama, así que sus prioridades eran otras. O quizá había empezado a emplear el tiempo en darse cuenta de que esa situación también la estaba matando a ella.

Durante su primer día de trabajo, obsesionada como estaba con la posibilidad de un motín, no pensó en Raúl ni un minuto. En el fondo, yendo a trabajar todos los días, se dio cuenta de que sabía vivir perfectamente sin él. Tal vez fue la felicidad de cumplir el sueño infantil de ser funcionaria de prisiones, pero la verdad es que aquellos primeros tiempos en la cárcel fueron más eficaces que el tratamiento del psiquiatra al que, por supuesto, Laura jamás llegó a contarle la verdad. Nadie lo hace. Hubiera sido muy tonta si le hubiese contado lo que quería oír y lo animase a atosigarla con consejos que conocía de sobra y medicamentos que la volverían idiota. Así que podría decirse que a ella la depresión se le curó sola. A lo mejor no era una depresión en sentido estricto. Tampoco hay que pensar que todos los malestares del alma son enfermedades mentales. El caso es que, fuera por lo que fuese, Laura estuvo bien durante esa primera temporada en la cárcel hasta que un buen día se acordó de Raúl y decidió volver a comenzar a ponerle fin a la historia de ambos. Los ánimos renovados le dieron ideas sobre dónde ocultar los cuchillos, cómo esperarlo en la calle para ser vista por él solo discretamente, a modo de amenaza. Por las noches, incluso entraba en páginas web donde conseguir ideas para acosarlo mejor.

Quién lo diría ahora. Laura, la funcionaria mesurada. Laura, la que solo se desmelena de vez en cuando al cerrar con llave la puerta del despacho de Xabier o quedando con él a escondidas y a la salida del trabajo. Laura, la armónica bailarina que pasea su cuerpo por los pasillos de la cárcel como si nunca hubiera tenido un esguince.

Al final, estuvo tanto tiempo acosando a Raúl y Raúl llegó a adelgazar tanto y a estar tan mal, que una mañana, mientras conducía, Laura fue consciente de que lo tenía por completo en sus manos. Sin saber muy bien por qué, tuvo la certeza de que había logrado algo que quizá nunca habían tenido cuando eran pareja: saber que él pensaba en ella constantemente. Y fue entonces, al girar en una curva limitada a sesenta kilómetros por hora, cuando se dio cuenta de que podía poner fin a esa historia.

Al llegar al centro penitenciario, aparcó, suspiró, cogió el móvil y buscó su nombre entre los contactos. Le salió en la pantalla, foto incluida, el número de Raúl y estuvo así un buen rato, observando aquel objeto que se le antojó un arma poderosísima en sus manos. Ni siquiera curioseó en la foto. Solo tomó la decisión de buscar en las opciones del menú y acabar con aquello por sí misma, dos años después de su humillación. Fin del programa.

Eliminar.

¿Está segura?

Sí. Eliminar.

¿Sabía de memoria el número? Quizá sí, pero eliminarlo del móvil fue su portazo.

Contacto eliminado de su teléfono móvil.

Y decidió que, de momento, no volvería a ver a Raúl, que a esas alturas ya había decidido cambiar de casa y de vida e irse a una urbanización con rododendros, magnolios y gardenias.

Poco después llegó la Navidad. Y todo lo demás.

Katiuskas de siete leguas

No acabo de ver lo de ponerlas a bailar. Lo siento por Laura, pero creo que hay que impedírselo. La escritura a veces se rectifica así a sí misma. No es que yo quiera compararme con Shakespeare, pero incluso él le pone palos en las ruedas a Hamlet, y por eso nos gusta. A ti, de hecho, te gusta especialmente. A veces, quiero imaginarte recitando monólogos de Falstaff, o de Enrique IV, o refiriéndote al sol de Pontevedra como si fuera el de York, mientras tú trabajas y yo escribo.

También es cierto que no se me podía ocurrir una actividad más femenina, como le dice Xabier a Laura. ¿Por qué bailar? Por ahí ya circula una novela con un club de calceta. Por lo menos eso sería más original. Al menos entonces lo era. Ahora, en cambio, se han puesto de moda los clubes de calceta. Mi hermano había hablado hace tiempo de apuntarse a uno, y tu madre, después de tantos años de renegada, volvió a coger las agujas para hacerle jerséis a la niña. Todo vuelve. Mujeres bailando en la cárcel. En qué estaría pensando. Ahí está el porqué de haber perdido mi talento: primero dejo de escribir y después, cuando intento recuperarlo, las novelas se me convierten en dramones previsibles.

John Kennedy Toole se suicidó cuando tenía la misma edad que yo ahora. Mi prima Rocío también. John Kennedy había escrito a los treinta y dos años una novela maravillosa y su madre logró que no cayera en el olvido. Claro que para eso la novela tiene que ser estupenda antes de morir o de matarme, así que tengo que eliminar lo de las clases de baile de Laura. Ya verás como tú también opinas lo mismo.

¿Iría mi madre con el manuscrito a ver a un editor y no se movería del despacho hasta que accediera a leerlo? ¿Estaría mi madre allí, haciendo calceta, esperando con paciencia a que el mercado editorial me hiciera justicia después de muerta? Si alguien podía hacer eso por mí, era ella. Pero para eso tendría que haber escrito ya esa gran obra que escribió John Kennedy a los treinta y dos, en un tiempo anterior a todo, en el que sería imposible que esa novela saliese de mi pluma. Ahora ni siquiera puedo matarme tranquila, porque mi madre ha muerto y, si falta mamá, ¿quién rescataría la obra? ¿Quién iría a un editor? ¿Quién sería insistente? ¿Lo harías tú, amor mío? ¿O tendría que esperar a que nuestra hija creciera? A lo mejor, ella ni siquiera lee. Y no fue la hija de John Kennedy quien lo salvó. Las madres son animales de otra raza para estos asuntos.

Mi madre se ponía aquellas katiuskas azules por encima de los pantalones vaqueros cuando me llevaba a la escuela. Primero me vestía con mi impermeable rojo brillante, con el gorro de agua a juego, y mis propias katiuskas, rojas, claro. Llevaba una cartera verde que tenía pintados a Tom y Jerry. Dentro, la merienda y el Palau. Araña. Elefante. Iglesia. Ojo. Uva. Después, mientras yo repetía esa letanía, junto a la puerta, lunes, martes, miércoles, jueves, viernes, sábado…, ella embutía sus piernas en las katiuskas azules, sentada en una butaca en su cuarto. ¡Domingo! Y se erguía de un salto. Venga, que perdemos el autobús. Después, fuimos a otro cole, sin bus de por medio. A cambio, íbamos caminando por aquella cuesta interminable que comenzaba en una ferretería y acababa en una chabola abandonada y una señal de stop. La cuesta del Vedor. Qué nombre tan raro. A veces escribían Veedor en los carteles. Por allí subíamos mi madre y yo por las mañanas, con las katiuskas azules y el impermeable rojo. Hablábamos mucho en aquellas caminatas. De si yo me casaría o no. De que quería ser médico de niños para ponerles ventosas en el pecho. De que quería dejarme el pelo largo para hacerme moños de bailarina. Del requesón de la abuela. Y de los macarrones gratinados. De las luciérnagas. Pero nunca, nunca, hablamos de la cárcel.

Imagino a mi madre con sus katiuskas azules como las de siete leguas, las piernas cruzadas, leyendo una revista o haciendo calceta a la puerta del editor que habría de rescatarme del anonimato. Mi hija escribió la mejor novela del mundo; yo habré muerto antes de verlo, pero eso no me exime de mis deberes como madre, señor editor. Las cárceles son así.

La madre de John Kennedy vio morir a su hijo. Imagino una cosa peor solo en esas madres impetuosas que en lugar de montar guardia ante editores o correr detrás del autobús, matan a sus hijos. Ver morir a un hijo por sus propias manos. Hay especies de mamíferas, sobre todo insectos, que lo hacen, tampoco vayamos a pensar que sea tan antinatural. Y hasta hace poco las mujeres de estos lares asumían que perderían uno, dos, incluso tres hijos, siendo niños, a lo largo de su vida tras parir siete, ocho o nueve veces, y entendían que la tristeza por las pérdidas era parte del destino de ser mujer. Pero ahora amamos demasiado a nuestros hijos para vislumbrar siquiera la posibilidad de verlos morir, sufrir, vivir castigados. Tanto, que a veces los matamos. Esas son las que más me fascinan. Esas mujeres que matan a los hijos para que no sufran y los sobreviven para sufrir ellas la culpa. Lo llaman síndrome de Medea, pero Medea no era más que una caprichosa vengativa y llena de celos.

He conocido a alguna. Casi todas acaban suicidándose, como John Kennedy, y las comprendemos. Un día una de ellas se colgó del techo de la celda de Margot. Era una chica ecuatoriana que, antes de que lo hiciera la juez, se vio condenada cuando despertó del cóctel de fármacos que se tomó después de haber ahogado a su hija de cuatro años. Me lo contaron una vez. Mi hija habría acabado como yo, dijo. Soy su madre y no puedo permitir que sufra tanto. Por eso la mató. Después se tomó todo lo que había en el botiquín y cuando al despertar con unos toques de la policía y su hija muerta al lado, supo que su objetivo en la vida solo pasaba por acabar con todo y morir. Todavía tardó unos meses, pero lo logró. Le pidió muchas veces a Margot que la encubriese, y ella acabó permitiéndoselo, a pesar de que sabía que eso sería, seguramente, un permiso menos para ella y dejar de ser presa de confianza. En realidad, se quedó bastante satisfecha de homenajearla con la denegación de un permiso penitenciario a modo de corona de flores, pero ni la psicóloga ni el trabajador social entendieron su gesto.

Y yo, después, imaginé a su madre impetuosa arrancándose el cabello al enterarse, allá en Ecuador. Ella no tendría que rogarle a ningún editor. Quizá se conforme todavía ahora con sofocar su ímpetu llevando crisantemos al cementerio, a la tumba de su hija y a la de la nieta salvada por su madre asesina. No sé si en Ecuador se estilan las katiuskas azules. Quizá sean buenas para la temporada de lluvias.

Estas mujeres no pueden bailar. Que Laura se trague sus manías; si no, que hubiera sido bailarina en lugar de funcionaria de prisiones. Ya es hora de que asuma sus propias culpas. Para eso me hice escritora, ¿no? En fin, para que mi madre vaya algún día con sus katiuskas azules a demostrarle al mundo que las cosas que su hija escribía no podían acabar metidas en un cajón.

Solo que mi madre no sabía que, a lo mejor, si no hubiera sido escritora, no habría intentado matar a nadie. Y no habría acabado en la cárcel, y no habría vivido ese paréntesis. A menudo puedes desaparecer sin que los demás te echen demasiado de menos. Es una buena lección. No somos importantes. Solo tienen que conocer esos paréntesis quienes de verdad necesitan saber de ellos, porque los demás ni siquiera se percatan de nuestras ausencias. Si no fuese escritora, a lo mejor ni siquiera tú sabrías nada de esto. Si no lo fuese, quizá mi madre podría morir tranquila, sin ese peso de creer que debería haber hecho más por mi triunfo literario, como si ella pudiera, como si ella tuviese que ser como la madre de John Kennedy, esa señora que pudo haber dado a luz a un presidente de Estados Unidos pero solo tuvo un escritor suicida, que se quedó anclado para siempre en los treinta y dos años y en una novela sobre necios.

Hay que impedirle a Laura que ponga a bailar a las presas.

El viento del oeste

Mira que hace tiempo que Margot ya se ha reciclado del todo, que ya ha asumido que su trabajo le da para vivir. Mira que hace tiempo que no necesita tanto dinero, que vive apacible y cómoda, sin alardes ni necesidades. Mira que hace tiempo que no se veía en lo peor. Y mira que estaba limpia. Limpísima. Durante años. En realidad, Margot no sabe muy bien qué pasó entre aquella vida limpia y entrar en un estanco esgrimiendo un bate de béisbol como si fuera la bandera gallega para pedir la independencia.

—Porque, piénselo bien, si aquí nadie juega al béisbol, entonces ¿para qué venden los bates? Aquí son armas, Margot, eso es lo que usted tenía que haberle dicho al juez.

—No hay excusa. Se me fue de las manos, hija.

—Ya. En Bogotá sí que juegan al béisbol. Todos los niños tienen un bate, y atracamos directamente a punta de pistola.

—Visto así…

—Ay, pero ¿en qué estaba pensando usted?

—En acabar con todo.

Si hubiera sido lista, habría entrado en el estanco cuando no estuviera la estanquera, pero se cegó. En sus buenos tiempos nunca habría cometido un error así. Pero los años, los atracos y las drogas nunca hacen buenas migas. En realidad, Margot comienza a verse como la imagen de la decrepitud. En los días anteriores al del estanco, Margot no era más que una de esas putas avejentadas y flacas que mendigan unos euros y que no son ni tan viejas ni tan flacas, sino simplemente mujeres rotas. Entre el pasado y el presente hay poca diferencia. El mismo tiempo en suspenso. La misma amargura y el mismo alivio. La misma mierda con distinto nombre.

Ahora ya nadie se mete caballo. Margot cree que hay algo de estético en el miedo al sida, a las jeringuillas usadas, a las imágenes de esos cuerpos esqueléticos colocados en una esquina.

A Margot, que por poco se libra, al final la pillaron los últimos tiempos de la oscura era del caballo. Ahora la gente le da a la coca, lo que son las cosas; la droga de los yuppies y de los pijos es lo que se meten ahora las putas cutres del Berbés. Pero la coca es mucho más cara que el caballo, o por lo menos eso es lo que le parece a Margot, que tiene cierta tendencia a hacer sus propios cálculos sobre la influencia de la inflación en el precio de las drogas duras.

Además, el bate también era robado.

—¿Y ahora qué?

—Ahora no sé. Antes, por lo menos, te daban metadona.

—¿Y eso qué es?

—Una droga que te quita las ganas del caballo.

—Ay, mamita.

A Margot le hacen gracia las expresiones colombianas de Valentina. Eso de que le llame mamita, o mami, hace que se sienta vieja, porque se da cuenta de que, en efecto, podría ser la madre de Valentina. Valentina es joven y ella lleva siglos siendo una especie de madre huérfana de su hijo, y esa sensación de maternidad, de madurez, también hace que, en sus tardes de conversación con Valentina, Margot sienta vergüenza de estar en la cárcel.

—Ahora te mandan a esas terapias de grupo en las que todo dios escupe miserias.

—Pero ¿eso no ayuda?

—Lo que me ayuda es estar aquí y saber que no puedo salir directa a pillar un pico. Es drástico, pero funciona.

—¿Y el psicólogo lo sabe?

—El psicólogo solo tiene que saber lo que hace falta para hacerme un informe bonito y que no me fastidien más la condena.

Mal de muchos, consuelo de tontos. Hay mucha gente enganchada en la cárcel. En realidad, casi todas. De hecho, Margot siempre ha pensado que la cárcel era un buen sitio para iniciarse. La droga rula, no se sabe muy bien cómo, o sí, pero es mejor convivir con cierta cantidad más o menos controlada de drogas que con cientos de criminales de diversa consideración, todos ansiosos. La ansiedad colectiva es una bomba de relojería. Sin embargo, Margot va a lo suyo y, en fin, lo que le importa es su propia amargura. Está ahí, acude a desintoxicación, se purifica, e incluso a veces se arrepiente de no haber ido hace unos años a esas clases de yoga que ahora seguro que le vendrían tan bien.

Drogas. Ser una heroinómana. O, llegado el momento, una politoxicómana de la que incluso algunos clientes llegaron a huir.

Durante muchos años, el no drogarse no fue una opción. Margot siempre piensa que vivir con drogas era la única manera de vivir, porque si no, seguramente habría preferido estar muerta, y no solo por el tópico estúpido de tener una vida difícil, sino por ella, por el dolor de querer más, por sentirse bien a cada miligramo que, poco a poco, iba pasando de la jeringa a la aguja y de la aguja a la vena azul de Margot. Casi siempre se colocaba pensando que era una chica de sangre azul, una marquesita lánguida de los años veinte.

Hasta que apareció su madre. Ahí sí que tuvo que volver a pensar Margot en sí misma, y nunca sintió tanta vergüenza como cuando se abrió aquella puerta del hospital y entró su madre, muchos años después, tantos que Margot pensó que era una alucinación y no le hizo caso. Pero la madre regresó al día siguiente y al otro, a escondidas, y logró lo que parecía imposible, impensable y, sobre todo, insoportable. Margot, que ha conocido a muchas mujeres valientes, siempre piensa que su madre fue la mujer más valiente del mundo. Solo ella se atrevió a romper el destierro e ir junto a su hija.

Llegó un punto en el que Margot deseaba que la ingresaran para poder ver a su madre, y los médicos terminaron por convertirse en cómplices, y ayudaron a Margot y a su madre, ingresándola sin muchos motivos para que pudieran verse a salvo.

Una madre es una madre, y esta madre, la de Rebeca, en realidad, nunca dejó de buscarla. Lo cierto es que también la castigaron a ella por partida doble, sin hija y sin nieto. Pero al niño, por lo menos, conseguía verlo de vez en cuando. Lo vio cuando tendría unos tres años y correteaba entre los toldos del mercadillo con sus rizos rubios, y también en la boda de la prima Candela, y tiempo después, al morir la bisabuela, y cuando ingresaron al tío Ezequiel. Incluso llegaron a invitarla a la boda del muchacho. Alguien tuvo que equivocarse, pero ella asistió, porque quería verlo y comprobar si seguía ignorando que su sangre también nutría las venas de otra familia, y porque, en el fondo de su alma, sabía que algún día tendría que contarle a Rebeca la crónica de esa vida que ella se perdió. Incluso logró hacerse con una foto de su nieto de niño, otra de cuando adolescente y otra del propio día de su boda, fotos que le mostró a su Rebeca en cuanto pudo para que supiese que su hijo sí era razonablemente feliz.

Como suele ocurrir, la encontró por casualidad. O porque llegó un momento en que se puso en lo peor, y desde ahí, en lo peor de lo peor fue como dio con ella. Primero la buscó en las ferias y llamó a familias de otros lugares, lejos, por si Rebeca había ido a refugiarse con ellas, pero nada. Después la buscó en hospitales, en comisarías y en centros de acogida, sin resultado. Luego pateó las calles de Lugo y sobornó a todos los quinquis que encontró, por si la habían visto o sabían de ella, e hizo lo mismo con los de A Coruña, porque acabó sabiendo que Isaac la había dejado allí, después de la paliza, en la puerta de un gran hospital, y tampoco nada. Llegó a pensar que Rebeca se habría marchado a París, que tanto le gustaba, y que siendo así podría darla por perdida por completo, aunque se resistió a creer que en el fondo hubiera querido estar tan lejos de los suyos. Y solo cuando retomó la ronda inicial de su búsqueda infructuosa dio con ella en un hospital de Vigo. Entonces conoció la peor cara de Rebeca, llamada Margot e ingresada por sobredosis de heroína, debatiéndose entre la vida y la muerte. Eso mismo. Lo peor.

Y precisamente por eso, Margot les debe media vida a los médicos del hospital Nicolás Peña, la media vida que le quedó atrás cuando la desterraron, con un montón de contusiones y con algún que otro hematoma interno, la que recuperó un día en que, entre los delirios de la sobredosis, creyó ver a su madre sentada en el borde de la cama, con los ojos rojos de tanto llorar, cogiéndole una mano.

Su madre nunca se atrevió a visitarla en la cárcel. Allí siempre podría haber alguien que la viese y la delatara por transgredir el destierro de su hija, y quizá por ello nunca tuvo el valor, y Margot tampoco, para acercarla a su hijo. Pero en el hospital era distinto. La privacidad de los cuartos, la variedad de la gente que acudía allí… En el hospital, la madre podía ver a Rebeca sin ser vista, y los médicos ayudaron; vaya si ayudaron. La ingresaban, incluso si Margot aparecía en urgencias con un catarro o con una pequeña resaca. Cada gastroenteritis que padecía Margot activaba el protocolo de búsqueda de familiares para tomas de decisiones en caso de vida o muerte, y así, cada poco, Margot y su madre podían zafarse de sus propias vidas y pasar una tarde, una noche y una mañana juntas en el hospital Nicolás Peña.

Pero, por supuesto, muy pocas veces Margot tuvo que fingir catarros, gastroenteritis o resacas. Margot casi siempre ingresaba de verdad, y en numerosas ocasiones, como aquella primera vez, al borde de la muerte por sobredosis. «En una de estas, te metes algo adulterado y la palmas», le decía el médico que siempre llamaba a su madre. En realidad, Margot se alegraba, y veía todo aquello como el precio que Dios le exigía por hacerla feliz durante unas horas con su madre en el hospital, ya que, a diferencia de la Rebeca de la Biblia, parece que Él había decidido no devolverle jamás al hijo que le quitaron.

Pero hay más: poco a poco Margot también aprendió a no querer vivir eternamente enganchada para no perder a su madre otra vez. De hecho, gracias a ese amor reencontrado, y a la certeza, a pesar del destierro y a pesar de ser una institución entre las putas del Berbés, de que alguien seguía necesitándola, Margot fue relativizando también el maravilloso placer que le proporcionaba cada pico. Y duró un tiempo, una época en que Margot comenzó a hacer planes de buscar a su hijo y decirle: «Aquí estoy, mi amor. Tienes esta madre», ese tiempo en el que su madre parecía tranquilizarse al pensar que en Vigo era difícil que se enteraran de quién era ella y quién era Margot.

Pero el tiempo fue breve. Duró lo que duran un par de veranos y la libertad de una mujer gitana para viajar sin que su hombre le dé una tunda y le prohíba tanto paseo de dos días encadenando una mentira con otra. Así que al llegar el segundo invierno, como si fuera también un catarro, Margot volvió al mundo de las jeringuillas, los fuegos y las cucharas, hasta provocar, con el paso de los días y las semanas, que su madre volviera a encontrar los ánimos para ir a verla, una vez más, en lo peor.

—Pero ha habido épocas buenas, ¿no?

—Claro.

—Pues yo, mami, creo que debería pensar en cómo consiguió dejarlo otras veces, y repetir la estrategia.

Pero ya no puede recurrir a Isabel y, en realidad, tampoco a su madre, ni mucho menos a la ilusión de poder ver a su hijo. Margot ni siquiera está segura de querer desengancharse del todo. Quizá las cosas serían de otro modo si su madre la visitase de vez en cuando en la cárcel. O si pudiera tener a Isabel. Aunque las amigas del Berbés, que ahora son en realidad su familia, la quieren mucho, no son la fuerza que necesita para desengancharse ni, así lo cree ella, tampoco consiguen hacerla verdaderamente feliz. Ella, lo que se dice feliz, solo lo ha sido dos veces en su vida. Una ya no es más que el recuerdo infantil de un beso que evoca a veces. La otra, con Isabel, hubiera debido rentarle hasta el presente, pero a esos réditos les ha podido la ausencia y la soledad.

Margot no se ve capaz de contar nada de eso en una terapia de grupo y prefiere pensar en su ahora entre rejas y sola.

Cuando trabajas en la calle, te haces especialmente sensible al viento, sobre todo si estás en un lugar con mar. El viento del oeste en Vigo trae una humedad asquerosa, de llovizna y nieblas que se te meten en los huesos. En la provincia de Lugo, simplemente hace frío, un frío ancestral y penetrante que amenaza con matarte. Pero en Vigo, donde no hace frío, el viento te golpea la cara como si hubieras hecho algo malo, luego te alborota el pelo y lo emplea como una soga para ahorcarte.

Margot tiene fobia a los ahorcados. Ya le ocurría de niña cuando iba a Lugo y medio mendigaba con su abuela, que echaba las cartas y les leía la buenaventura en las manos a las personas que le aceptaban una ramita de romero. Rebeca sentía un horror especial con aquella carta del tarot, la del ahorcado, con su rostro retorcido, la mandrágora naciéndole a sus pies, y con los símbolos de muerte que su abuela se empeñaba en explicarle con detalle para aleccionarla bien, pues ignoraba que ella no tenía la más mínima intención de continuar esa tradición suya tan gitana, justamente, para no tener que ver el careto repugnante de esa carta. Margot se acuerda pocas veces de su abuela, de la que ya casi ha olvidado las facciones y la voz, y sin embargo recuerda muy bien sus ojos perfilados con kohl, profundísimos, tan negros que sus pupilas se confundían con el iris. La melena, además, le llegaba a la cintura y tenía un mechón blanco que le daba un aire siniestro, de bruja. Margot no llegó a saber si era natural o si lo decoloraba como parte de la indumentaria del arte de la adivinación.

Lo cierto es que un ahorcado no es algo a lo que alguien se aficione, pero a Margot la persiguen desde que, de niña, su abuela le echaba las cartas y siempre le salía de primera y del derecho. Un día apareció colgada del techo su compañera de celda, aquella mujer que había matado a su hija de cuatro años y ya no sabía vivir. Margot volvía de un taller de costura y se quedó paralizada, con su miedo irracional a los ahorcados hecho realidad junto a su propia cama, y con la certeza de que nunca más volvería a ser presa de confianza. La confianza, en su caso, tenía más que ver con aquella mujer que con los jefes de la prisión. Confianza también es comprender y enterarse de que nadie es quién para condenar dos veces, porque no poder vivir con el delito es, por sí mismo, una condena terrible. La espada de Damocles, en fin, habla de eso, pero en la cárcel a casi nadie le gusta compararse con los mitos de la Antigüedad.

En parte, Margot se lo esperaba, pero aun así se sorprendió y se aterrorizó, sintió el hedor a muerte mareándola y corroboró que su miedo a los ahorcados no era arbitrario. Menos mal que la descolgó otra.

—Impresiona, sí. Yo no lo soporto.

—Pues en la cama donde duermo yo, antes dormía otra ahorcada —comenta Valentina.

—Sí, ya lo sé.

—Entonces quizá usted no hubiese podido pedir que la bajasen de la litera en un caso como el mío, mami.

—Prefiero dormir arriba de por vida.

—Yo a veces sueño con ella.

—¿Con quién?

—Con la ahorcada. Y eso que sueño poco.

—¿Y qué sueñas, Valentina?

—Sueño que está ahí, simplemente, con la lengua fuera y el cinturón alrededor del cuello. Supongo que ayuda saber que durmió en mi cama el mismo día que se mató. Por lo menos no lo hizo durante la noche.

—¿Por qué lo dices?

—Porque no soportaría haberme despertado por la mañana y que mis ojos se cruzasen con su silencio de ahogada y sus brazos balanceándose, como un péndulo, ¿sabe?, frente a mi cara.

—Entonces no la encontraste tú.

—No. Fue Laura.

Margot también lleva tiempo sin soñar. Antes, cuando era libre, soñaba mucho con ejercer en París, en el Barbès francés. Es un sueño recurrente que no sabe muy bien cómo comenzó. A lo mejor vio algo en la televisión sobre ese barrio de París, con su estación de metro, sus cafés, y las calles atestadas de peluquerías para negras llenas de mujeres que trenzan los cabellos de otras. A Margot le gustaría atreverse a trenzarse el pelo a lo Bo Derek, como todas esas francesas negras que salen en sus sueños y son lo máximo de la sofisticación. Pero igual que nunca se atrevió a recoger sus pósters, su colección de teteras y marcharse a París, tampoco se atrevió a trenzar la larga melena negra que heredó de su abuela. Estuvo a punto de hacerlo un par de veces en la cárcel, porque ahora hay muchas mujeres del Caribe y brasileñas, mulas como Valentina, que te arreglan el pelo a cambio de una lavadora de ropa o de una tarjeta de teléfono, pero al final siempre se echa atrás. A lo mejor es porque lo poco que le queda de sus raíces es ese pelo negro largo y fuerte, la melena espesa de gitana que le hace juego con los ojos. Sin su melena negra no sería Margot, y probablemente perdería buena parte de la historia que tiene tras ella. Es como si llevara escritos en cada cabello infortunios como serpientes, como si su aspecto de Medusa fuera, en realidad, una forma de recordarse a sí misma que su destino era el de vivir lejos, como la Medusa que habitaba la inmunda llanura de Cistene, y que, como ella, podía convertir en piedra a quien la mirase, así de profunda es su maldición. Por lo menos, eso era lo que le contaba Isabel cuando le decía que era una mujer medusa.

Pero los sueños del Barbès no llegaron nunca a convertirse en ese tipo de pesadillas de ojos aterradores y cabelleras que en realidad son serpientes. Son un estado, una ilusión que le llega por las noches y en la que siempre termina tomando un té servido en una bonita tetera de porcelana de Limoges que Margot jamás habría podido comprar. De hecho, a Margot ni siquiera le gusta el té. Lo tomó alguna vez con la mujer que se acabó ahorcando en su celda, que era bastante aficionada a él, pero nada más. En realidad no lo disfrutaba, pero era solo una forma de hacerle compañía a aquella desgraciada que se recreaba en contarle anécdotas de la hija a la que había matado. En casa, Margot prefiere usar las teteras para guardar las chinas. O para poner en ellas café cuando la visita alguien. Si su madre fuese a verla a casa alguna vez, a buen seguro que durante la sobremesa le serviría un café en alguna de sus teteras más bonitas. Quizá incluso haría un bizcocho. Y si algún día apareciese el hijo que le quitaron, Margot estaría dispuesta a tirar por la ventana la colección completa, a amontonar en la calle esos pedazos rotos de loza de colores y a pisarlos descalza para destrozarlos todavía más, mezclados con su sangre y sus cabellos de gitana. Si fuera así, está segura de que por fin conseguiría endulzar su amargura y sería otra vez plenamente feliz.

Érase una vez un circo

Le duele el estómago. Ya sabe que seguramente es una úlcera, pero saberlo casi nunca sirve de consuelo. A veces está convencida de que allí dentro hay quien prefiere que muera. Así se lo dijo a Laura un día: «Yo creo que aquí hay quien me ha condenado a muerte, aparte de a mis veinte años, y no es precisamente un juez». Laura le contestó que no exagerase, que allí nadie tenía el más mínimo interés en que se murieran las presas, y menos ella, con lo mediática que fue en su día. Pero sor Mercedes siempre estuvo convencida de que todo el mundo consideraba que el suyo era el peor de los delitos posibles, allí, entre tanto crimen y tanta aberración humana. «Llévenme a un hospital normal —le rogó en una carta al director de la prisión—. Quiero que me diagnostique alguien imparcial.»

Después Xabier diría que el problema de sor Mercedes no solo era esa úlcera que la ponía de malas y la volvía, fundamentalmente, insoportable, sino que quizá en ese hospital, más que un especialista en el aparato digestivo, debería haberla visto un psiquiatra. Pero, en fin, a pesar de las chanzas de Xabier, el director de la cárcel accedió, porque lo cierto es que sor Mercedes nunca pide nada, y así fue como llegó escoltada y con su hábito azul al hospital de Montecelo y volvió con un diagnóstico idéntico al de los médicos de la cárcel.

Úlcera, sí. No, no era sangrante, ni tenía por qué generar un cáncer de estómago, ni nada más allá de las molestias que ahora se curan con antibióticos. Pero lo cierto es que de eso ya hace más de un año; los antibióticos no le han hecho efecto, y sor Mercedes sigue teniendo días terribles de dolor, mal humor, preocupación e inseguridad, porque sabe que, al final, se morirá. El resto del tiempo lo pasa a base de Almax, manzanillas, tés con limón, paredes en las que apoyarse y sillas en las que sentarse.

Sor Mercedes está convencida de que allí dentro, quien más quien menos, les tiene asco a los hombres. A fin de cuentas, la mayoría de esas mujeres están presas porque, de una forma u otra, las fastidió un tío. En la cárcel, sor Mercedes también aprendió a pensar así, con ese vocabulario tan distinto del de las salas de enfermeras de los hospitales y de los confesonarios. Un hombre es algo general. Un tío es quien te pringa y te jode bien, le dicen las otras. Y por eso ahora sor Mercedes, para sí misma, habla de tíos que te pringan. Aunque ella, efectivamente, a lo que le tiene asco es a los hombres, tanto en su vocabulario recatado de toda la vida como en el de la trena.

El porqué.

No hay porqués. Hay gente que les tiene asco a las mantis religiosas y nadie le pregunta los motivos. Se asume que tienes derecho a tenerles asco a las mantis, porque son insectos, y los insectos son aborrecibles en sí mismos, y ya está. Para sor Mercedes, los hombres son aborrecibles de una manera esencial, como las mantis religiosas, los peces abisales y los nazis. Bueno, no sé si sor Mercedes detestará a los nazis tanto como todo el mundo. Pongamos que sí. La mayoría de ellos eran hombres. Aunque hay mujeres nazis significativas de las que, como suele suceder, se habla poco. Magda Goebbels, Irma Grese, Gertrud Scholtz-Klink, Maria Mandel, Eva Braun, Thea von

Harbou, Lina Heydrich, Herta Oberheuser, Elly Ney, Sigrid Hunke, Hedwig Potthast, Maria Reiter, Hanna Reitsch, Leni Riefenstahl, Ilse Koch, Else Krüger, Emma Zimmer, Constanze Manziarly. También hay un montón de mujeres de la Resistencia por toda Europa, mujeres que también, de un modo u otro, la historia ha esquivado. Pero ningún gracioso le mandó a sor Mercedes a la cárcel un libro sobre mujeres de la Resistencia, y sí, en cambio, uno que hablaba de mujeres nazis.

Lo cierto es que, ya que estaba, sor Mercedes leyó con atención aquel regalo envenenado y anónimo que hablaba de las guardianas de los campos de concentración, sobre todo del de Ravensbrück, de las actividades de las mujeres del círculo íntimo de Hitler y de la política del nazismo en materia femenina. Auténticas barbaridades en las que las enfermeras tuvieron mucho que decir y que hacer. Aunque no le parece que las opciones *light* de lo que hacían se pudieran comparar con los exterminios y las torturas. Por opciones *light* entiende, por ejemplo, las escuelas de jóvenes, parecidas a la Sección Femenina, en las que sor Mercedes tanto participó. No había ningún mal en la idea de Himmler de fundar escuelas de perfectas mujeres, novias y esposas en las que se impartía un curso de seis semanas que se exigía a toda aquella que quisiera casarse con un miembro de las SS o con cualquier funcionario nazi. Es fascinante la atención que ponen los regímenes totalitarios y genocidas en la moral y el recato femeninos. Debían ser mujeres genéticamente perfectas, admiradoras del Führer, sanas y fuertes, que en ese curso aprendían a cocinar, a amar a sus hombres, a planchar y criar los hijos en el perfecto ideario nacionalsocialista, todo para después casarse en una ceremonia *ad hoc*, repleta de la opulenta simbología nazi.

Pilar Primo de Rivera debía de ser así. De hecho, hubo cierto intento, organizado por Ramón Serrano Súñer, el cuñado de Franco, para casarla con el mismísimo Führer. Cuando el improvisado celestino fue a Alemania a organizar la boda, se quedó prendado de Magda Goebbels, otra perfecta experta en la materia. Se le nota por cómo habla de ella en sus memorias, que sor Mercedes cogió de la biblioteca de la cárcel, preguntándose al mismo tiempo cómo había llegado ese libro hasta allí. Pilar Primo de Rivera habría sido la novia perfecta para Adolf Hitler. Sus hijos también habrían sido los hijos perfectos, criados en el perfecto hogar nacionalcatólico y nacionalsocialista. Si Pilar Primo de Rivera hubiera llegado con los dolores del parto al paritorio de sor Mercedes, la habría considerado la madre perfecta. Es más, si Adolf Hitler y Pilar Primo de Rivera hubieran entrado del brazo por la puerta del hospital, sor Mercedes les habría dado encantada en adopción a los cincuenta y dos bebés robados para que les proporcionaran un hogar feliz y una buena educación.

De todos ellos, veintitrés eran varones. Y la prueba de que sor Mercedes no es tan mala como piensan los que quieren dejarla morir de úlcera es que jamás se le pasó por la cabeza matar a esos niños como habría hecho, por ejemplo, la enfermera nazi Pauline Kneissler, que salía en ese libro que le entregaron una mañana con el reparto del correo y la tuvo tres tardes completas leyendo, entre aterrada y fascinada y, eso sí, tremendamente descorazonada, porque se enteró de que tanto dentro como fuera de la cárcel la comparaban a ella con las peores bestias del nazismo.

No, ella no lo habría hecho. Si algo la obligó en algún momento a repensar su asco hacia los hombres, fue, precisamente, su profundísimo instinto maternal, el gusto incondicional por los niños, a pesar de que siempre supo que jamás tendría uno. Para eso hacía falta un hombre. Bueno, no en la actualidad, pero, en la época en que sor Mercedes se lo planteó.

Muchas veces piensa si la fobia a los hombres estará contemplada clínicamente. Podría llamarse «androfobia». Sor Mercedes no sabe qué es Google y, aunque lo supiera, ahí dentro no podría utilizarlo para saber que en realidad lo de ella no es una fobia sino un odio irracional. Sor Mercedes no teme a los hombres, sino que, en realidad, su asco hacia ellos le provoca odio, y eso se llama misandria. Si sor Mercedes supiera qué es la Wikipedia, seguro que memorizaría la definición, que tanto le cuadra a ella: «La misandria consiste principalmente en el pensamiento de que la mujer no necesita la existencia del género masculino (por ser considerado nocivo, tóxico o inútil)». Tampoco es tan tonta como para pensar que en este mundo los hombres no son necesarios, pero ella prefiere tenerlos lejos. También se necesitan las serpientes y las cucarachas para matar otros bichos nocivos, y no por eso dejan de ser repugnantes. Pues así ve ella los hombres: si tiene que tratar con ellos lo hace, pero prefiere relacionarse solo con mujeres. De ahí su oficio, por una parte, y su vocación, por otra. Y de ahí que, puesta a no estar en un convento, a sor Mercedes le guste en especial el módulo de mujeres.

Por lo general, su misandria no es algo que las demás presas vislumbren a primera vista en sor Mercedes. Ella no anda por ahí contando que los hombres le dan asco. Su forma de evitarlos suele atribuirse a su condición de monja, que justifica en ella cierta represión sexual, y también la incomodidad en presencia de un varón desconocido. Si no fuera monja, tal vez alguna reclusa especialmente perspicaz trataría de explicar el comportamiento de sor Mercedes a partir de su pasado. Todas somos aficionadas a la psicología cuando estamos en grupo. Pues resulta que ni siquiera en sus épocas más turbias tuvo ella algún conflicto o trauma con un hombre. Nadie intentó violarla de joven, ya lo hemos dicho, ni tampoco vivió un episodio violento en su infancia. Quizá influya que se crió con las clarisas, y, en fin, las monjas de la dictadura eran como eran. Esas sí que les tenían fobia a los hombres.

Al principio, a Mercediñas los hombres simplemente le eran indiferentes. Cuando tuvo la regla, a los doce años, sor Asunción, la monja que se encargaba de velar por ella, la avisó: «Ten cuidado. Si das con un hombre, puedes quedarte embarazada, y mira después qué desgracia». Sor Mercedes aún recuerda con una sonrisa el día en que, mientras perseguía el gato del convento, tropezó con un señor a la vuelta de una esquina y volvió llorando junto a sor Asunción pensando que ya estaba embarazada. Claro que tampoco en aquel momento la hermana le explicó que, para quedarse embarazada, hacía falta mucho más que una esquina y un gato. Al final eso lo supo Mercediñas, como tantas otras cosas, gracias a las niñas de la escuela, que a medida que tenían la regla compraban sujetadores e iban a fiestas y compartían confidencias, y entonces fue cuando ella entendió eso de la desnudez, los genitales, el semen y los besos. Y así empezó el asco. Aunque, como tantas otras cosas de la adolescencia, en este caso el asco no pudo con las ansias de libertad, y por eso no tuvo inconveniente alguno en relacionarse con aquellos que hicieron pensar a todos en Monforte que Mercediñas acabaría en la cárcel, y no precisamente de mayor. Fue lo que hoy se llama una adolescente difícil. Podría haber sido una huerfanita propia de las novelas de Dickens, pero en lugar de eso le dio por un punto rebelde que rozaba lo delictivo.

Seguramente todo comenzó aquella vez en que con diez años se escapó del convento para ir al circo, aunque en esa ocasión solo fuera debido a que no había una monja que se atreviese a llevar a Mercediñas al circo, como a las demás niñas de su clase. Todas tenían un padre o una madre dispuestos a sentarlas en una grada para ver a los domadores, payasos y malabaristas; en lugar de eso, ella tenía una cuneta donde los huesos de su madre estarían mezclados con los de las madres de otras, y la reminiscencia de un maquis forajido. Nada más inapropiado para que te llevasen al circo. Por eso, después de rogarles infructuosamente a sor Asunción y a las demás monjas más o menos jóvenes, decidió arreglárselas para ir. Robó el dinero para la entrada del cepillo de las ánimas, y se plantó allí, en la cola para entrar. Sor Mercedes supone que todos creían que la monja que la acompañaba estaba por allí cerca comprando caramelos o incluso que si se había quitado el hábito, era imposible reconocerla. Y lo cierto es que no les importaba demasiado. Alguno incluso pensaba que Mercediñas estaba mejor sola.

De esa experiencia, ella recordaría mucho después la fascinación que nos causa el circo. Sentada entre otras familias en un banco de la grada, guardó para siempre en su retina las piruetas imposibles de los trapecistas sin red, allá en las alturas de la carpa, mientras contenía la respiración al ver el funambulista en la cuerda floja y aquellas mujeres en maillot colgadas de los trapecios como si se tratase de columpios. Mercediñas tampoco había visto en su vida un león, ni un elefante, y los payasos le dieron una pena hondísima, no sabía muy bien por qué.

Pero sor Mercedes recuerda sobre todo el impulso que sintió: dejarlo todo y marcharse con la compañía del circo; allí estaba ella, a sus diez años, valorando detenidamente cuál de las habilidades de los artistas se le daría mejor para trabajar con ellos y olvidarse del colegio, de las misas diarias con las monjas, de los ayunos y de los votos de silencio; en definitiva, aquel día del circo, Mercediñas se enteró de que no tenía nada que perder, que nada la ataba a Monforte, que las monjas no eran más que eso, las mujeres que la cuidaban, pero no eran su familia.

En realidad, aquel día Mercediñas fue consciente de que estaba sola por completo, y por tanto libre de hacer y ser lo que quisiera. Por más que se esfuerza, no consigue recordar ni el vértigo hacia lo desconocido ni el cariño por las mujeres que la criaron. Lo único que la echó atrás fue que aquel era un circo fundamentalmente de hombres en el que solo había tres mujeres: dos trapecistas y la chica que se prestaba a que la pisase un elefante o a que el mago le lanzara los cuchillos. ¿Cómo lograrían sobrevivir aquellas tres mujeres? ¿Cómo sería parir a los hijos del domador o de un payaso triste?, pensó. Por eso decidió salir despacio cuando terminó la función y, a pesar de todo, quedarse en el convento con las clarisas esperando una oportunidad mejor.

Tras su escapada al circo, las monjas comenzaron a tratarla de rebelde aunque Mercediñas creía, y con razón, que rebelde lo que se dice rebelde, no lo era, toda vez que vivía en un convento en el que la mujer más joven después de ella, sor Asunción, ya tenía unos cuarenta y cinco años. Tras el castigo que le impusieron por escaparse al circo, rezar cientos de avemarías, hasta que le dolieran las meninges, Mercediñas decidió que, ya que tenía fama de rebelde, por lo menos tenía que sacar también provecho, así que comenzó a iniciarse en distintas modalidades de rebeldía. Lo que nunca probó fue la rebeldía que tuviera que ver con el cuerpo de los hombres, y eso hay que dejarlo bien claro.

Por aquellos días en que las niñas intercambiaban impresiones sobre las marcas de sujetadores y la calidad de las compresas, Mercediñas nunca entendió qué gracia les veían a aquellos chicos llenos de granos, que soltaban gallos, tenían el pelo grasiento y cierta indefinición de identidad: imitando a los hombres al fumar a escondidas y al meterles mano a las chicas, pero actuando como niños jugando fascinados al fútbol con un balón de cuero y encogidos cuando veían en el cine una película de miedo. En la subida al castillo de los Condes de Lemos los sábados por la tarde quedaban para besarse, y aunque Mercediñas, como las otras, fue alguna vez y lo probó, nunca acabó de cogerle el gusto. Le daba la sensación de que el aliento le olía durante varios días y sabía a las babas del muchacho en cuestión, por bueno que resultara y por limpio que fuese; y no digamos el asco que le daba que la tocaran. Así que también por aquellos días le dio por pensar que, si un chico le causaba esa reacción, qué le provocaría un hombre hecho y derecho, con sus pelos colocados en lugares estratégicos, con su tendencia a sudar, con su piel dura, con sus lunares por todo el cuerpo y, a lo mejor, hasta con vello en las orejas. Quita, quita.

Así que decidió que los hombres, mejor bien lejos, casi por prevención sanitaria. Desde aquellos primeros momentos, su asco fue una cuestión física. Nunca le cupo duda alguna de que había hombres que eran buenas personas, nobles y honrados, inteligentes, hermosos por dentro, igual que sabía perfectamente que había mujeres que eran unas auténticas cerdas. La condición humana poco tenía que ver con el sexo. Aunque se le acercara el mismísimo Cristo antes de ser crucificado, recién salido de la ducha y con aroma a jazmines, a sor Mercedes le habría dado asco. Pero volvamos al presente.

Sor Mercedes está convencida de que el libro de las nazis se lo mandó una de esas mujeres malvadas, la madre esterilizada número siete. Así como memorizó y archivó a los bebés en función de sus madres biológicas o de las familias de acogida, a las mujeres esterilizadas les puso número. La número siete podría haber sido, en realidad, la número uno, pues resultó ser la primera en darse de bruces con el tema de su esterilidad y, por tanto, en denunciarla. Curiosamente, todas las demás fueron bastante resignadas en el aspecto cristiano, pero Número Siete no. Durante el juicio, rezumaba rencor y desesperación, como dejó constancia allí, porque no encontraba explicaciones a que alguien decidiera esterilizar a una joven de catorce años que acababa de dar a luz a un bebé muerto. Sor Mercedes también se acuerda en especial de Número Siete porque, de todas ellas, es la única que de verdad dio a luz a un bebé muerto.

Eso le ahorró una mentira más. El niño muerto de Número Siete fue una alegría para sor Mercedes, que se escandalizó con la juventud de aquella muchacha, que entró en el paritorio aún con trenzas. Habría llevado el uniforme del colegio si no fuera porque con aquel vientre ya no le servía, y porque la habían expulsado en cuanto se le comenzó a notar el embarazo. La chica, muerta de miedo y de vergüenza durante los primeros meses, había intentado abortar muchísimas veces y con mecanismos tan variopintos como embutirse de perejil y vinagre, darse golpes en el vientre, acudir a parteras y curanderos… Cualquiera de esas opciones bárbaras, sin duda, había logrado que al final el niño muriera justamente cuando Número Siete se había hecho a la idea de que sería madre y había descubierto que ya no le importaba. Después de hablar con la madre de la niña, emparentada con uno de los armadores más ricos de Vigo, sor Mercedes comenzó a ver a Número Siete como una asesina que no dudaría en matar a cuantos hijos fuera preciso con tal de no pagar las consecuencias de sus deslices y mantener su vida feliz, así que no le cupo duda de que una ligadura de trompas a tiempo sería mano de santo, nunca mejor dicho.

«Al nacer muerto van a tener que operarte —le dijo cuando la chica aún estaba medio aturdida tras el parto—. No te preocupes, es solo una limpieza», comentó sor Mercedes, cargada de doble intención. Y una vez más, se convenció de que la madre de la chica, tan abochornada, tan preocupada por su hija y por el qué dirán, fue una cómplice silenciosa. Después, en el juicio, estuvo segura de ello, más que nada porque Número Siete insistió en su declaración en que fue su madre quien la animó en el lecho de muerte a indagar en lo que había ocurrido en el hospital aquel día terrible en que su único hijo nació muerto.

Sor Mercedes sabe que a Número Siete no le bastó con la condena que le impusieron. Desearía verla muerta y, en su defecto, desearía verla sufriendo el resto de sus días. Por eso sor Mercedes cree que fue ella quien le envió el libro sobre las nazis, y por eso, también piensa muy a menudo que Número Siete se alegraría mucho de saber que la úlcera de estómago no la deja vivir e incluso que tal vez la mate. Quizá la úlcera sea, justamente, el producto divino de todas las veces que Número Siete le habrá deseado la muerte a sor Mercedes. Y seguramente ese dolor que va y viene, subiéndole desde el estómago hasta el corazón, como si el dolor fuera capaz de mandarle mensajes ancestrales y como si, de hecho, se le apareciesen en forma de dolor todos los fantasmas de los niños muertos que sor Mercedes inventó es el anuncio de la muerte.

A lo mejor por eso esta mujer teme tanto a la muerte, porque no se encuentra plenamente en paz. Y, sobre todo, no está preparada para el sufrimiento de la enfermedad, tan cristiano. En el fondo, nunca ha creído que el sufrimiento fuese a proporcionarle de por sí un visado diplomático para entrar en el Paraíso. Eso sí, ella creía que tenía ganado un hueco en el cielo gracias a sus acciones, o a pesar de sus acciones, no sabe muy bien cuál es la conjunción adverbial más conveniente, pero cree que, cualquiera que sea el tipo de oración subordinada, obró en consecuencia con una cristiandad sacrificada. Así que no debería merecer el sufrimiento. Y si Dios quiere que sufra, ¿qué hizo mal?

Por eso comenzó a dudar si habría actuado bien en el tema de las esterilizaciones. Número Siete y el libro de las nazis tienen mucho que ver con esa duda que se le ha planteado a sor Mercedes últimamente.

A lo mejor por todo ello ha empezado a sentir que para morir en paz tiene que traer una criatura al mundo que compense todas las que no vinieron por su causa. Quizá es que también duda de si en el Juicio Final Dios opinará como la jueza que la condenó a veinte años de cárcel. Un día, después de que esa muchacha colombiana tan guapa le contara su historia, sor Mercedes cayó en la cuenta de que, en otro tiempo, la habría condenado a quedarse sin su hijo. Seguramente no la habría esterilizado porque, en fin, tampoco fue culpa de Valentina que la violaran. Pero sor Mercedes pensó por primera vez que Daniel no era más que un niño que debería estar con su madre. Y, sobre todo, sor Mercedes nunca pensó hasta ahora en lo solas que se quedan las mujeres cuando sus hijos ya no están. Por eso, como en un relato del mundo al revés, se ha decidido a ayudar a Valentina a tener un hijo en la cárcel. A lo mejor así consigue morirse tranquila y demuestra que ella también es capaz de detestar a las enfermeras nazis.

«In extremis»

Isabel siempre comenzaba besándote. Después te bajaba un dedo largo y suave desde la nuca hasta el culo, dibujándote la espalda como si con ese gesto se borrara por completo el tiempo de condena. Antes de eso, te esmerabas con el maquillaje. Te gustaba especialmente ese ritual de la espera. Te aplicabas con el dedo el corrector de ojeras dando suaves golpecitos bajo los ojos, y después pasabas el iluminador por encima de los pómulos, la nariz, la barbilla y el centro de la frente. Por lo visto eso debería darte una imagen saludable, aunque tú no acababas de ver grandes diferencias. Será que, en realidad, nunca has sabido cómo aplicarlo. Luego te ponías la máscara de pestañas, en varias capas, una sombra de ojos castaña, y un colorete de color melocotón. En los labios, mejor un simple brillo en vez de la barra de siempre. Querías que no se notase lo que te faltaba en la cara, sobre todo, el aire del mar de Vigo. Eso lo hacías con tiempo, para calmar los nervios de novia. Luego tenías que esperar. Siempre comprabas en el economato una revista para la espera, una del corazón, porque siempre lees las historias ajenas como una novela que no tiene nada que ver contigo. Te sentabas en una de las zonas comunes y cogías un café de la máquina, con el que evitabas mirar el reloj mil veces. A cambio jugueteabas con el brillo de labios que llevabas en el bolsillo, para el retoque de después.

Luego estaba aquel cuarto que a ti nunca te gustó pero que, en fin, era lo que había. Unos asientos, una mesa, una cama, un aparato de música. Para la mesa, Isabel llevaba siempre unas Fantas de naranja y tú comprabas en el economato una empanada de sardinas porque es la que más te gusta, y también, claro, porque es fácil de comer en esas circunstancias, tanto antes como después. Para la cama, siempre le pedías a Isabel que te trajera unas sábanas de tu casa, para sentir que algo de tu refugio del Barrio del Cura también estaba allí con vosotros, dándoos cobijo. Y para el aparato de música, no había duda, un CD para ella (Yann Tiersen, normalmente) y otro para ti (por supuesto, Camela), que solías llevar de tu propia celda. Si solo teníais hora y media, echabais a suertes cuál de los dos CD sonaba. Lo mejor, por supuesto, era cuando conseguíais juntar dos vis a vis en uno, y teníais tres horas para amaros.

No son muy habituales los vis a vis entre mujeres, pero Isabel lo tenía bien claro. Nos casamos y listo, Margot, te dijo un día, el mismo día en que tú le dijiste que eran solo unos pocos meses, con el firme propósito de no volver a pisar la cárcel nunca más. Solo serían seis meses, y unos pocos vis a vis.

Después de los trámites, en efecto, os casasteis *in extremis*, un par de días antes de que te llegara la notificación de ingreso inmediato; de aquella manera fácil y sencilla, que celebrasteis una noche cenando en un restaurante con la ropa bonita y unos maravillosos zapatos que compraste para la ocasión. Sin invitados. Solo estuvieron en un café matutino aquellas dos amigas que os hicieron el favor de ser testigos de aquella boda civil que ahora te parece uno más de tus delitos. Pero cenasteis solas, cómplices, tristes y felices al mismo tiempo, como preludio de los encuentros que vendrían después. Por eso, vuestros vis a vis fueron ya como mujer y mujer. Pero fueron pocos. Y no precisamente porque tu condena fuese tan corta.

Margot, Margot, no me queda más remedio que hacerte sufrir.

Poema recogido de la basura
para comprobar después que no soy poeta

Había días de febrero para cubrir con mantas como campos de
hierba en primavera
> Porque cambian soles, y estrellas con lluvias de tormenta.
> Sobre todo, había días de granizo con lunas sin fin
> Y el mundo empezaba y terminaba en el tiempo de ser
> libres,
> y tan felices.
> Ese tiempo de jarrones con girasoles enormes
> en los que crujían las puertas y el frío obligaba abrazos.
> Ese tiempo de migas en el mantel que fueron besos

Incluso
había mañanas enteras de Janis Joplin en la cocina, y el ritmo del
chup-chup de los caldos
> porque era el tiempo de pintar los labios en el ascensor
> y los espejos como eclipses en los que besarnos del revés.

Aquellos días libres, felices, ~~y pobres~~ en los que el mundo se
comía con las manos.

Entonces los espíritus vivos de la noche soñaban futuros inmensos
y mañanas azules y blancas para morder en mundos de luz.
Entonces se llevaban katiuskas y se chapoteaba en los charcos
y el viento del oeste secaba los colores que quedaban de tanto reír
en un camino brillante
(de baldosas amarillas).
Entonces el aire del mar movía el pelo
y las islas al fondo dibujaban tantos horizontes

Aquellos días libres y felices en los que el mundo se comía con
las manos

Había vestidos blancos a los pies donde aún campaban las
manchas
de mi parto
después de soñar contigo
Después de soñar contigo,
yo quería, otra vez, la noche del espíritu,
vivo como un girasol abierto
con el que almorzar dos veces
y pintar paredes verdes con ventanas abiertas a cielos salpicados
de cerezas
y nubes, soles, el olor de conserveras de mañana
contigo
mi amor.

Aquellos días libres en los que el mundo se comía con las manos.

Si fuese yo poeta, no serían cosas que me faltaron cada día
       y se me escriben en cada lado contrario del cerebro.
~~Allí~~ Aquí en la cárcel

Manicura francesa

Cuando Valentina llevaba dos días en la cárcel, ya estaba obsesionada con cortarse las uñas. Aún le dura cierta obsesión por arreglarse.
En ese sentido es una de las mejores clientas de la sección de pro-
ductos de aseo del economato.

Las uñas fueron una cuestión de vida o muerte cuando puso los
pies en la cárcel de A Lama, sin entender nada de lo que le estaba
sucediendo. Fue lo primero que le dijo a aquel poli que después
resultó ser, en realidad, Xabier, el trabajador social: «Necesito dinero para comprar un cortaúñas», y a él, a quien tantas veces le habían
pedido cosas inverosímiles, le llenó de ternura la preocupación de
aquella muchacha a la que acababan de separar de su hijo. «Mire
cómo tengo las uñas, todas negras. Qué van a pensar de mí.» Después Xabier también pensó en lo caprichosa que puede ser la mente
humana, que focaliza sus preocupaciones en la negrura de las uñas
justamente allí, en la cárcel. Las uñas, por lo menos, se pueden limpiar e incluso pintarlas con una línea de esmalte blanco allí donde
se acumula esa mugre que tanto preocupó a Valentina aquellos días
en los que seguramente prefirió pensar en eso en lugar de caer en la
cuenta de que, unas horas antes, en el aeropuerto, acababan de ex-
tirparle la libertad de ir de aquí para allá, de obsesionarse con quien

quisiera, de amar tranquilamente a su hijo. La cárcel, por mucho que se empeñen, por mucho que la laven con lejía o te la pinten de blanco, por mucho que la diseñen arquitectos de espacios abiertos, no hay manera de limpiarla. Si está cerrada y no corre el aire, está sucia.

Hay presas que te hacen la manicura a cambio de un par de llamadas con la tarjeta telefónica, aunque la de la cárcel es una manicura algo *sui generis*, en la que el trabajo se hace con una de esas limas de cartón que acaban dobladas a medida que se van gastando. El esmalte es poco variado, pero da para elegir: francesa, rojo, rosa palo, marrón claro, coral, y un azul que donó una chica que estuvo poco tiempo. Margaret Astor estaría feliz con estas presas que tanta belleza consumen. Lo curioso es que Valentina nunca había tenido mayor interés en sus uñas. Tuvo oportunidad de tener una manicura reggaetonera cuando vivía con la cajera del súper en Acacías. Incluso, si lo hubiera querido, durante aquellas semanas de Bogotá podría haber ido a la manicura en el barrio chungo donde la llevó Agustín. Pero no. Como siempre, también en esa época Valentina se arregló las uñas a base de cortarlas a mordiscos y lavarlas con agua y jabón. Si había costra negra debajo, se quitaba restregando con un cepillo, cosa que no tenía en la cárcel el día que habló con Xabier.

La primera vez que Valentina se pintó las uñas fue en la prisión. Aquel día, Xabier, contraviniendo todas las normas e insistiéndole en el más estricto secreto, le prestó unos euros para que pudiera comprar jabón, un cepillo y un cortaúñas. También le dijo lo de la interna que hacía la manicura y que podía fiarle hasta que consiguiera un destino. «¿Y qué es un destino?» «Un trabajo en prisión.» Y Valentina fue, porque entendió la generosidad y la ternura de Xabier como una orden, eso sí, después de restregarse bien las puntas de las uñas en el lavabo de su cuarto al tiempo que lloraba porque, en efecto, en mucho tiempo no podría pasear por la calle con las uñas sin pintar pero bien lavadas en la pileta de su casa de El Calvario. Lo que son las cosas: a Valentina, Agustín le ofreció una vida bañada en oro y en unas horas se encontró con lo puesto, en un país extraño, sin su hijo Daniel, presa. Probablemente la presa más presa de todas, por la soledad, por la distancia y por la necesidad de trabajar.

Tardó unos días en darse cuenta de que lo importante de su conversación con Xabier fue, en realidad, la recomendación de solicitar un destino. Si quería recuperar a su hijo Daniel, debía tener dinero y poder garantizarle una vida gracias a su propio trabajo. En realidad, Xabier suponía que Valentina tenía un plan B para quedarse en España. Y así fue como, en su quinto día en prisión, con las uñas pintadas con la línea blanca allí donde antes estaba la mugre negra, después de quedarse dormida todas aquellas noches sofocando el llanto de horas en la almohada, y tras un altercado con otras colombianas que pensaban que guardaba en alguna parte una buena cantidad de dinero, Valentina comenzó a espabilar de una vez por todas.

Porque ella nunca pensó que también en la cárcel hace falta dinero. Tanto dinero. Está convencida de que, como con todo, hace falta más dinero en una prisión europea que en una colombiana (dejando aparte los impuestos, los peajes y las mordidas, que en España abundan menos), porque, en fin, la prisión es un mundo pequeño que refleja el mundo grande por el que campan libres las que después serán reclusas. En realidad, Valentina nunca pensó lo que podría necesitar estando en la cárcel porque lo cierto es que no tuvo tiempo de imaginarse presa antes de que la esposasen y la metieran en un coche rumbo a la comisaría en la que estuvo dos días, en la provincia de Madrid. Seguramente las novias de Agustín, o la cajera de las uñas de Acacías sí fantasearon alguna vez con cómo estarían en la cárcel. O seguro que tuvieron alguna amiga de la escuela que fue antes que ellas y salió para contarles cómo sería después su vida en la Modelo de Bogotá. Seguro que ellas no lloraron tantas noches como lloró Valentina. Te vas acostumbrando, le dijo Margot, que también lloró lo suyo la primera vez que la trincaron, porque al final aprendes a vivir y a no pensar constantemente que estás encerrada y no puedes salir.

A Valentina tampoco se le ocurrió pensar que trabajar en la cárcel fuera un premio. Todo es un premio cuando estás en prisión. Es lo que necesitas, en realidad, y eso es ciertamente lo que mantiene el orden allí dentro. El miedo a no poder cubrir las necesidades es mucho más efectivo que la fuerza. En eso se basan los sistemas penitenciarios europeos: en que la calidad de tu condena dependa de ti. Un poco como con los niños: si te portas bien, tu vida será más fácil. Solo que quien tiene la capacidad de dar los premios en el módulo de mujeres son las funcionarias.

Valentina tuvo su altercado en el quinto día en A Lama.

Podrían haber sido dos de las putas de Agustín; quizá lo fueron justo antes de entrar en la cárcel. También ella aprendió a hablar de otra manera estando allí dentro. Se le pusieron una a cada lado a la hora del desayuno, como si fueran a desayunar con ella, en plan patriótico. El caso es que la conversación comenzó con normalidad.

—¿De dónde es usted?

—De El Calvario, en el Meta, ¿y ustedes? —En parte, Valentina sintió cierta alegría al saberse acompañada por gente de su tierra.

—Yo de Barranquilla y esta de Tutunendo.

—Así que es usted llanera… —Habló por fin la que todavía no había abierto la boca—. ¿Y cómo se sale del monte y de las cabras?

—¿Por qué te han trincado?

—Tráfico, pero yo en realidad fui engañada.

—Sí, sí, a nosotras también nos engañaron.

—Yo además cumplo por trata de blancas, y de eso sí que no tenía tanta culpa, pero pringué igual, por culpa de un tío.

—Al tío que me mandó a España sí que tenían que pringarlo.

Se callaron las tres un momento, pensando en cada uno de los causantes de sus respectivas condenas.

—Esos nunca pringan, corazón —dijo Barranquilla rompiendo el silencio—. Pero ¿te daría dinero, ¿no?

—No.

—Venga, ¿usted cree que nos chupamos el dedo o qué?

—¿Cómo? —A Valentina comenzó a ponérsele el miedo en la barriga.

—Que cuánto te dio.

—No me dio nada.

—Y yo soy más monja que esa de allí. —Se le acercó todavía más.

—Venga, Carabonita, ¿usted quiere conservar así de bien el cutis? Pues arreando pasta los días de visita.

—Pero si yo no conozco a nadie y no voy a tener visitas. Les juro que no tengo un céntimo.

—Oh, oh, oh, le ha entrado el miedo, ¡mírenla!

—Y yo juro que nadie va a creerla a usted, que no se cruza acá desde El Calvario, en el Meta, sin un céntimo.

—Yo sí. —Soltó Valentina, sorprendida ella misma de cierta fortaleza en su voz.

—Ni síes, ni hostias. Ya tú sabes. Cada lunes después de las visitas quiero cien euros en mi bandeja del desayuno, discretamente, cincuenta para Barranquilla y cincuenta para Tutunendo.

—¡Pero están locas!

—Carabonita, salgo en menos de un año, ¿sabe? —Tutunendo se calló por un momento y dibujó una media sonrisa que pretendía ser aterradora—. Imagino que querrá volver a ver su niñito lindo…

Entonces a Valentina le salió de dentro todo el furor de madre salvaje que aún hoy no sabe muy bien dónde lo llevaba escondido y se abalanzó sobre Tutunendo con las uñas recién afiladas por la manicura y se las clavó en la cara de un modo que le provocó a la otra más sorpresa que dolor. No le dio tiempo de alcanzar a Barranquilla con una patada porque apareció la funcionaria con la palabra «parte» en la boca. Así que Valentina se espabiló de una vez por todas; de paso, le quedó cierta fama de imprevisible que le vino bastante bien para futuros altercados, además del apodo de Carabonita, que la aclimató mejor a su nuevo hogar.

Lo que pasa es que también aprendió la crueldad inherente al sistema de castigos de la prisión. El parte que Laura le puso aquel día se tradujo en varios puntos menos a la hora de hacer solicitudes de mejora penitenciaria. En un principio, a Valentina le dio igual, porque creía que la única mejora posible en su vida estaba en la provincia de Madrid con una familia de acogida, pero cuando presentó la instancia para solicitar trabajo en la cárcel, también supo de la posibilidad de pedir un traslado para acercarse a Daniel. «Uy, pero ya tienes un parte y no llevas aquí más que una semana», le dijeron con el clarísimo tono de quien cree que las colombianas jóvenes y guapas que casi no llevan maquillaje también son tontas. Así que tuvo que espabilar más todavía: ni era tonta ni quería meterse en problemas. Pero, por lo menos, sabía defenderse. Y justo en aquel momento pensó que si ahora conociera a un Agustín tendría claro que, de ser algo, sería mula de verdad y no un simple cebo.

Nunca más volvieron a ponerle un parte. Acabó logrando, eso sí, y después de mucho rogar y esperar, un trabajo en la lavandería por el que le pagan una miseria, y así va ahorrando algo para cubrir sus necesidades, y que no tengan que fiarle las manicuras y para comprarse algunas cosas. Pero hoy le ha llegado a Valentina la quinta denegación de la solicitud de traslado a una cárcel de Madrid y ha comenzado a pensar que casi sería mejor no tener que tragarse el genio que le trepa a veces por el cuerpo. En realidad, desde que está en prisión cualquier cosa desquicia a Valentina, y supone que parte de su logro en la cárcel será aprender a reprimir ese instinto suyo que puede provocar partes a mansalva. Pero el premio nunca llega y cada día que pasa es un día más en el que Daniel crece con otra familia. Daniel, que nunca más volverá a tener un año o dos o tres; que nunca más volverá a decir sus primeras palabras, ni a romper sus primeros platos, ni a despertarla por las noches, ni a dejar los pañales, ni a aprender a nadar. Todo eso lo vivirán otras personas que no son la madre de Daniel, y, cuando ella salga de prisión, aunque sea con el tercer grado, de aquí a tres años, él ya creerá que esos son sus padres y Valentina tan solo una mujer que acude a verlo de vez en cuando. Y como Valentina hace casi un año que espabiló del todo, ha decidido poner en marcha su plan B.

En realidad, también quiso estudiar porque no hay muchos lugares donde se junten presos con presas, y la escuela es uno de ellos. También el dispensario. Y la capilla, aunque a Valentina no se le ocurre ir a buscar novio a la capilla, por supuesto. Así que su plan B comenzó en la escuela donde, además, debería estar la solución para defenderse de ser una colombiana más, pobre e ignorante, en una cárcel llena de rateros y de pésimos abogados de oficio. Es cierto que, como le dijo a Laura, quiere saber de leyes por encima de todo. Pero también lo es que pensó que en la escuela de la cárcel podría buscar a un padre para su segundo hijo.

Lo eligió entre los treinta y un hombres matriculados en su nivel, después de descartar a diez, porque le parecieron idiotas, seguramente con alguna tara mental. De los veintiún restantes, dejó a siete en cuarentena porque tenía dudas sobre su conveniencia y prefirió conocerlos mejor y darles una oportunidad solo en el hipotético caso de que los otros catorce resultasen un engaño. En realidad, Valentina no deja de pensar en lo caprichosa que es su vida, que le ofreció como padre de su primer hijo al más animal de entre el medio centenar de brutos que viven en El Calvario, y que ahora para el segundo solo le proporciona como padres opcionales a un montón de criminales y delincuentes.

Así que Valentina lleva un mes eligiendo a hombres. Cogió un folio, puso los nombres de los catorce en una columna y, al lado de cada uno, varias columnas más con los datos que le interesan: inteligencia, grado de atractivo, gravedad del delito, amabilidad, sentido del humor, abogado de oficio o abogado de pago. Estableció una puntuación del 1 al 10, como si fueran exámenes, en cada una de esas casillas. A saber de dónde ha sacado Valentina tanta organización, que parece una estudiante alemana en lugar de una delincuente colombiana. A estas alturas, Valentina tiene cinco candidatos que superan el 8 de nota media. Se ha puesto exigente, ya que la mayoría de los estudiantes en la escuela de la cárcel son quinquis en apuros que se enteran de que poco pueden hacer fuera de prisión sin el título de la ESO. Pero entre todos ellos, hay dos empatados con un

9,3, y en realidad Valentina duda si su evaluación será poco objetiva y estará condicionada porque justo esos dos le hicieron tilín en cuanto aposentó el culo en el pupitre.

Uno, Mamadou, es un negrazo del Senegal que lleva la vida entera en España, con la nacionalidad incluida, y que está acusado de tráfico de personas por intentar introducir a su sobrino en el país dentro de una maleta. Siempre bromea con que tenían que haberle considerado atenuante que no viajaban en una compañía de bajo coste y que, por tanto, la maleta tenía las mejores dimensiones para tener dentro a un niño de siete años sin necesidad de romperle ningún hueso, una chirigota que a casi nadie le hace gracia, pero que a Valentina se le antojó gracioso, pues muestra claramente la vida agridulce del pobre Mamadou.

El otro candidato de la lista se llama David, y está condenado por estafa. David es trilero de profesión y le encanta decirlo así. Muchas veces, antes de que llegue el profesor, David coge tres vasitos de café y una tiza y marea a Valentina para que apueste dónde se oculta la tiza. También organiza timbas de póquer y le gusta llevar un trilby blanco medio ladeado que le da un aire agitanado con esos rasgos rubios heredados del padre albanés. «Los albaneses tenemos muy mala prensa —les recrimina muchas veces a sus compatriotas por parte paterna, que cumplen condena por asesinato y por tráfico de armas—, pero algunos somos emigrantes normales, de los que tocan el violín los domingos por la tarde, a pesar de nuestro talento para el ilusionismo.»

A Valentina le gusta de David ese toque gamberro que Mamadou no tiene, pero de Mamadou le gusta la inocencia bonachona que tan difícil resulta encontrar en la trena. En fin, que está hecha un lío, no se decide, le gustan ambos, y le vendría bien un hijo de cualquiera de ellos para quedarse en España y rescatar a Daniel. ¿Se casaría, así, por las buenas, con alguno de los dos? Valentina no está muy segura. Su marido ideal no es alguien que, como ella, haya pasado por la cárcel, y de entre todos, reconoce que preferiría uno de los que está ahí por soborno, tráfico de influencias o delitos contra la Hacienda Pública, evasión de impuestos o incluso fraude. Solo que esos ni siquiera se fijan en el bonito rostro de Valentina, absortos como están en prestar atención a lo que dicen de ellos por la tele y por cumplir con las tablas de ejercicios que sus *personal trainers* les han diseñado para que, abusando de gimnasio, la condena se les haga más corta. *Mens sana in corpore sano*, sí, pero esos no precisan ir a la escuela porque, en general, ya han estudiado lo suficiente. Además, para lo que Valentina quiere, están más que sobrados Mamadou y David, incluso cualquiera de los candidatos que los siguen de cerca en el ranking de su folio doblado en ocho partes. El narco Quiñones, Raúl, el conductor temerario, y Jiménez, el atracador de bancos, con un 8,6, 8,4 y 8,1 respectivamente. Es todo lo que se puede permitir Valentina, que ha aprendido mucha sociología en el módulo social.

A pesar de haber reducido sus opciones a dos, Valentina no sabe muy bien qué hacer ahora. Le gustan ambos, pero no logra imaginarse en un vis a vis con ninguno. En realidad, desde que comenzó a crecerle el vientre de embarazada allá en su vida anterior, le da grima todo lo que tenga que ver con el contacto sexual. A lo mejor Agustín lo percibió y por eso ni siquiera intentó convencerla. O tal vez simplemente él ya tenía muy claro lo que necesitaba, quería y obtenía con las chicas que bailaban reggaeton para él. El caso es que Valentina vive en una contradicción, pues su plan B tiene que luchar contra cierto resquemor a que un hombre la toque y la insemine. A pesar de todo, hace de tripas corazón e intenta mentalizarse de que, ya sea con Mamadou o con David, tendrá que ser. Por eso mismo ha comenzado a escribirles cartas a los dos. Con un niño tendrán que dejarla ir a una de esas casas autogestionadas por las propias presas y, a lo mejor, incluso consigue que Daniel pueda vivir con ella hasta que cumpla los tres años. Justo cuando tal vez le otorguen el tercer grado, ahora que sabe lo que vale cada parte y cada reyerta en la extraña justicia de la trena.

Los sueños de Valentina en la cárcel son extraños. A pesar de su aversión sexual, logra imaginarse perfectamente vestida de novia, con un enorme vientre, rodeada de tules blancos, tanto del brazo de Mamadou como del de David, allí, en la capilla de A Lama, al lado del mismo cuarto del vis a vis en el que a Valentina le firmarían un visado directo para quedarse en España y no tener que volver nunca más a Colombia. Y, como si no estuviera en prisión, en medio de esas ensoñaciones de novia le viene la imagen de su Daniel metido en un coche con su sillita orientada en sentido contrario a la marcha, mirando hacia la casa con jardín que deja atrás para volver con ella, allí en Galicia.

Mientras sus sueños no se cumplen, Valentina se pasa las tardes removiendo Roma con Santiago para que la acerquen a su hijo o le busquen una familia de acogida en Galicia.

Hace pocos días que le llevó a sor Mercedes una carta dirigida a la directora general de Prisiones para que la monja la ayudara con las faltas de ortografía y los anacolutos.

Estimada Sra. directora general,

Me llamo Valentina González, natural de El Calvario-Colombia, y cumplo condena en el centro penitenciario de A Lama por un delito contra la salud pública. Me permito escribirle esta carta y robarle su ocupadísimo tiempo porque por aquí tiene usted fama de saber escuchar y de ser sensible a las cosas que nos han sucedido a los presos para acabar, por mala suerte, en la cárcel. No piense que soy una criminal, señora directora, solo es que me engañaron y mi abogada de oficio no fue capaz de demostrarle al juez que fue así. En fin, que ya sé que ahora ya poco puede resolverse y no me queda más remedio que cumplir mi condena de diez años, de los cuales ya ha pasado uno, asumir mi mala suerte y tratar de aprovechar el tiempo con actividades productivas: voy a la escuela porque quiero ser abogada, ¿sabe usted?, y, después de mucho pelear, he conseguido un trabajo que me permite ir subsistiendo, ya que en este país no tengo a nadie. Hace solo medio año ni siquiera me atrevía a empezar a escribir con mi propia letra una carta dirigida a una mujer tan importante como usted. No quiero que crea que me quejo, pues bien sé que podría haber sido peor. Figúrese que sé que podría estar en una cárcel de Colombia, pero por suerte estoy en España, donde tengo intención de quedarme, con su venia y la del gobierno de su país, para empezar una nueva vida enderezada, si Dios quiere.

Lo que más amo en el mundo, ¿sabe?, es a mi hijo Daniel. Venía conmigo en el momento de mi detención y lo separaron de mí sin más, cuando fui metida en un furgón y me trajeron hasta este centro penitenciario y a él lo dejaron en un orfanato en la provincia de Madrid. Ahora lleva unas semanas en una casa con una familia que lo cuida, pero, señora directora, esa gente no es su madre. Ya sé que soy una delincuente y que hice algo que no solo es un delito, sino una aberración a los ojos de Dios y de usted, por supuesto, pero creo que separarme de mi hijo, al que aún daba de mamar, no es un castigo proporcionado a lo que hice. Por acá se dice que usted es especialmente sensible, por ser mujer y por su carácter, a este tipo de cosas, e imagino que, como madre, entenderá que no le escribo desde el derecho sino desde la desesperación. Porque yo, la verdad, no sé vivir sin mi hijo.

Puede que le parezca exagerada, pero desde que nació y empecé esta vida nueva que no sé cómo llegó a torcérseme, no me imagino dando un paso sin él. Y no quiero que piense usted que le estoy diciendo que me voy a matar como se me mató una compañera hace unas semanas, qué horror, que sus motivos tendría, pero para mí es una barbaridad y un grandísimo pecado. Porque todo lo que hago, delito incluido, es para él, señora, y para poder ser felices lejos de un lugar que, de la noche a la mañana, me hizo infeliz a mí y a toda mi familia.

Señora directora, mi hijo Daniel nunca más volverá a tener un año. Perdí ya sus cinco, seis, siete y ocho meses, su primer cumpleaños, cuando empezaron a salirle los dientes y sus primeras palabras. Si vuelvo a verlo algún día, estoy segura de que jamás habrá oído palabras como «bejuco», «guachafita» o «parsero», y no puedo dejar de pensar que, si va a ser así, será un poco menos hijo mío que cuando nació.

Señora directora, si está en su mano impedir esto, por favor, le ruego que me ayude. Lo único que pido es un traslado a un centro penitenciario de la provincia de Madrid, para poder visitarlo durante los permisos que empezaré a tener próximamente, o eso espero. Estando acá, la distancia y mi falta de dinero impiden del todo que cualquier permiso tenga sentido para mí. Si eso no fuera posible, me conformaría con que la familia de acogida que se le adjudique a él sea de algún lugar cerca de este centro penitenciario, en el que estoy contenta y, creo, bastante bien adaptada. Quizá eso animaría a las personas generosas que atiendan a mi hijo a traerlo en alguna visita a este lugar, que Dios me perdone.

Por favor, señora directora, yo sé que usted atiende este tipo de historias. Yo no tenía que haber caído acá, pero caí. Ayúdeme a levantarme, como buena cristiana.

Perdone las molestias, y permita que le envíe un abrazo agradeciéndole simplemente ya el hecho de que me haya leído.

VALENTINA RAMÍREZ

Por el mar corren las liebres, tralará

De sus tiempos de bailarina, a Laura le ha quedado una habilidad pasmosa para hacerse moños altos. Aún hoy consigue que le queden como de peluquería. Es muy fácil. Hay que hacer una coleta en la coronilla; con un cepillo de dientes y un poco de aceite para el cabello, se repasa toda la cabeza para que tenga un aspecto tirante y no queden pelillos sueltos. Hay utensilios para hacer el moño, como rosquillas de espuma, pero Laura va a lo barato y usa un calcetín al que le corta la punta y va envolviendo el pelo de la coleta sobre sí mismo con el calcetín; al llegar al final, tres horquillas abiertas y listo. «Con mi color de pelo, mejor un calcetín negro, ¿no?» «Sí.» «Y las horquillas también negras.» Valentina no se atreve a decirle a Laura que le fascina que, en su caso, el peinado sumado al uniforme no le dé un aire de distante altanería como de guardiana de campo de concentración, sino que, más bien, parece una sofisticada portada del *Vogue* disfrazada con el gris de las funcionarias de prisiones. A Valentina, al final, nunca le quedan los moños tan perfectos como a Laura, porque Laura tiene la disciplinada experiencia de las bailarinas. Aún recuerda aquel día que la retiraron de la barra por no llevar el moño bien hecho.

Laura supone que esas cosas, quieras que no, acaban marcándote. A lo mejor, el ballet la aburría soberanamente porque se convirtió en una suma de disciplinas. No comer huevos fritos, cuarenta y cinco minutos diarios de calentamientos, hacer callo en la planta del pie, romperse algún dedo con un salto, lavar el bolero con jabón para prendas delicadas, doblar los calentadores a la altura de la mitad de la rodilla, acostumbrarse a que la regla no le viniese durante las largas temporadas en las que le costaba mantenerse en cuarenta y seis kilos. Una bailarina tiene que ser ligera, o si no ¿cómo va a levantar por el aire el príncipe al Hada de Azúcar, o Tristán a Isolda, Romeo a Julieta, Sigfrido a Odette? Pero las bailarinas españolas, las latinas en general, no tienen el cuerpo de las eslavas. La pelvis de Laura no tiene nada que ver con la de la Sobeshchánskaia, ni su trasero con el de Anna Pávlova, ni nada de ella sería jamás Maya Plisétskaia por mucho pan que dejase de comer, por mucha lechuga que llenara sus platos, por muchos litros de agua en ayunas que tomase.

Así que Laura sabe mentir muy bien. «¿Has comido?» «Sí.» «¿Has cenado algo?» «Algo, sí.» «No habrás vomitado…» «No, hoy no he vomitado. Llevo semanas sin vomitar.» «¿Te traigo una caja de tampones?» «Sí.» Y un cajón de su cuarto acabó repleto de cajas de tampones sin abrir. En las épocas en que a Laura se le podían contar las costillas y medírsele el tamaño del muslo con una pequeña parte de la cinta métrica, incluso en el tiempo en que la castigaban por llevar el moño torcido o por engordar dos kilos durante la Navidad, Laura aprendió a sentirse tan culpable por cada bocado que tragaba, como a mentir de maravilla. Por eso su madre nunca imaginó que la constitución de bailarina eslava de su hija escondía en realidad un cuerpo de mujer gallega normal. Lo mismo que, hasta que Laura se lo dijo en Barcelona, sus padres nunca habían imaginado que dejaría los estudios de danza. Sí. Miente tan bien, que, aparte de Raúl, nadie podría creer jamás que la Laura que un buen día empezó a comer por amor, podría llegar a mentir para matar, o simplemente para mortificar a alguien hasta anularlo. A fin de cuentas, todo el mundo miente, sobre todo en la cárcel.

Cuando Valentina le mostró su moño perfecto para ir bien guapa a la escuela, Laura sintió ganas de llorar. Y justo después, vino la náusea.

Al salir del baño, se cruzó con Xabier.

—A ti justamente andaba yo buscándote.

—¿Por?

—Por lo del grupo de danza. Solo se han apuntado cuatro.

—¿Cuatro?

—No se han animado mucho. Lo siento.

—No las has animado, querrás decir.

—¿No quieres saber quiénes han sido?

—Sor Mercedes seguro que no…

—Pero la Carabonita sí.

—Carabonita, por algún motivo, cree que me debe la vida. ¿Y quién más?

—Margot.

—¡Margot!

—Con tal de entretenerse y de irle detrás a Carabonita, esa hace lo que sea.

—Lo dices como si bailar fuera una tortura.

—Estás de malas, ¿no?

—Déjame en paz.

—No te lo tomes como algo personal. No acaban de verse bailando… Tampoco las de este módulo de mujeres son de las que se anotan en muchas actividades… Acuérdate de cuando tuvimos que suspender el grupo de teatro y las clases de risoterapia.

—No sé quién cree que en la trena estás para risas...

—¿Sigues con la regla? —Le dice él haciéndole una leve caricia en el brazo.

Laura deja con la palabra en la boca a Xabier. Se mete de nuevo en el baño y vuelve a echar la vida. Ni siquiera ha dejado que le diera los nombres de las otras dos bailarinas. Xabier, contrariado, echa a andar por el pasillo preguntándose, por enésima vez esta semana, qué narices le pasa a Laura. Pero tampoco le da muchas más vueltas. Solo hay que esperar unos días. Con las mujeres la cosa es así, y lo bueno que tiene su relación con Laura es justamente eso, que no tiene que preocuparse durante más de dos minutos por ese tipo de asuntos.

Cómo le gusta a Xabier su relación con Laura. Se aleja por el pasillo a paso ligero, recordando encantado la última vez que, después de trabajar, fueron a tomar una copa y echaron un polvo rápido en el coche de ella. El cuerpo de Laura fascina a Xabier como nunca lo ha fascinado el cuerpo de ninguna otra. ¡Y qué receptiva es sexualmente! En cuanto la tocas, allá va. Xabier siente un comienzo de erección y trata de no pensar en esto justo ahora, en medio de un pasillo del módulo de mujeres del centro penitenciario de A Lama. En realidad, está seguro de que podría ser feliz al lado de Laura. Pero no se han planteado así su asunto. Quizá por eso cree en una posibilidad de felicidad con ella.

Mientras tanto, Laura ya se ha recompuesto. Al tiempo que se retoca el moño, piensa con algo de ternura en las ilusiones enamoradizas de Valentina. ¿Cuánta gente ha podido ver Laura enamorarse en la cárcel? Sin duda, de todos ellos, el caso más insólito es el de su amiga Sara, la psicóloga a la que le dio tiempo de enamorarse de aquel ladrón de coches en el tiempo que estuvo destinada en

A Lama. Ahora Laura queda de vez en cuando con ellos. La última vez, con su tercer hijo en el regazo, Sara le preguntó a Laura cómo le iba la relación con Xabier. No hay relación, le contestó Laura enseguida, solo follamos. «Venga, ¿a quién queréis engañar?» Y sí, Sara no ha intentado engañar a nadie y ha creado una vida feliz con un preso reinsertado. Igual que aquella chica de Granada que se casó con un arrepentido de ETA. Se habría casado también con él aunque no se hubiese arrepentido, pensó Laura el día que se enteró de esa historia. Si fuera ella, seguro que sí. Nadie en su sano juicio puede arrepentirse absolutamente de todo su pasado. Sería como para enloquecer. Sara, de hecho, dice siempre que no hay que pedir esa clase de arrepentimientos, sino solo aprender a convivir con esa faceta de una misma. Porque, en fin, piensa Laura, todo el mundo puede ser asquerosamente malo si se tercia. Laura sabe mucho de eso.

Sor Mercedes, por ejemplo. Se cree la mejor de las criminales por el delito que ha cometido, pero Laura podría enumerar una lista de barbaridades cometidas por mujeres y hombres que ha conocido en la cárcel que dejarían a la monja por debajo del *top ten*. Al lado de ellos, prestar tu coche para pasar unas armas a un zulo de Francia u organizar un homenaje a Sarrionandía parecen estupideces. Ella misma, llegado el caso, sería capaz de hacer esas cosas por un amigo, un novio, o por creer que hacía bien. Pero eso no lo puede contar por ahí, claro.

Últimamente, Laura piensa mucho en el mal. Mientras estudiaba derecho, tuvo otras épocas en las que también pensaba en ello, pero esa especie de tenacidad inocente de Valentina le ha traído de nuevo la idea a la cabeza. Si lo piensa bien, Valentina no ha hecho daño a nadie y anda medio enamoradilla de lo peorcito de A Lama, quitando a los de primer grado, por supuesto. Pero qué se le va a hacer.

Amor no será, pero sea lo que sea, es casi igual de ciego o de interesado. Porque allí dentro cambian mucho los intereses. Incluso Laura cree que, de tanto trabajar en la cárcel, comienza a ver la vida como si fuese una presa más, y siente que lo único que la distingue a ella de las mujeres a las que custodia es que sus maldades no están contempladas en el Código Penal.

Desde el día que tuvo que descolgar a aquella chica en la celda de Margot, Laura siente escalofríos cuando le toca hacer el recuento de las internas. Todos los funcionarios ruegan por que no les falte un interno en alguno de los cómputos. Una fuga, una muerte, una enfermedad. En todo caso, una persona menos. Aquel día, una vida menos. En cualquier cárcel se cuentan los presos muchas veces al día, pero para Laura el peor es el primer cómputo. El de la mañana, al levantarse. Las suicidas suelen aprovechar las largas horas de la noche, incluso si comparten celda. Todos los que pasan por la cárcel tienen en algún momento un delirio suicida; es, digamos, un trance por el que se tiene que pasar para asumir el encierro. En aquel caso influyó mucho que Margot, de alguna manera que Laura aún no ha sido capaz de determinar, fuese cómplice de ella en lugar de ser cómplice del sistema que evita esas muertes. También es lo que tiene la cárcel, que te obliga a confiar en el delincuente, y estos, a veces, se comportan al revés. Y Margot tampoco es, precisamente, el prototipo de presa de confianza, aunque últimamente ande muy calmada.

Pero sí, matar a los hijos es para Laura peor que el delito de sor Mercedes. Mientras preparaba el protocolo antisuicidio, Laura llegó a pensar que esa mujer merecía la muerte, y se siente malvada por ello. Sobre todo porque al final logró matarse, y Laura tuvo que descolgarla del techo y hacer un esfuerzo por comprender la profun da lástima que sintió Margot, que, como las demás, también se alegró de que la asesina de niñas se la jugase a un sistema especialmente cruel por obligarla a convivir, con cordura y mucho tiempo libre, con su pena y su culpabilidad. Será que, en el fondo, Laura estudió más para juez que para abogada, pero ella no lo ve así. La pena por matar a su hija no era la muerte, sino los veinte años de cárcel que le impusieron a aquella mujer, y la cárcel podría haberle enseñado a convivir con su delito. Matarse de esa manera, aparte de triste, fue un problema para ella, que tuvo que descolgarla y explicar en un largo informe de diez páginas qué falló en el protocolo. Lo supo en cuanto terminó el recuento, y faltó una.

Laura no se imagina matando a un hijo suyo.

Lo piensa ahora que, en el descanso y después del recuento previo al desayuno, ha vuelto a meterse en el baño. Saca del bolsillo el pequeño paquete que no se atrevió a abrir esta mañana en casa, no sabe por qué. Sentada en el váter, lee con atención las instrucciones, que ya ha olvidado desde la última vez. Lo más fácil es lo que nadie olvida, colocar el palito debajo y mear encima. Le pone la tapa y, para no pasar el tiempo mirándolo, se lava las manos con mucha atención.

La vez anterior que pensó que podía estar embarazada, a Laura ni se le pasó por la cabeza que el retraso en su menstruación quizá tenía que ver con una nueva fase de bulimia. Ella y Raúl alguna vez habían comentado la posibilidad de tener hijos, y decidido que eso quedaría para cuando Laura aprobara las oposiciones. Tendrían la vida y la familia perfectas, todo lo que Laura siempre había soñado: sería funcionaria de prisiones, tendrían un hermoso niño, su marido, abogado, estaría pendiente del mercado inmobiliario y tendrían un bonito chalé adosado, quizá cerca del mar y de Barcelona, con un jardín para que el niño montara en bicicleta, con gardenias y flores en los alféizares de las ventanas. Laura imaginó todo eso en la espera de aquel test de embarazo, con una pequeña ilusión que superaba, y mucho, el leve inconveniente de adelantarse a sus planes vitales. Con el tiempo, Laura pasó por la fase de alegrarse de que aquel test hubiese dado negativo, pero sabe que aquel centímetro de azul habría cambiado totalmente las cosas, y habría hecho que Raúl viviese con ella la vida que al final vivió con otra.

Hay penas que las mujeres siempre vivimos sentadas en el váter. Y ya van dos que Laura vive agarrada a un test de embarazo con resultados contradictorios. Esta vez sí ha aparecido la línea vertical de color azul, y eso le recuerda que sabe mentir seguramente mejor que cualquiera de las delincuentes con las que convive a diario.

Palabras, palabras, palabras

Cuando compré aquel vestido blanco, hace veinte años, nunca imaginé que lo llevaría puesto el día que di a luz. Vas a una tienda, miras la ropa, decides comprar ese en concreto, un largo vestido ibicenco, blanco, vaporoso, con faldas llenas de telas y vuelo, con sisas y pecho fruncido, hasta los pies, que imaginas descalzos. Nunca sabes muy bien por qué eliges esa prenda y no otra. Si hubiese escogido un vestido distinto hace veinte años, ¿habría ido a dar a luz con él? Si hubiera sido otro vestido el que compré a los diecisiete años en una tienda que ya no existe, ¿lo habría llevado a aquel recital en el que el Gran Escritor y yo nos besamos? ¿Lo llevaría en aquellas tardes de verano en Munich? ¿Vendría conmigo a París en un lugar privilegiado de la maleta? ¿Aguantaría veinte años en el armario, viendo pasar la vida y otras prendas, viéndome envejecer? ¿Viéndome parir? Me resisto a tirarlo, a pesar de las manchas del parto con las que no pudo el jabón neutro. Quizá un día se lo muestre así, tal cual está, a nuestra hija.

En realidad, nunca pensé que sería madre. Nunca te lo dije claramente, amor, pero hasta conocerte, la maternidad no entraba en mis planes. No me veía con un bebé colgado de las tetas a todas horas, ni comprando vestiditos con lazos y puntillas. No me gustaban los niños, y siguen sin gustarme. No me entiendo con ellos. Mi niña me gusta porque es mía, y, sobre todo, porque es tuya. Como te quiero, tuvimos una hija, así de simple. Quizá sea una de mis contradicciones, y por eso en esta historia todas mis personajes están obsesionadas con los hijos.

Yo quería escribir sobre la libertad y, ya ves, ahora que me he puesto, lo único que me sale son historias de madres. Tengo que corregir eso. No quiero escribir sobre la maternidad. Simplemente hago esto porque tú me lo pides.

Aunque a lo mejor quizá debería hablar de la locura, que es lo mío. El mundo, como tú dices, ha dado muy buenos escritores locos, pero permíteme que te pida que no me sobrestimes. Loca sí, pero sé bien que como escritora soy más bien mediocre. Sylvia Plath, que también andaba a vueltas con esto de la confesión, por lo menos consiguió un Pulitzer, y Virginia Woolf es más famosa por sus obras que por sus desequilibrios mentales. Leopoldo María Panero, que vivió casi toda su vida en un psiquiátrico, algo haría bien para ser el primer poeta vivo publicado en la colección de clásicos de Cátedra, y Yukio Mishima, a pesar de estar como una cabra, es considerado el mayor escritor japonés del siglo XX; y luego está John Kennedy Toole, ese de la madre perseverante que ya te conté, el de la señora que consiguió que el editor se encandilase con *La conjura de los necios*; o mi favorito entre los escritores locos, Antonin Artaud, que no contento con la locura y los electroshocks, se fue a México para meterse peyote con los tarahumara y alucinar más y mejor. A juzgar por sus extensas obras, no creo que Sylvia, Virginia, Leopoldo, Mishima, John Kennedy o Artaud tuvieran los problemas que tengo yo a la hora de escribir. Si realmente fuese una buena escritora loca, no necesitaría andar buscando estructuras complejas a modo de excusa para escribir y conseguir dar forma a una historia que, en realidad, tampoco existe. Si fuera una buena escritora, en fin, tendría algo que contar, igual que todos ellos contaron cosas más o menos maravillosas.

A lo mejor, si hubieras sabido antes lo que te estoy contando ahora, tal vez te gustaría compararme con los escritores delincuentes. Fíjate, yo me iría encantada de cañas antes con Jean Genet, delincuente de poca monta y quinqui, que con Artaud. Son gente con historias mucho más jugosas. Fíjate en Jack Kerouac y William Burroughs, que fueron detenidos por complicidad en un caso de asesinato; Burroughs acabó matando a su mujer de una de esas maneras estúpidas: borrachos perdidos los dos, él confundió la cabeza de Lucien con la manzana mientras jugaban a Guillermo Tell con una pistola demasiado cargada para andar jugando con ella. A juzgar por estos nombres, desde la cárcel no debe de escribirse tan mal. Y sin embargo, yo, en aquel lugar, aunque me pasaba el día emborronando papeles, no conseguí escribir nada que mereciera la pena. Como diría Shakespeare, no hice más que palabras, palabras, palabras, como ahora.

La locura.

Mi psiquiatra dice que mi tendencia a hacer listas es una de las formas habituales de expresión de la manía obsesiva. Ojalá fuera solo eso, pero la manía obsesiva es lo que queda ahí después de todos los miligramos de antidepresivos, antialucinógenos, ansiolíticos, relajantes musculares e infusiones de hierbas raras. Miligramo a miligramo he debido de tomarme kilos de medicamentos que me mantuvieron viva y lejos de matarme o matar durante años, lejos del corazón que podía contemplar latiendo debajo de la piel del pecho; lejos de las lágrimas a deshora y de las risas desaforadas; lejos de los delirios de grandeza y de las fobias a cosas tan dispares como el ascensor o una piedra; lejos de la tristeza infinita y de la alegría exagerada. Los kilos de medicinas me mantuvieron en un repugnante letargo de cordura que, además, logró arrebatarme para siempre el talento para escribir. Ahora solo tú lo sabes.

La locura, a pesar de lo que mucha gente cree, no es algo que llegue de repente. Quizá las locas nacemos así y la vida es la que va tratando nuestra enfermedad mental en lugar de las medicinas, hasta que llega un momento en que todo acaba yéndose a la mierda. Es lo que se llaman brotes. Brotes cuando eres niña, brotes cuando eres adolescente, brotes cuando mueren tus padres, brotes cuando cometes el delito. Sabes que eres así y aprendes a vivir con los brotes. En mi caso, aprendí a ignorar las voces que algunas veces me acosaban, porque aprendí también a sobredesarrollar un lado racional que permanentemente me susurra al oído «estás loca, estás loca, estás loca, es solo una faceta más de tu locura». Y, sobre todo, aprendí a quedarme en una esquina de la vida hasta el punto de volverme sosa: ni todo es tan estupendo como a veces me parece, ni todo es tan malo. Aun así, hubo impulsos que no supe reconocer como locura: irme a vivir a Argentina, gastarme todos mis ahorros en comprar un caballo blanco, agredir a aquella madre que ocupaba tres plazas del parking en la guardería de la niña, comprar diez paquetes gigantes de papel higiénico, cerrar solo puertas a las que se les puedan dar dos vueltas de llave, cometer el delito. Al principio son cosas que te parecen lo más normal del mundo, y después te hunden en la miseria.

Lo peor de la locura, amor, es que no te permite ser feliz. Yo, hasta estar contigo, siempre dudé de mi felicidad. Pero ahora sé que la alegría simple de tener una hija no es locura, sino verdad. Y a lo mejor, por eso mismo la escritura sobre la libertad se me ha torcido hacia las madres. Es lógico tratándose de un módulo de mujeres. Allí casi todas son madres. Y hay una extraña sabiduría carcelaria que, de pronto, convierte la maternidad en la solución a todos tus problemas. Lo que son las cosas, yo allí no era madre y ahora siento que la maternidad, en parte, me salvó de mí misma mucho más que el encierro en prisión. Y de paso, a ti también te salvó de mí.

Supongo que estarás cabreado por el asunto de Ismael. Quizá tengas la tentación de creer que lo que te estoy contando es una forma de pedirte perdón por convertirte en un cornudo, aunque creo que tú eres lo suficientemente listo para saber que la infidelidad es lo de menos, o debería serlo para ti. Todo enamoramiento tiene algo de locura, pero en mi caso ni tú ni él sois fruto del trastorno bipolar del que se ocupa mi psiquiatra. Más aún: quizá tú consigas curarme. Lo de él parecía un brote, pero no lo fue. ¿Y qué fue?, dirás tú. Fue, como ya te he insinuado alguna vez, el saber que puedo amar a alguien a quien no quiera matar.

El amor.

Amor también es querer tener sexo desenfrenado una vez tras otra en una habitación de hotel. Amor distinto, quizá. Puedo estar loca, pero no soy una mentirosa, y evidentemente Ismael no me da igual. Me importa de una manera distinta a como me importas tú, por supuesto, pero no puede serme indiferente una persona que rescató una parte de mi mente enferma.

Después del día en el hotel de ejecutivos que te conté, Ismael y yo seguimos viéndonos todas las semanas, los jueves, de paso que voy al súper a hacer la compra. Esté donde esté, y a pesar de lo ocupado que esté, viene para estar los jueves un par de horas conmigo, esta vez en un cuarto elegante pero discreto del hotel Meliá, como en las películas románticas de sobremesa. Fíjate si la realidad supera la ficción, que como él tampoco sabe que ya no soy capaz de escribir una línea, está empecinado en que emplee nuestra relación para escribir una novela erótica bajo seudónimo. Patético.

A lo que iba.

Yo amo a Ismael como Valentina ama a David. Es todo lo que tienes que saber. Hay cierto morbo cuando coincidimos en algún acto, y hemos resuelto el tema con un polvo rápido en el coche o en el baño, y nos gusta, creo, jugar cruzando miradas, rozando lo prohibido y lo escandaloso. Y a quién no. Por lo demás, es un amor puramente físico, sin compromiso, y muy agradecido. Por supuesto, él cree que mi modalidad de locura es la típica de cualquier lista de escritores locos, y no tiene ni idea de que mi biografía pasará a engrosar la lista de escritores delincuentes. La diferencia entre Ismael y tú es que, si él hubiera conocido mis secretos, habría dejado de amarme. En cambio, tú no.

El psiquiatra dice que no hay ningún motivo para que una persona bipolar como yo no lleve una vida normal y tenga hijos, maridos y amantes, como cualquier otra. También me dijo que valore mi propio estado mental a la hora de realizar este tipo de confesiones, tan habituales en matrimonios de todo tipo, por si me da un brote. Quizá es demasiado confesar que tienes un amante y que has estado en la cárcel por homicidio en grado de tentativa inacabada, me dijo no hace mucho. Pero ¿qué podría escribir? ¿Para qué quieres leer tú las aburridas vidas de unas mujeres en la cárcel? Ni siquiera pensarías en estas mujeres si no te contase que yo misma estuve en el centro penitenciario de A Lama.

Ismael me dijo hace dos jueves que debería optar por la poesía. Y yo, que nunca me he visto capaz de escribir poemas, le sonreí, porque eso fue lo que pensé cuando cerraron a mis espaldas la puerta de la celda. Sin embargo, la falta de libertad que tan buenos versos ha generado, no causó en mí inspiración alguna, así que la cárcel me dejó con el mismo nulo talento para la poesía que tenía cuando era libre. A mí, la falta de libertad solo me causó angustia, y un montón de tiempo vacío que aún me agobiaba más. Tengo que incluirte en este manojo de folios algún poema de esos que escribí en la cárcel, para que imagines lo que algún día dirán de mí los críticos que decidan aplicarme su ley.

Cuando más poesía escribí fue, de hecho, justo después de la muerte de mis padres.

Uno de los domingos de visita, no se presentaron. Nunca llegaron. Se quedaron en una curva cerca de Pontevedra. Conducía mi padre, que se durmió. En mi brote de locura de ese momento, quise darle una trascendencia mayor pensando que aquel sueño había sido provocado por la preocupación y la vergüenza de tenerme en la cárcel, pero ni siquiera fue así: el vino de la comida, sumado a que no les dio tiempo de tomar café, fue la causa de la somnolencia.

Lo que te decía: podría haber sido un capítulo de novelucha de quiosco. Me dijeron que no habían sufrido porque fallecieron en el acto, pero sé que eso es solo una mentira piadosa, así que también aprendí a vivir con el sueño recurrente en el que sufren al morir entre los hierros de aquel Ford Fiesta verde metalizado. En la enfermería, yo también dormí durante cuatro días en los que preferí, como ellos, no despertar más. Al quinto, comencé a pensar que el luto en prisión es más llevadero que fuera, así que logré convencerme de que la soledad forzada sería un buen ejercicio para no echarlos de menos al salir. Y, finalmente, cuando me casé contigo, entendí que su muerte fue imprescindible para poder comenzar desde cero tras la cárcel, como si mi vida, en lugar de escribirse sola, hubiese sido diseñada por un guionista que tiene que cuadrar las distintas partes de un argumento. Está mi hermano, que podría hablar, aunque no me cabe duda de que él jamás lo haría. No sé por qué estoy tan segura, pero por el momento ha cumplido. Y ahora, por supuesto, tú eres mi mayor amenaza. Sin embargo, de momento no me importa.

Si te mueres durante este tiempo fatídico en el que escribo, nuestra hija será la que conozca mi historia, pero no la voy a torturar haciéndole leer una novela mediocre sobre mujeres presas. Se lo contaré tranquilamente una tarde en la playa, mientras nos tomamos un polo de limón hablando de todo un poco. Puede que empiece por decirle cómo guardé el vestido blanco de la noche de su parto, a pesar de que nunca logré sacarle las manchitas de la sangre que goteó en aquellos ratos en que pensábamos que no nos daría tiempo de llegar al paritorio, tan fuerte era el dolor. Le diré, amor mío, no cojas nunca un coche porque todos mis amores mueren besando el asfalto. Tus abuelos, ¿sabes?, venían a verme a la cárcel. Nada del otro mundo, querida, solo homicidio en grado de tentativa inacabada, y muy atenuado por la enfermedad mental. Les daremos un mordisco a los polos y nos miraremos las uñas de los pies, bien pintadas, para que luzcan en las chancletas. Entonces nuestra hija se sorprenderá, pero intuirá que, haga lo que haga y sea como sea, nunca la juzgaré, precisamente porque quienes me amáis tampoco me juzgáis.

TQM

Cuando eres niña, te hace ilusión dormir en la litera de arriba. Pero cuando eres reclusa, pagarías lo que fuera por estar en la litera inferior. Por eso, cuando el catre de abajo quedó libre, muy poco después de entrar en la cárcel, Valentina enseguida se plantó delante de un funcionario para preguntar qué tenía que hacer para bajarse de cama. Nada, baja y ya está, y cuando llegue, llega. ¿Así de fácil? Pues me bajo de cama ahora mismo, que lo sepan ustedes. Pero si aún está caliente el cadáver, Valentina, seguro que todavía está la huella del cuerpo en el colchón. Pero a Valentina le dio igual. Había perdido los escrúpulos hacía ya varios meses y no iba a dejar pasar la oportunidad.

—Lo único que quiero es que la nueva que venga a mi chabolo duerma arriba. Y si no les importa, me bajo también el colchón... ¿Les parece?

Así que Valentina recibió a la Escritora sentada en su cama nueva, por si acaso. Usted duerme arriba. Ya me lo han dicho; trátame de tú, por favor. Me llamo Valentina, y si oyes por ahí hablar de Carabonita también soy yo. Pero prefiero mi nombre que es lo que viene en la catumba. Vale. La Escritora no le dijo cómo se llamaba, ni le preguntó qué era la catumba, así que decidió no hablarle más por el momento. A pesar de todo, Valentina supo desde entonces que habían congeniado, y así siguen, aunque ella teme que haga cualquier cosa, por Dios, y que vayan a calzarle a ella el sambenito de gafe porque se le maten las compañeras de celda una tras otra. La Escritora se deja ayudar por Valentina en lo que ella cree que tiene que ayudarle y, sin mediar más palabras, le da a Valentina ropa de marca, zapatos y perfumes que le traen a ella; incluso la invita alguna vez a compartir algún dulce o café, y le ha dado su tarjeta telefónica para llamar a su madre. Eso sí, entre ellas, y por mucho que pueda extrañar a quien conoce a Valentina, predomina el silencio. La complicidad se dibuja con gestos y miradas y, curiosamente, Valentina se siente cómoda con ese trato cariñoso pero distante.

Lo cierto es que, en el tiempo que lleva en la cárcel, Valentina le ha echado valor a lo suyo; ahora es una mujer con un par que dejó en El Calvario la inocencia de niña violada para ir pillando el talante pícaro de las delincuentes. Y sí, es cierto que en esa evolución influyó David, aunque a lo mejor él no hizo más que destapar lo que ya había en Valentina y que, simplemente, no habría salido a la luz si no hubiera tenido un hijo, no hubiese sido mula, no hubiera estado en una cárcel española y porque no sabía qué inventar para que la sacasen de allí y la acercaran a Daniel. Espabiló, como seguramente habría espabilado por el simple hecho de crecer, pero espabilar en la trena es otra cosa. Y hacerle ojitos a David, tampoco es enamorarse en el sentido habitual del término.

Sin duda, Valentina sabe desde el primer momento que solo se ha acercado a David para quedarse embarazada, pero ahora ¡disfruta tanto con él! Primero fueron los encuentros en la escuela y aquella especie de competencia entre Mamadou y David que ella se encargó de fomentar para forzar una decisión bien difícil. Cuando finalmente optó por él, puso en práctica el coqueteo aprendido en las lecciones de puterío con Margot. Después se añadieron las cartas, cortas y casi incomprensibles, que escribe con gran esfuerzo y un montón de faltas de ortografía y por cumplir con el requisito de los tres meses de correspondencia para lograr el vis a vis, y hay que decir que las respuestas son un poco pedantes; vamos, que no son gran cosa como cartas de amor, pero Valentina las ve como un trámite imprescindible para lograr sus propósitos. Ella, por preferir, siempre ha preferido las sonrisas a medias en el aula y la chulería del recreo, los besos a escondidas, alguna que otra metida de mano. Pero sin cartas no hay vis a vis. Y esas cartas, en fin, son como son.

Carabonita de cara linda:

Te amo.

¿Será suficiente como declaración? ¿Considerarán esto «correspondencia»?

D.

David, mi amor

Bien podías escribir cartas más largas. Creo que tenemos que demostrar nuestro Amor y ganar el Derecho a un bisavis e ir contándonos cuanto nos queremos porque yo no se si leen las cartas estas pero si las esijen igual y que algo hasen con ellas.

digo, bamos

No sé.

A Mí me gustas mucho; ya sabes, que estaba indesisa entre Tu y Mamadou ha ver que pasaba pero creo que alfinal no me equiboque elijiendote a ti. Eres guapo y muy simpático río siempre contigo y va a ser bonito poder estar juntos en un cuarto para hablar o lo que podamos porque a Mí asi bajo Presion no sé si me saldra y quisas a ustez tampoco pero yo tengo ganas de ese bisavis.

Te mando un Mechon de mi pelo para que pienses en Mí.

te quiere tu

VALENTINA

Valentina, amada mía:

De lo poco que entendí de tu carta, escribes como si realmente pensaras que esto va a servir para algo más que para lograr que nos dejen echar un polvo. En todo caso, bien sabes que me gustas mucho, que ya te lo dije el otro día en la escuela, y no me importaría comenzar una relación de verdad contigo aquí dentro, si nos dejan. Lo que pasa es que yo no soy dado a la escritura. Y tú tampoco. Si fuésemos de letras, no tendríamos que ir a la escuela y nunca nos conoceríamos.

¿Quieres una declaración de amor para que se entretenga el chapa en la pecera?

Te quiero mucho, como la trucha al trucho.

DAVID

Me rei mucho con la trucha y el trucho.

yo tambien te quiero.

Hoy en clase me puse nerbiosa pensando en lo hermoso que ba a ser nuestro bisavis. Tengo ganas de ver te desnudo.

¿me lo notaría el Profesor?

¿Por que no viniste? ¿te pasó algo? estoy preocupada.

un beso

VAL

Carabonita:

Los módulos de segundo grado de hombres son bien diferentes del módulo de mujeres. Estaba yo en el tigre, dispensando tu cara, tan tranquilo, y vinieron unos kies que se cobraron una vieja deuda a base de pinchos, aprovechándose de que, en esta condena, prefiero ser un machaca. Nada, un cinquillo. No sé si las tías os dais los avisos así. Nosotros sí. Unos centímetros de pico que duelen pero no dañan mucho. El director debe de estar contento porque tiene un pincho muy creativo encima de la mesa: un hueso del cordero que nos comimos hace quince días, bien trabajado y afilado. Tranquila, sobreviviré. Ya se la cobraré yo a ellos. Seguro que cuando leas esta carta ya he vuelto a la escuela y ya no precisas leer lo que me pasó. ¿Ves qué chorrada es tener que escribirse durante tres meses?

A mí sí que se me nota mucho cuando te imagino desnuda.

También tengo ganas de ese vis a vis, claro.

TQM

DAVID

Hola, papi

ya sé que casi hablamos a diario pero tenemos que escribir estas Cartas por que es lo que pone la Normatiba: tres Meses a cartas y después el bisavis

Hase dias me contaron de unos que tambien se enamoraron en la trena y les fue bien después. Ellos estaban en un grupo de Teatro seria bonito algo asi en A Lama, Verdad? Yo me apunté a un grupo de dansa pero creo que finalmente no se ba a haser además no iba ser de hombres y mujeres sino solo para nosotras porque igual iba a darlo una chapa nuestra que no es mala tia pero nos apuntamos muy poquitas.

Margot te manda saludos y dise que cómo me trates mal la diñas.

Que es TQM?

Ha ver si no tardamos tanto en escribirnos para la proxima que falta poco para los tres Meses.

Te amo, David.

VAL

Carabonita,

Te Quiero Mucho. Eso es TQM. ¿Qué te parece?

Gracias por dedicarme la canción por la radio. No la escucho mucho, pero me avisaron los compañeros que hacen el programa y la puse. ¿Sabías que la gente de Ponte Caldelas escucha la radio de la cárcel? Por lo visto les gusta la música que escogemos los internos. No tenía ni idea de que teníamos esa capacidad de expansión. Qué raro que, siendo así, no prohíban tener radio en la cárcel.

He de regalarte un CD de boleros.

A nosotros también nos va a ir bien después. No necesitamos un grupo de teatro ni nada de eso, ¿verdad? Nuestro amor es verdadero, y por eso estamos tan impacientes por nuestro vis a vis. Como adelanto, me gustó mucho el beso que me diste hoy. No besas nada mal, y además eres guapísima. Creo que ya lo sabes, pero quería escribírtelo, ya que estamos con este lío de la correspondencia para cumplir la

Normativa. Aunque a estas alturas ya sabes que lo mío no son las cartas de amor. Claro que tampoco son lo tuyo.

Menos mal que falta poco para que pasen los tres meses. Tenemos que aprender paciencia del conde de Montecristo. Te recomiendo que cojas ese libro de la biblio.

Tuyo,

D.

Papito,

Tengo ensima del catre el conde de Montecristo pero es gordisimo y me va a llevar una heternidad leerlo aunque Tienpo es lo que nos sobra aqui, claro jajaja

Por fin pasaron los 3meses estoy inpasientisima por el bisavis; aber, si lo conceden. Yo no tengo partes tú tampoco, asique no deveria haver proglema. Me a dicho Sabier que es mejor que escribas tú la istansia solisitando el bisavis porque eres español, yo no sé que tendra que ber ser estrangera de fuera porque para meterme en el talego bien que les dio igual mi Nasionalida pero ahora después de tener me 3 Meses escribiendo cartas podian acetarme una simple instansia para un bisavis, pero como soi mujer y sudaca y prefieren que lo hagas tu que eres hombre y sudito español.

Que duro es estar entrerejas

Y los del Pueblo del lado escuchando nuestra Radio, que hay que ser mataos como dise Margot. Pero que verguensa.

ya me tarda que llegue mañana la Clase de Mates para repetir eso que ustez hasia con el pie en mi culo desde el asiento ☺

Nos bemos en el bisavis!

V.

Por muchas cartas que escriba, Valentina vive su historia con David con tiento. Durante sus paseos circulares por el patio, que tienen calculados en diez kilómetros dependiendo del tamaño de los pasos y el tiempo, Margot no se cansa de decirle que tenga cuidado de enamorarse de un gamberro. ¡Ay, mami!, ¡enamorarme! Le dice Valentina, restándole importancia a su asunto. Pero en el fondo de su alma, Valentina sabe que está jugando con fuego y le gustaría creer que las declaraciones que David ha puesto en las cartas son verdaderamente sentidas. Claro que también es cierto que este hombre es de los que va al infierno y vuelve por un vis a vis íntimo. ¿Son ideas de ella o parece que, desde que consiguieron el vis a vis, este hombre está especialmente cariñoso y preocupado, como si se hubiera quitado la máscara de macarra de patio? ¡Claro que son ideas tuyas!, le diría Margot si le leyera el pensamiento. Menos mal que no es capaz.

Y eso que David no sabe que Valentina se ha quedado embarazada. Por no saber, ni siquiera sabe que el plan B de ella consiste justo en eso. Ahora deberá decidir qué hace con él. Tendrá que decírselo, más que nada porque en algún momento comenzará a notársele. Puede que se haya puesto cariñoso, incluso que se hayan enamorado, pero Valentina sigue sin ver a David como uno de esos hombres que piden hacerse cargo de los hijos producto de un vis a vis íntimo con una presa colombiana.

Cuando medita sobre ello, a Valentina le da un poco de lástima pensar que el motivo de haberse juntado con David es también lo que va a acabar separándolos tarde o temprano. De hecho, hoy Valentina se ha sorprendido a sí misma pensando en qué podría hacer para continuar su relación con David cuando a ella la manden a una unidad de madres en la Comunidad de Madrid.

Se ha despertado temprano y se ha puesto a cavilar en si sería posible solicitar un traslado para él. Si los tres meses de cartas también justificarán una especie de relación familiar para poder estar juntos en un sitio más cerca del pequeño Daniel. Y Valentina se ha agobiado, porque ha comprendido que lograr este objetivo suyo será a cuenta de echar de menos a Margot, la única que la ha querido de corazón desde que llegó a España, y a David, su amor de la cárcel, como si todo hubiera sido un campamento de verano.

El estrés de tanto plan y tanta maquinación debe de ser la causa de su intenso dolor de cabeza. Por un momento la invade un recuerdo tierno de su padre y se le saltan las lágrimas. Ay, si su padre la viera, presa en España, embarazada de un trilero medio macarra pero guapete, y tan lejos de su hijo que ya ni siquiera sabe si podrá considerarse madre. Si no cuenta los meses que lo tuvo en su interior, dentro de poco se cumplirá más tiempo de estar sin ella que con ella, y esas cosas pasan factura.

Tiene el impulso de tomar una aspirina, pero se acuerda de que las embarazadas no pueden. Solo faltaba que, después de la estúpida muerte de su padre, vaya ella a abortar su salvación y la de Danielito por culpa también de un dolor de cabeza y una aspirina. Eso sí que sería una maldición familiar. ¿Qué sentirán los fetos que mueren por culpa de las aspirinas? ¿Se asfixiaran, como se asfixió su padre? ¿O simplemente se irán desintegrando poco a poco, igual que se integran, por ejemplo, desde el día de un vis a vis hasta el día del dolor de cabeza? Tarde o temprano tendrá que ir a la enfermería a contarles que se ha quedado embarazada en el vis a vis y que quiere tenerlo, que está feliz, que no le cabe en su cuerpazo cada vez más generoso la alegría inmensa de ser madre otra vez. Seguramente porque esta vez no la ha violado nadie.

David es tan distinto del Negro.

Ahora, tanto tiempo y tantas cosas después, ha comenzado a evocar en sueños la imagen del Negro. Hay noches en que despierta con la mirada inquisidora del Negro. La piel morena, los ojos enormes y oscuros, la barba de semana y media, y aquellos dientes colocados al tuntún, alguno picado y sucio. Ahí está la cara del Negro en los sueños de Valentina mirándola y soltándole aquello de «Ay, ay, ay, Carabonita, qué vamos a hacer contigo».

Qué vamos a hacer contigo es lo que el Negro le decía siempre que se la cruzaba en cualquier calle de El Calvario. Qué vamos a hacer contigo, y le daba una palmada en el culo. Qué vamos a hacer contigo, que tu padre murió por tonto, y le robaba un beso. Qué vamos a hacer contigo, y cogía de su bandeja un pimiento frito en la cantina de Benavides. A Valentina todo aquello le parece ahora producto de un tiempo muy lejano. Jamás diría que todo sucedió hace solo dos años, justo antes de que la cogiera por sorpresa y la estampase contra la pared del cementerio para hacerle a Daniel. De tanto oírle decir «qué vamos a hacer contigo», Valentina llegó a pensar que realmente había hecho algo malo, o que tenía la culpa de algo, o que tenía que pagar con su cuerpo por algún mal terrible, y esa sensación de deuda y culpa es la que le queda en el alma cada vez que sueña con el Negro.

No es que Valentina se sintiera acosada por el Negro durante todos aquellos años de la niñez en los que él la perseguía con la letanía de «qué vamos a hacer contigo»; es solo que, como todos los niños, estaba aburrida de que fuera siempre la misma cosa, el mismo pesado que confundía cariño con insistencia, y después con brutalidad. Ahora Valentina está convencida no solo de que le gustaba al Negro desde niña, sino de que probablemente él la quería. A su manera, pero debía de quererla. Por lo menos Valentina quiere verlo así, a lo mejor porque de esa manera puede darle un sentido a lo que le hizo luego, y también porque esa es la sensación que le queda después de soñar con él. Valentina supone que no tiene nada que ver el hecho de que, mientras la violaba y le decía «qué vamos a hacer contigo, qué vamos a hacer contigo, Valentina», el Negro iba intercalando te quieros medio borrados por el ansia y por la fatiga, como sofocados, ¡¡tehquier-oh… ooooh!!

Valentina pensó mucho en su relación con el Negro durante la larga caminata con Daniel a cuestas para escapar de El Calvario. En las horas muertas de su eterno cansancio, inventó los detalles allí donde su memoria no llegaba, y decidió que el Negro había estado en su vida desde siempre, y que también siempre la había tratado un poco como si fuera una muñeca, aunque la cosa fue a más cuando a Valentina se le empezó a poner el cuerpo de mujerona que tiene ahora. Ella no quería ser desagradable con el Negro, e incluso hubo épocas en que le hacía cierta gracia que apareciera él y le alabase los andares, o que hiciese bromas sobre el color de sus bragas, aunque sí es cierto que poco antes del suceso ella misma se había dado cuenta de que la cosa se le estaba yendo de las manos, y cuando quiso ponerle freno ya era tarde.

Sí. Valentina cree que la culpa fue un poco de ella, qué se le va a hacer. No puede evitarlo, como este dolor de cabeza que está ensañándose con ella.

Por si fuera poco, la Guapa estaba empecinada en llevarse bien con el Negro. Valentina no sabe muy bien por qué, pero tiene la sensación de que el Negro siempre estaba metido en su casa. Y no es que crea que hubiera algo entre el Negro y su madre, pero desde luego eran amigos íntimos, y él ayudaba a la Guapa hasta que pasó lo que pasó y todos cayeron en desgracia. Por eso Valentina solo le insinuó a su madre la verdad poco después de que naciera Daniel, pero la Guapa prefirió no creerla del todo y, a pesar de querer muchísimo a su hija, decidió que si el Negro era el padre de su nieto, algo tendría que ver la belleza descomunal de Valentina y su falta de recato delante de los hombres.

De eso sí que nunca dudó Valentina: lo mejor que pudo hacer fue marcharse de El Calvario para no regresar jamás, aunque le esté costando una condena de diez años de prisión.

Ahora que tiene mucho tiempo libre para pensar, recuerda a menudo las habladurías cuando apareció en la iglesia con un Danielito de quince días para ser bautizado. ¿Qué estuvo haciendo la Guapa durante el embarazo de su hija? ¿Cómo era posible que ella, que dormía con Valentina y le lavaba el pelo, no se diese cuenta de que estaba embarazada?

El mismo día en que su madre decidió que la culpa del modo en que Valentina se había quedado embarazada era de su propia hija, ella decidió también preguntarle a la Guapa en qué andaba para ignorarla de esa forma y, sobre todo, para estar tan despistada como para que tuviera que dar a luz sola, en el establo de una cabra, infeliz. La Guapa le contestó con evasivas, esquivó la respuesta, puso varias excusas, y cuando Valentina, con el niño en el regazo, la amenazó con contarle a todo El Calvario quién era el padre, la señora Candelaria ladeó la cabeza de tal modo que sus ojos estuvieron por una vez en la misma horizontal con respecto al suelo y sofocó un sollozo poniendo la mano sobre sus dientes más salidos: «¿Es que crees que estoy contenta de no haberme enterado de que estabas así?», le gritó y se marchó, dejando a Valentina con la duda y los comentarios de sus vecinos. Que si la Guapa se había colocado de

puta en el monte; que si iba a hacer trabajos para los narcos en Acacías e incluso en Bogotá; que si estaba aprendiendo brujería y recogiendo hierbas; que si se acostaba con el Negro un día sí y otro
también detrás de los matojos del manantial.

Valentina ha asumido que nunca lo sabrá, y que, en el fondo, todo
le da igual. No piensa volver por El Calvario, y ya en la época de Bogotá decidió comenzar a escribirle a su madre unas cartas en las que
se ha inventado un marido rico que adoptó a Daniel y que la hace
inmensamente feliz en España, donde tiene empresas y propiedades.
Como su madre no sabe leer ni escribir, Valentina le manda las cartas
para que alguien más letrado que ella, seguramente el Negro, se las
lea. Además, llama por teléfono de vez en cuando a la cantina para
que avisen a la Guapa, que no tiene teléfono, y le cuenta a voz en
grito las mismas mentiras que le escribe en las cartas. Ella no lo sabe,
pero Valentina sirve para guionista de telenovelas.

Eso le recuerda a Valentina que, con tanta correspondencia con
David, hace mucho tiempo que no le escribe a su madre. A ver si
esta noche se pone a ello, ¡pero le duele tanto la cabeza! Debe tener
cuidado de no parecer demasiado rica o demasiado feliz en sus cartas, porque si no es posible que su madre le empiece a pedir que
hablen más veces y más tiempo por teléfono, que vaya a verla o,
peor aún, que se lleve a sus hermanos a España. Tendrá que deshacerse enseguida de su marido. Muerto en un robo con violencia,
por ejemplo, y así seguro que se le quitan las ganas de pedirle que
los lleve a España. También puede ser más creativa y rebuscar en el
Código Penal alguna otra forma de matarlo, una menos vista en
Colombia, que sorprenda un poco a su madre y, de paso, la entretenga.

Acaban de abrir las celdas. Ha terminado la hora de la siesta.

Finalmente, Valentina decide tomarse el analgésico porque ya no aguanta más este dolor de cabeza, y sale. Por un rato, como siempre, vuelve a sentir lo mismo que sintió la primera vez que pisó el patio y tuvo miedo. Aquel día observó una por una a aquellas mujeres y le dieron ganas de salir corriendo. Le parecieron todas peligrosísimas, malas de solemnidad. Estaba rodeada de esa clase de mujeres a las que rehúyes por la calle, todas allí, sin nada que hacer, fumando, conversando, riéndose a carcajadas, dando paseos a ritmo rápido. Tardó tres días en salir de un rincón del patio, el mismo tiempo que le llevó enterarse no solo de que no tenía escapatoria, sino de que si estaba allí, es que también era una de ellas. Después conoció a la monja y empezó a hablar con Margot, y se levantó una mañana con su compañera de celda colgada del techo. Llegó a la conclusión de que en el patio hay menos malas que desgraciadas.

Ya se lo decía aquella pobre chica con la que solo compartió celda un mes, cualquiera puede acabar aquí. Cualquiera. Incluida ella, que era hija de gente bien del barrio de la Rosa de Santiago, pero acabó atracando tiendas para conseguir un pico de caballo. Como usaba la navaja de un cortaúñas para amenazar, lo consideraron robo con violencia e intimidación; su familia la dejó tirada, por la vergüenza y la decepción y todo lo que sienten las familias ricas hacia sus ovejas descarriadas, así que tuvo que conformarse con un abogado de oficio que, encima, no fue muy hábil y ni siquiera planteó la toxicomanía como atenuante. En conclusión, nueve años de prisión. Una desgracia absoluta. No soportó verse allí dentro ni consiguió desengancharse. Cuando Valentina se instaló en la litera de arriba de su celda, aquella chica ya había decidido matarse, y le daba igual si su compañera la veía colgada del techo o no. Pero durante el tiempo que se sobrevivió a sí misma, fue amable con Valentina.

Sí, cualquiera puede acabar aquí, piensa Valentina ahora que ya no le tiene miedo al patio y pasea por allí saludando a las demás como si fuese la parada de autobús en un barrio lleno de amas de casa. Y si no, que se lo digan a la Escritora, con la que ahora le toca a ella ser amable. Esa tampoco es mala. No es más que una loca que ha decidido escribir y callar, y que comparte con Valentina todo cuanto tiene. Será una asesina, pero es buena persona, como tantas en este patio.

Templanza, fortaleza, justicia y prudencia

—Sor, no sé si insistirle en que debe ser buena cristiana. A lo mejor no es creyente.

—¡Cómo no va a ser creyente!

—Es socialista.

—Hay socialistas creyentes.

—Pero para hacer lo que yo le pido no hace falta creer o no creer.

—Siempre es mejor creer que no creer, y no está de más recordárselo. Déjalo estar.

—Pero…

—¿Tú quieres que te la corrija o no?

—Sí.

Así que la carta fue como ella quería. Sor Mercedes se pregunta qué hacen en las escuelas (la de la cárcel incluida), para que chicas como Valentina salgan al mundo embarazadas y con tantas faltas de ortografía. Muchas amigas de la infancia de sor Mercedes acabaron siendo maestras, pero a ella nunca le ha interesado gran cosa eso, a lo mejor porque era el oficio de su madre, y las monjas, empeñadas en alejarla de toda herencia familiar, no la animaron a continuar la tradición.

Además, no es una mujer paciente, la verdad. La carta la terminó así, con un arranque de impaciencia y un exceso de determina-
ción cristiana que llegó a hartar a Valentina, pero al final venció el
criterio de sor Mercedes, que se siente bien siempre que gana.

También hay que reconocer que es relativamente fácil salirse con
la suya en este contexto. Putas, inmigrantes, ladronas… La mayor
parte de las internas ni siquiera tiene el graduado escolar. Solo son
distintas la Escritora, una economista estafadora y, por supuesto, la
abogada de buena familia que asesinó a su hija de once años envene-
nándola poco a poco. A veces, a sor Mercedes le gustaría indagar en
la personalidad de la Escritora, pero esa vive en una dimensión distinta de las demás, y no parece mostrar el más mínimo interés por la
cuestión religiosa. Muy educadamente así se lo hizo saber cuando,
como siempre, sor Mercedes se acercó a ella al poco de llegar. «Dis-
culpe, sor, pero no soy creyente.» «No hace falta ser creyente para
sentir la necesidad de hablar…» «Pero para hablar, prefiero escoger yo
con quién.» Y así le dio puerta, sin que sor Mercedes pudiera decir
que había sido grosera. En el fondo le gustaría poder quejarse, pero lo
cierto es que, además, le tiene algo de miedo. A pesar de que no da la
impresión de estar loca, hay quien mantiene que su delito tiene más
pinta de arrebato o accidente que de algo verdaderamente meditado.
Pero a sor Mercedes, quizá como a todas las demás, la Escritora le
infunde cierto respeto.

Seguramente, por eso Valentina no se atrevió a pedirle a ella lo
de la carta, a pesar de que la Escritora sería la persona idónea para
hacerle el favor y porque tampoco se lleva mal con ella ahora que
comparten celda. Valentina y Margot son las únicas que hablan algo
con la Escritora, aunque no se puede decir, cree sor Mercedes, que
sean íntimas. En general, las internas la critican por estirada, y sor

Mercedes cree que algo de eso hay, pero la verdad es que no saben cómo catalogarla. De hecho, a diferencia de la mayoría de ellas, da la sensación de que la Escritora está perfectamente donde está, como si fuera funcionaria de prisiones o un elemento más del mobiliario de la cárcel. A sor Mercedes nunca le ha parecido que tuviera interés ni en demostrar su inocencia, ni vocación de salir, ni siquiera de no terminar de creerse lo que le está pasando. Sor Mercedes la vio el día que entró y le pareció la calma personificada. Desde ese momento, nada más. Solo ese comportamiento distante que, a lo mejor, la mantiene segura en prisión, sobre todo desde que se comenta que enseguida le darán el tercer grado después de acumular atenuantes de condena y buen comportamiento. Eso en la trena no gusta, y cuando la interna está tan calmada, menos aún.

La templanza.

A sor Mercedes le gustaría tener calma, la virtud de la templanza que tanto predica, pero que nunca ha poseído. Si fuese templada, seguramente no habría cometido su delito. Y si fuese templada, no habría terminado en prisión, eso está clarísimo. Porque, en realidad, la cogieron por destemplada, o por idiota, en fin.

De hecho, desde el día en que la detuvieron, sor Mercedes está convencida de que ser sincero o decir siempre la verdad, como mandan los Mandamientos, tiene algo de destemplanza. Alguien bien templado debería saber callar, porque callar no es mentir, sino guardar silencio, lo que ella no hizo cuando aquellos policías fueron a interrogarla. Tampoco vamos a mantener la intriga sobre este asunto: llegaron, preguntaron y sor Mercedes confesó. La jueza le comentó una vez a su abogada que ella creía que sor Mercedes había confesado para quitarse de encima el peso del remordimiento, pero en realidad sor Mercedes confesó por destemplada. No lo pensó, y ya está.

Con el carácter se nace, aunque luego se eduque, y las monjas no lograron educarle la destemplanza a Mercediñas. Ella ahora lo llama así, destemplanza, pero en realidad era un torbellino. Adolescente rebelde. Hiperactiva. Loca. Saltimbanqui. Paragüera. Pipirripi. Burrangana. Cafre. Arrastrada. Guarra. Mercediñas, la niña criada con las clarisas, fue durante varios años la mala compañía, y por eso cuando retomó el camino marcado por las monjas diciéndoles que quería ingresar como novicia, les dio la risa. Literalmente: sor Asunción, que le tenía cariño porque la había criado, pensó que estaba de guasa. «¡Pero si tú eres una delincuente!», le dijo entre carcajadas, y Mercedes se ofendió.

Ahora que sabe que sí es una delincuente de verdad, sor Mercedes se acuerda mucho de aquella época. Además, cree que la etapa de delincuente juvenil fue la más divertida de su vida. Si pudiera, volvería a ella sin pensarlo. Para acabar igual en la cárcel, preferiría haber continuado con su vida de delincuente de pueblo en lugar de meterse monja y cometer delitos tan sofisticados, aunque cristianamente aceptables.

La fortaleza.

De todas formas, sor Mercedes sabe que ella nunca resistiría como resistió Cristo en la cruz. No es tan fuerte ni lo ha sido nunca, eso seguro. A los quince años le pidieron que sacara dinero del cepillo, y no fue capaz de negarse. Si hubiera sido fuerte, habría dicho que no, y no se habría hecho amiga de unos delincuentes. Y, lo que son las cosas, aquí dentro, en la cárcel, después de tantos años, a sor Mercedes le da por pensar que nunca tuvo amistades tan poderosas y tan de corazón como aquellas. El Rubio, la Conachas y Amador, que no llegaron a cumplir los veinticinco, fueron sus amigos más fieles, los que más echa en falta ahora que ya es una anciana y toma Almax para calmar el dolor de estómago y el de corazón.

Un día, cuando iba camino de unos recados, la abordó el Rubio. «Dame cinco pesetas del cepillo.» Si Mercediñas hubiera sido fuerte, le habría dicho quita de ahí y habría seguido su camino, pero como era débil y destemplada, le dijo: «¿Y para qué las quieres?».

Nunca hables con los delincuentes si te vienen a robar, le dijeron en varias ocasiones algunas ladronas experimentadas, pero ella entonces no tenía ni idea de eso, y, a pesar de su asco a los hombres, empezó una amistad con el Rubio, que se inició por aquellas cinco pesetas y terminó con cincuenta mil duros robados en cinco años.

El Rubio era unos tres o cuatro años mayor que ella y tenía una novia que, bien mirado, fue la gran amiga de Mercediñas. No volvió a haber otra así hasta la cárcel, aunque a esas alturas ya nada fuese igual. A la Conachas la llamaban así en Monforte porque ya su madre y su abuela, quizá incluso su bisabuela y tatarabuela, tenían ese apodo, y ella no hacía nada para impedirlo. La Conachas era una viva la vida, igual que Mercediñas, así que se hicieron inseparables desde el día que el Rubio se la presentó como su mujer. Sor Mercedes recuerda que entonces le pareció una grosería que aquel chavalote de unos veinte años hablase de ella como su mujer, pues los dieciséis años recién cumplidos que tenían tanto Mercediñas como aquella muchacha no daban para tanto título. La Conachas besaba el suelo que pisaba el Rubio, que la utilizaba para robar y la chuleaba en las fiestas para luego irse todos de merendola. Pero lo cierto es que se querían como sor Mercedes vio quererse a pocas parejas a lo largo de su vida.

Y Amador, pobre, él no tenía apodo porque era un loco entrañable, tonto y bueno como nadie.

Podrían haberles llamado los Dalton a pesar de que en la banda había dos mujeres. En todos los pueblos tiene que haber unos Dalton a los que atribuir los actos delictivos y las historias de desapariciones inexplicables. El caso es que se convirtieron en enemigos de los comerciantes y en grandes amigos de la Guardia Civil, que no les quitaba ojo. Al capitán de los guardias le debe sor Mercedes sus primeras bofetadas serias, todas ellas preventivas, y un encierro a modo de secuestro para conseguir que cantase por la desaparición de unos relojes de cuco que, en realidad, no habían robado ellos.

Al final, gracias a eso, a Mercediñas la tuvieron cinco días incomunicada en el cuartelillo, con palizas tres veces al día y sintiendo en la nuca el repugnante olor del capitán que a buen seguro no se atrevió a violarla porque sabía que estaba viviendo con las monjas y su mujer daba muchas limosnas al convento.

También es verdad que en aquellos tiempos el convento no era exactamente la casa de Mercediñas. Cuando las monjas se enteraron de sus andanzas, la echaron, pero ella, que no tenía otro sitio adonde ir, nunca se dio por expulsada del todo. Pasaba dos o tres días refugiándose donde podía (el monte, la casa de la Conachas y del Rubio, el cobertizo de los padres de Amador) y luego siempre regresaba junto a las clarisas, más que nada porque el cepillo constituía su principal fuente de ingresos y porque nadie le cerró de verdad ni la puerta de su cuarto ni la de la cocina.

Si hubiera sido fuerte, Mercediñas habría pasado su adolescencia como criada de las monjas, haciendo pastas y rosarios de pétalos de rosas. Pero como fue débil, se permitió preguntarle al Rubio para qué quería las cinco pesetas. «Son para dárselas a tu padre.» Si hubiera sido fuerte, Mercediñas nunca habría sabido de su padre.

La justicia.

Siempre que sor Mercedes se acuerda de esas palabras del Rubio, le entra frío. Mercediñas, que había aparcado el interés por saber de su padre, entendió que el Rubio le haría llegar las cinco pesetas donde quiera que estuviese el hombre al que amó su madre. Porque lo cierto es que a Mercediñas nunca le cupo duda de que su madre se había enamorado perdidamente de su padre y que la guerra los había separado, como en una novela triste de Corín Tellado. Muchas veces pensó en la historia de amor de sus padres, ateos pero novios; un amor que habría sido eterno si no la hubiera roto ella misma al empecinarse en ir creciendo dentro del vientre de su madre; una historia de amor, en fin, que podría haber sobrevivido a la huida de su padre al monte si no fuese por el tiro que le dieron a su madre en la cabeza.

Ella siempre imagina a su madre cayendo en la cuneta, plom, al ritmo de ese tiro en la cabeza.

Cuando el Rubio le dijo eso, Mercediñas vio en él la oportunidad de saber por fin si su padre era o no un maquis.

—¿Y tú qué sabes de él?

—Sé lo que sabes tú. —Ella en realidad no sabía nada, pero disimuló.

—¡Te va a dar las cinco pesetas tu madre!

—Tú —le dijo el Rubio en un rapto de indignación— deberías besar el suelo que pisa mi madre.

Su madre, que, según él, se arrastraba todas las semanas hasta el río, arriesgándose a que la cogieran los guardias, para dejarles comida al padre de Mercediñas y a los demás maquis.

Sor Mercedes todavía siente una pequeña punzada en el pecho cuando piensa en su padre tan cerca de ella recogiendo esa comida, sin que nunca fuera a buscarla al convento de las clarisas donde la tenían como a una huerfanita de Galdós. ¡Pero cómo iba a llevársela con él al monte! Por eso aplicó a su relación con los maquis la misma lógica que al circo, pero la verdad es que sor Mercedes sabe que todo habría sido diferente si ella hubiera estado en el monte.

Aun así, nunca supo realmente si lo que le dijo el Rubio era cierto o si lo que quería era el dinero del cepillo. En aquel momento, le pareció tan justo el destino de aquel dinero, que se vio como la Robin Hood de Monforte. Y eso le gustó.

La prudencia.

Tantos años ignorando adrede a su padre hicieron que Mercediñas olvidase enseguida el motivo inicial de su reclutamiento en la banda del Rubio. Después, simplemente se sentía libre y bien con aquel grupo de amigos que disfrutaban igual que ella de los subidones de adrenalina que les proporcionaba cada robo.

El día que fueron a la frontera con Portugal para ayudar a introducir café de estraperlo y unas armas para vender a los propios maquis, incluso dejó que el Rubio le diese un beso en los labios. Fue por la alegría de verse con el coche cargado y por el alivio de sentir que había pasado el peligro de la frontera repleta de guardias dispuestos a dispararles. A la Conachas no le gustó, claro, pero se lo prestó, porque entendió enseguida que lo que necesitaba Mercediñas era un hombre, y de eso ella sabía mucho. En el viaje habían hablado del tema.

—Mercediñas, de verdad que no entiendo qué te pasa con los hombres. ¡No tienes por qué hacer tanto caso de las clarisas!

—No tiene nada que ver con eso —contestó algo intimidada por los saberes de la Conachas—. Es una cosa mía, de cabeza. En esto, el asunto cristiano va aparte.

—Pero ¿de verdad estás segura de que sabes lo que te estás perdiendo? Por ahí seguro que hay algún Rubio esperándote…

La Conachas había vivido siempre oyendo los gritos de placer (probablemente fingidos) de su madre y su abuela, y creció digna y sabiendo que comía gracias a los hombres; por eso, en sus largas conversaciones con Mercediñas, intentó por todos los medios convencerla de que podía sacarles mucho en limpio y llegar a vivir de eso, pero no como su madre o su abuela, sino como ella y el Rubio, que no eran tan distintos de cualquier matrimonio normal.

La monja piensa muchas veces que todos eran insultantemente jóvenes para hacer las cosas que hacían y vivir como vivían. Cuando hablaba de la vida, la Conachas les daba mil vueltas a las chicas que iban a la escuela con Mercediñas, que aprendió de ella una virtud que solo tienen las experimentadas: la prudencia. Y eso que tal vez parecía imprudente compartir la vida con el Rubio, pero algo en él era capaz de atraer incluso a la más prudente de las mujeres. Claro que, decía la Conachas, no había que confundir la prudencia con la confianza.

—Hay confiados que pueden ser prudentes, e imprudentes que pueden ser desconfiados.

—Deberías dedicarte a los trabalenguas —le dijo Mercediñas con una carcajada enorme aquel día que volvían de Portugal.

—En serio. ¿Nunca te has dado cuenta? Confiar es algo así como la fe, no lo piensas. Confías por impulso y desconfías por miedo. Si eres prudente, en cambio, es que piensas.

Iban en aquel coche medio destartalado y, en efecto, ninguno de ellos había pensado en realidad en qué harían en la frontera con Portugal. Coger una caja con café para la fiesta de un cura de Becerreá y, lo más importante, camuflar en el coche siete pistolas y dos fusiles para que la madre del Rubio se los pasase a los maquis.

Muchas veces, al acordarse de aquel día, sor Mercedes pensaba que habían sido unos imprudentes y unos temerarios al ponerse a negociar como si supieran algo de contrabando, de mafias y de tráfico de armas con unos estraperlistas a los que no conocían de nada. La Conachas, dando muestras de su prudencia, algo comentó: «Habría que averiguar cómo respiran…», pero el Rubio iba mucho de vinos con uno de aquellos portugueses, y todos decidieron que el impulso confiado de Amador podía valer: «¿Y qué daño pueden hacernos? Tampoco tenemos nada que perder».

Si el Patio de Monipodio existiera de verdad, Amador sería el perrito vagabundo con el que todos juegan pero que ninguno atiende realmente. El Rubio, a lo mejor por pena o por cariño, ya que se habían criado puerta con puerta, implicaba de vez en cuando a Amador en asuntos de envergadura, como ese. Pero en la frontera con Portugal no había que entretener a nadie dando pena, ni tenía que hacerse el poseído, ni fingir que había perdido a su madre y no sabía cambiarse los pantalones meados. Cuando esas cosas las hace alguien como Amador, despierta tal dulzura que pueden birlarte hasta las bragas sin que te des cuenta. Era cebo y monaguillo, recadero, acompañante, portador y lo que le pidiesen quienes se cruzaban con él. El Rubio nunca lo había llevado a un asunto verdaderamente peligroso, pero decidió llevarlo a Portugal. Si los cogían, lo máximo que podían hacerles era meterlos una temporadita en la trena, donde estaban destinados a entrar tarde o temprano.

—Esto no es como robarle un san Serapio al cura de Bóveda, es mejor que Amador se quede.

—Venga, Conachas, no tendrás miedo a estas alturas, ¿no?

Y ella se encogía de hombros, porque la prudencia es una virtud, pero no es contagiosa. Mercediñas, que estaba pletórica por salir de Monforte para delinquir, pensó que quizá le convenía tener los ojos bien abiertos y no confiar en nadie; por eso la Conachas tuvo que exponerle su teoría sobre la prudencia y la confianza.

Al final salió bien, pero murieron todos. Excepto sor Mercedes, claro, y ella sigue echándolos de menos. Por eso recuerda aquellos tiempos como la única época de verdadera libertad de su vida.

La libertad.

Cuando despertó del desmayo y vio a la Conachas tumbada sobre el Rubio, que sangraba por el tiro en la cabeza, tuvo la esperanza de que ella, por lo menos, estuviera viva. Sin embargo, el disparo estaba por el lado que no se veía, junto al corazón. En un acto reflejo, buscó a su alrededor a Amador, que estaba sentado, con la espalda apoyada en un árbol, también con su correspondiente tiro entre las cejas. Amador parecía estar sonriéndole y descansando de aquel día intenso, pero tenía un agujero en la frente y los ojos abiertos.

Cada vez que revive en sueños aquel primer instante, a sor Mercedes le vuelve a picar el disparo en el hombro que le dejó esas cicatrices redondas, perfectas, en los lugares por los que entró y salió la bala. Y en esas noches en las que siente un sudor frío y se despierta agitada, también piensa siempre que ese refrán que dice que quien roba a un ladrón tiene cien años de perdón no tiene la más mínima razón. Si ella pudiera, de hecho, habría cobrado muy cara su venganza contra aquellos dos hombres armados con fusiles que les quitaron el cargamento y los mataron cuando el Rubio se les resistió. Primero pensaron que eran los maquis, pero no. Eran auténticos mercenarios que tenían un objetivo y mataron para conseguirlo. Los maquis seguro que acabaron comprando sus propias armas a precio de oro. Pero lo que más enfada a sor Mercedes, todavía hoy, es ese no saber. Quién dio el chivatazo para la emboscada, quién los traicionó, cuál de los amigos de vinos del Rubio fue su verdugo. Todo eso no la deja dormir y le provoca dolor de estómago.

Ocurrió así, y a sor Mercedes le da por repasar esos años y ese día en concreto una y otra vez, y se pregunta, además, como habría sido su vida si aquel día no hubieran muerto todos, incluida la Mercediñas que se le escapó por el agujero de la herida igual que la sombra se le descosió de los pies a Peter Pan. No se lo merecían.

Fuera lo que fuese, aquella misma noche Mercedes decidió no creer nunca más en la casualidad, sino en la elección divina que la señaló a ella como superviviente, y en la necesidad de que la gente cumpliera con las normas de los buenos cristianos. Por eso se metió monja.

Ahora sor Mercedes piensa que a las virtudes cardinales les falta la libertad, y que así habrían sido cinco, que es un número más redondo y que, sumado a las virtudes teologales, daría ocho, que es el número más redondo de todos. La libertad como virtud, sí, porque poseerla te hace mejor.

Sor Mercedes, que ahora mira desde detrás de un cristal cómo pasean por el patio las internas dando vueltas y vueltas para regresar siempre al punto de inicio, piensa que nunca fue tan buena como cuando era absolutamente libre e invirtió su libertad en ser una delincuente.

Cavila que cavila Penélope pensativa

Últimamente a Margot ni siquiera le lanzan piropos desde las celdas de los hombres cuando atraviesa el jardín. Y mira que incluso sor Mercedes recibe unos cuantos. Hoy Margot se ha levantado temprano y, con cuidado, para no despertar a su nueva compañera de celda, se pone delante del espejo. Se moja las manos y se lava la cara, sopla por la nariz y echa unos mocos secos, de haber llorado por la noche. Los coge entre el dedo índice y pulgar y los enjuaga bajo el grifo. Se contempla fijamente. Con las manos a los lados de la cara, estira las mejillas y recorre con los dedos la parte inferior de los ojos, donde se dibuja la sombra morada de las ojeras, que en los últimos tiempos la acompañan siempre. Si tuviera dinero para cremas caras, seguro que tendría la piel mucho mejor. A quién quiere engañar. Si tuviera dinero para cremas caras, se lo gastaría en un gramo. En mañanas como la de hoy, Margot echa en falta un pico y a su madre.

Por lo menos en el pelo no se le notan los años, ni la abstinencia, ni la vida. Margot sonríe levemente y hace un hueco en la melena metiendo las manos desde la nuca, a modo de peines grandes. Hoy va a dejársela suelta. Hoy quiere verse distinta, y todos le dirán qué guapa estás, Margot, y a lo mejor incluso es capaz de verse a sí misma fuera un día de estos, colocando las teteras de porcelana y colgando de la pared unas fotos nuevas de París que sus amigas le enseñaron la última vez que fueron a verla. Retira las manos y las mira. Le tiemblan. Las pasa por el vientre, como para descargarlas de una energía extraña que no se va tan rápido, vuelve a mirarlas y decide fijar su atención en unos cabellos que se le han quedado enganchados entre los dedos. Debe de ser el tiempo de la caída. «Los meses con erre son los del sol malo», dice siempre sor Mercedes. ¿Y cuáles son los meses en los que se cae el pelo? El tiempo de las berenjenas, sí. Pero ¿cuándo se comen las berenjenas? Después del verano. Seguramente el pelo se cae igual que las hojas de los árboles, en otoño, cuando todo cambia.

A Margot le gusta el otoño. En Vigo, el otoño dibuja soles tibios que a veces hacen amainar el viento que tanto la molesta. Esos días de septiembre o de octubre en los que el casco antiguo despierta con un aire limpio y cierto olor a mar, Margot pasea desde su casa hasta el Castro para contemplar las Cíes en la lejanía. Son días tan claros, que incluso da la sensación de que se pueden contar las olas que llegan a la playa blanca de Rodas o las gaviotas que calculan horizontes sobre el faro. A Margot le gustan en especial esas mañanas en las que resulta difícil distinguir dónde termina el mar y dónde empieza el cielo en el horizonte, y va viendo los colores de cabo Home, y las casas de Cangas, el monte de Paralaia y Domaio, las bateas que se vislumbran entre las grúas de los astilleros y los barcos pequeños que regresan al puerto después de la pesca; a veces incluso le da la impresión de distinguir palabras que llegan desde los barcos y que rebotan en el puente de Rande, barriendo Guía y Guixar, como si fueran pájaros que finalmente terminan por descansar en el Berbés. Ahí está la libertad. En los días así, Margot quiere ver el Berbés desde arriba, como si fuera un dios o un ángel capaz de volar o levitar sin tocar ese suelo que está harta de pisar con sus tacones imposibles y que mancha cuando te sientas en la acera a esperar, aburrida, a que pase un cliente, un amigo, el tipo que a lo mejor un día te mata o te machaca la cara, por puta.

Coge el cepillo de dientes y se los lava. Después se pone esa crema de marca blanca que le han traído de un súper porque en el economato de la cárcel son demasiado caras. Con esta no le salen granos, que ya es algo. Después un poco de maquillaje, y listo. La raya con lápiz, como siempre. Cuando salga, ha pensado comenzar a dibujarse un lunar junto al labio, como Marilyn o como Cindy Crawford. Qué sexy. Pero esta vez será difícil volver a ser sexy cuando salga. Los años pasan, y Margot ni siquiera sabe si quiere recuperarse totalmente, si valdrá la pena, siendo las cosas como son.

Vuelve a pasarse las manos por el pelo para apartarlo de la cara. No. Mejor recogerlo. Quizá al día siguiente, si desaparecen las ojeras.

—Tú eres una mujer Medusa —le dijo Isabel una de esas mañanas claras de otoño.

—Así que me comparas con un bicho grimoso… ¡y venenoso! —La alejó de sí con los pies haciéndole dar una vuelta en la cama mientras doblaba la almohada para asestarle un cojinazo.

—Con el bicho no, con el ser mitológico —se rió Isabel.

—Ya. Toca clase. —Sí, tocaba.

—Según Esquilo, Medusa vivía con sus otras dos hermanas, las Gorgonas, en la llanura de Cistene. ¡No pongas esa cara! ¡Verás qué historia más bonita!

—Y Esquilo era…

—Es igual. —Comenzó a acariciarle el pelo—. El caso es que

Medusa era una especie de mujer que en lugar de cabello tenía serpientes y que, además, era capaz de petrificar a quien osara mirarla a los ojos.

—Bien.

—Perseo, un héroe, logró cazarla, y le cortó la cabeza.

—¡Qué bruto! ¿Y cómo hizo para no convertirse en piedra? —La historia empezaba a interesarle a Margot, que se iba cobijando entre los brazos de Isabel. Cuando ella le contaba esas cosas, a Margot siempre le entraba un poco de lástima por haber dejado la escuela tan pronto. Podría haber sido como Isabel si no fuera porque, en fin...

—Pues muy fácil. Evitó mirarla directamente a los ojos, y se las apañó con el escudo, donde se reflejaba Medusa. La mató así: guiándose por el reflejo y con mucho cuidado.

—¡Mira qué apañado!

—Pero lo más bonito de la historia es que, cuando Perseo le cortó la cabeza a Medusa, de su cuello nació Pegaso, un caballo con alas.

—¡Oh! Mira por qué la marca de camiones tenía un caballo con alas en el logotipo!

—Arrea, qué habilidad tienes para quitarle glamur a un mito...

—¿Y se puede saber por qué me comparas a mí con la Medusa esa?

El cabello de Medusa. Después Isabel cogió el ordenador y le enseñó unas fotos.

Margot se sonríe a sí misma en el espejo. Las mujeres Medusa son fuertes, piensa, mujeres capaces de petrificar guerreros, y de sus despojos salen caballos blancos que pueden volar. Quizá Isabel le contó eso para dejarle un legado que recuperar después de su muerte.

Efectivamente, Isabel murió cuatro meses después. Aquella fue la última mañana que pasaron juntas y felices, entre las sábanas, para tener algo que evocar antes del ingreso en prisión. Unos meses pasan rápido, le dijo Isabel cuando la dejó en la puerta de la cárcel. Y Margot piensa que sí, que sin duda pasaron demasiado rápido para volver a una vida fuera sin Isabel.

Hoy hace seis años de aquel día en que le dijo que unos meses pasan rápido, que las dos decidieron marcar como fecha importante porque dieron ese paso adelante que luego no olvidas. Y si Isabel no hubiera muerto, seguramente Margot no se levantaría en la celda de A Lama ni se escrutaría las ojeras en el espejo mientras esa desconocida duerme en la litera. Si Isabel no hubiera muerto, Margot está segura de que no habría acabado de nuevo en la cárcel. Hoy estarían celebrando su aniversario con seis rosas en una jarra junto al desayuno, y estrenarían una de las teteras de porcelana de Margot para verter la leche en el café. Tal vez, si Isabel no hubiera muerto, Margot trabajaría menos. Pero Isabel murió. Punto.

Aún es muy temprano. Hoy Margot tiene terapia de grupo y taller de costura, pero no se siente con fuerzas para darle al pedal de la máquina de coser ni para oír las miserias de los demás toxicómanos. A alguno lo conoce de las calles, de compartir camello, incluso de tomar alguna copa y colocarse juntos. Por lo menos nunca ha coincidido con un cliente suyo en la cárcel. Sería el colmo que esta vez, encima, le tocase uno en la terapia. A veces le gustaría ponerse en medio del círculo y chillarles a todos el montón de veces que ella fue capaz de dejarlo; una, dos, tres, las veces que hizo falta. Y esta vez no es más que otra, una más, y siempre aprovecha las terapias de la cárcel porque ya sabe lo que hay con los camellos de la cárcel, y las deudas que se van multiplicando exponencialmente, y las represalias de las economateras, que deciden cobrarte ellas lo que le debes al camello en cuestión, y que encima es más del doble de lo que cuesta en la calle. Hay que estar muy enganchada para pagar ciento cincuenta euros por una bellota. Margot sabe mucho de estar enganchada dentro y fuera de la cárcel, y dentro prefiere la tranquilidad, el síndrome de abstinencia y el aburrimiento de la terapia incluidos. Pero, a pesar de llevar ya una temporada limpia, Margot no se siente bien, ni satisfecha, ni feliz, porque desde que Isabel murió aplastada por su propio coche, Margot cree que no hay felicidad posible.

En realidad, se conocieron por culpa de la droga. Isabel realizaba un trabajo de campo con mujeres enganchadas y apareció una noche por su acera del Berbés.

—Me espantas la clientela —le soltó Margot con desdén.

—Si me atiendes a mí, te pago un euro más por hora.

Y como era dinero, Margot aceptó. Se fueron a un bar, e Isabel, lo recuerda como si hubiera sido ayer, esparció por la mesa sus papeles y una grabadora.

—Hay una parte de la entrevista que es tipo encuesta, así que iré poniendo crucecitas en estos informes, ¿ves? Luego está la entrevista propiamente dicha, más larga, que en realidad es una especie de conversación sobre ti, y esa es la que necesitaría grabar. ¿Me das permiso?

Margot tuvo el impulso de aumentar la tarifa ya que la iban a grabar, pero se amilanó, y de pronto se vio a sí misma intentando gustarle a aquella mujer rubia y fuertota que parecía decidida a resolver los problemas de droga y prostitución en la ciudad de Vigo, pagada por una subcontrata del ayuntamiento.

Pasaron meses hasta que se acostaron. Margot supo bastante

después que Isabel también se había quedado tocada en aquel primer encuentro, pero le llevó un tiempo convencerse de que se había enamorado de una puta. A Margot, más pasional, la pilló justo cuando retomó el contacto con su madre, cuando comenzaba a levantar cabeza después de verse en lo peor, y un día se sorprendió a sí misma pensando en que quería desengancharse definitivamente para darle una alegría a Isabel. Alguna vez antes había hecho un bollo, como decían ellas, un trabajo lésbico, pero Margot nunca había tenido una relación de ese tipo. En realidad, ni de ese ni de ningún otro tipo. Aparte de Isaac y de los clientes fijos, no es mujer de tener parejas, así que no se dejó ir con Isabel hasta que estuvo segura de que el riesgo merecía la pena. Mientras tanto, sucedieron cosas hermosas que ahora Margot evoca con mucha, muchísima amargura.

La primera vez que volvió a ver a Isabel después de la entrevista, fue una de esas mañanas claras en las que Margot salía a dar su paseo con el fresco de las primeras horas. Isabel estaba en el Castro, sentada como los indios en un banco, leyendo. Le pareció una imagen como de anuncio. Leía con las gafas de sol puestas y estaba enfundada en un jersey grueso de color blanco de cuello vuelto, con la mochila a su lado. El sol de la mañana le daba en la espalda. Su cuerpo se orientaba a las Cíes y al mar.

Cuando Margot se le acercó, Isabel se sorprendió.

—Las putas también paseamos —le dijo ella, y se arrepintió al punto de que le saliera aquel arrebato tan de la calle y tan borde con aquella mujer con quien quería ser cualquier cosa menos desagradable y maleducada. Por suerte, Isabel sonrió.

—No me sorprende que pasees, Margot, pero debe de ser algo temprano para ti.

Entonces Margot le contó lo que no sabía casi nadie, que había días que prefería no dormir con tal de disfrutar del aire limpio de Vigo por la mañana, y contemplar las Cíes.

Una vez fui en el barco a las Cíes. ¿Tú has ido?

—¡Por supuesto! Voy todos los años por lo menos una vez. Siempre llevo allí a los amigos que vienen de visita. —Observó las islas en el horizonte—. Alguna vez incluso he ido de acampada, a dormir a la intemperie en la playa.

—Me parece una chorrada pagar por dormir mal. A mí, donde esté un buen hotel... —E Isabel volvió a reírse de buena gana, como si estuviese anticipando que, durante el tiempo que estuvieron juntas, jamás consiguió que a Margot le gustara ir de camping, más que nada por aquello de dormir en el suelo—. Bueno, no te molesto más, que ya veo que estabas concentrada. Voy a seguir con mi paseo.

Isabel se quedó pensativa un momento y dijo algo que cambió el rumbo de las cosas.

—Estaba pensando en caminar un poco yo también. ¿Te importa que vaya contigo?

A veces Margot cree que Isabel tenía que estar muy enamorada o ser muy buena gente para decidir dar un paseo con una puta del Berbés aquella mañana, y que la vieran las señoras enjoyadas que tomaban café en el Compostela o en el Castellanos, mientras las criadas paseaban a sus bebés y a sus ancianos, y los ejecutivos caminaban deprisa entre los edificios de notarios y abogados del centro. Aquel día bajaron del Castro junto al ayuntamiento, por las escaleras, vigiladas por la estatua del Sireno, y despacio, decidieron bajar hasta el mar. A la altura de la plaza de la Estrella, seguían teniendo de qué hablar, ellas que eran tan distintas, y cuando llegaron al Nadador de Leiro, Isabel le preguntó si le gustaba aquella inmensa escultura. Entonces Margot se lanzó, y le contó a Isabel que a ella le encantaba Vigo, que adoraba el mar y el olor a conserveras las mañanas de otoño porque era lo primero que olía cuando terminaba de trabajar en una vida y en un sitio tan distinto del lugar donde nació. Curiosamente, en la entrevista de aquella otra noche no le había preguntado a Margot por su lugar de nacimiento.

—¡¿Provincia de Lugo?! —le preguntó Isabel, extrañada.

—Sí. ¿Qué pasa?, que solo imaginas lucenses con vacas y guadañas? —Las dos se rieron. Pero hasta mucho después, cuando ya compartían cama, Margot no se atrevió a contarle a Isabel su historia de paliza y de destierro, hijo incluido.

Si tuviera que agradecerle algo a Isabel, Margot le agradecería que nunca intentase convencerla de salirse de puta. Isabel fue consciente de algo que Margot solo intuía, y es que, a esas alturas, su vida ya eran aquellas calles y aquella casa rota del Barrio del Cura, y que su trabajo era una forma más de ser de Margot, que aspiraba, si fuera posible, a una tranquila jubilación en su vejez. Isabel y Margot, de hecho, hablaron muchas veces y muy en serio de la jubilación de las putas, y las dos opinaban lo mismo. Margot debería de ser autónoma, montar una empresa de prostitución, con Seguridad Social y cotización para la pensión. Si Isabel y Margot hubieran estado juntas toda la vida, y si Margot no hubiese vuelto una y otra vez a la cárcel tras la muerte de Isabel, seguramente sería una firme activista por la legalización de la prostitución.

Sin embargo, todo fue de otra manera, claro.

Margot no está segura, pero cree que un par de encuentros después de aquel primero en el parque del Castro fueron provocados por la propia Isabel, que ya conocía las caminatas semisecretas de

Margot. Así que tres paseos más tarde, quedaron un día para tomar una copa, y después otro en el que Isabel invitó a Margot a cenar en su bonita y arreglada casa en la calle Pizarro, y por fin sucedió. A esas alturas, Margot ya sabía que había ligado y que llegaría el tiempo de la entrega absoluta que, hasta entonces, Margot solo había vivido siendo Rebeca con Isaac.

Lo demás no tiene mayor ciencia. Una historia de amor normal entre dos mujeres, con la particularidad de que una es Margot, con todo lo que eso implica, claro. Pero Isabel logró amar a Margot sin más, eso que a los ojos de muchos sería raro. Y por eso Margot, a quien ahora le vuelven a caer un par de lágrimas por las mejillas, sabe que nunca más encontrará a nadie que la quiera tanto como Isabel.

Evidentemente, a partir de aquello no volvió a amar a un hombre. Y eso lo decidió ya en el mismo momento en el que el director de la cárcel apareció y le espetó: Margot, siéntate, tu vis a vis no podrá ser. Y terminó diciéndole cuánto lo siento, sin que Margot recuerde con exactitud ninguna de las palabras entre medias. Los detalles siempre le dieron igual. Isabel había muerto, y desde entonces ella también murió un poco. Lo quiso así. Se ha quedado tejiendo y destejiendo mientras espera a morirse también ella.

Ahora que ya han hecho el recuento y Margot camina con la bandeja del desayuno hacia una mesa, pensar en aquellos años felices con Isabel le parece incompatible con la realidad. Se compara a sí misma con todas las que la rodean y se ve como alguien sobrante, que ya pertenece a otra dimensión. A la dimensión de las que esperan. Mira a su alrededor, y cree que podría repartir a esas mujeres entre el montón de las que esperan a que el tiempo pase, y el montón de las que no esperan nada porque su vida no es la cárcel, sino que se encuentran en un vago paréntesis. Las pasivas y las activas.

Las tristes y las simplemente infelices. Margot sabe desde aquel domingo que ella estará siempre esperando, aferrándose a las ilusiones de otras, como una sanguijuela que sobrevive a cuenta de la sangre que les corre por las venas a las demás.

Llega Valentina y se sienta a su lado.

—Acabo de vomitar.

—Ya se te empieza a notar.

—¡Fíjese! ¡Con lo que tardó la otra vez! Entonces casi ni me enteré, y ahora así de mal, acá metida. A mí desde hace dos años es que parece que me vio el diablo. Pero estoy contenta. Sarna con gusto…

Margot sonríe. Su última ilusión ha sido ayudar a Valentina a quedarse embarazada en la cárcel. Sin cartas de amor no hay vis a vis con un interno, y después tienes que lograrlo en medio del ciclo. Así que mientras le escribes cartas, vas echando cuentas, porque no tendrás más que una oportunidad.

Ser puta y delincuente reincidente ha convertido a Margot en una buena consejera de esta Carabonita tan decidida desde que pisó la cárcel. A veces Margot tiene la sensación de que Valentina finge esa confianza tan grande para conseguir de ella los buenos consejos y la protección de la experiencia. Sea como fuere, en realidad está contenta de ir viendo cómo a Valentina le crece el vientre, para que, en cuanto dé a luz, estén obligados a trasladarla con su bebé a un módulo de mujeres o a una residencia de presas con niños, todas en Madrid, cerca de su Daniel.

—¡Ay! Pero qué mala cara tiene, mami. ¿Pasó algo?

¿Entendería Valentina si Margot le contase todo lo que le pasó?

—No. Es que he dormido mal, nada más.

—¿La nueva da guerra?

—Ni siquiera habla una lengua reconocible… —Se ríen las dos.

—Como sea, pero yo creo que si me la ponen a mí de compa, la ahogo mientras duerme. No se puede tolerar que una mujer esclavice a otras. ¡Será puta la verraca! —Se da cuenta de lo que acaba de decir y se lleva la mano a la boca—. ¡Perdón, mami! Usted sabe que para mí es una puta distinta… Pues eso, que yo la mataba. Con premeditación y alevosía.

—Ya veo que sigues muy entretenida leyendo el Código Penal.

—Pues está muy bien. Cuando sea abogada tendré mucho camino andado. —Y hace un brindis con el café.

A Margot no le cabe duda de que Valentina puede llegar a ser abogada y mucho más, pero le da el alma que su conocimiento del Código Penal le será más útil para lo que parece el otro camino que está tejiendo en prisión. A Valentina solo se le ocurren delitos y maldades desde que Margot la conoce, y le da que no llegará a abogada sino que esta estancia suya en la cárcel solo será la primera. Quizá cuando la manden a otro sitio con el niño, y se sienta feliz de volver a estar cerca de su Daniel, la distancia la salve de ese novio que eligió. Pero puede ser que el tiempo en A Lama y el encanto charlatán de su amante puedan más y sean definitivos. Claro que quién es ella para juzgar a nadie.

Margot tiene miedo de que Valentina le lea el pensamiento y por eso le da un sorbo al café. Se le ha puesto cara de embarazada, así que tendrá que hacerlo público en algún momento. Debería contárselo a Laura antes que a nadie. Xabier podría ser otra opción, pero mejor comenzar por Laura. Ya se lo dirá. Hoy no tiene ganas de convencer a Valentina de nada. Hoy preferiría el silencio, algo imposible en cualquier prisión. Es parte de la condena: tantos años y un día de privación de la libertad y del silencio.

—Por cierto, mami. Han dicho por los altavoces que hay una carta para usted.

—¿Para mí?

—Sí.

—Han tenido que confundirse.

—¡Que no! ¡Venga, dele!

Y Margot sale corriendo a abrir por primera vez una carta en la cárcel, con miedo, con curiosidad, con un cómputo mental de posibles remitentes. Y corriendo en busca de Laura o de algún otro funcionario, Margot siente que a veces la vida es así y que hay cosas, como una carta inesperada, por ejemplo, que pueden secarte las lágrimas y, aunque no quieras, poner fin al compás de espera.

Aquellos veranos inmensos

Lo peor es si te decapitan.

No quiero ni pensarlo. Imagínate. Tú vas tan tranquilo en tu coche hacia el trabajo y un yihadista te intercepta para robarte el coche. Eres la enésima víctima de su causa, así que va y te corta la cabeza mientras yo escribo, porque aquí esas cosas nos impresionan especialmente. Como si en Europa no hubiéramos inventado la guillotina, o la Reina de Corazones, o Calígula, Heliogábalo, el garrote vil, y la Santa Inquisición. A mí, a pesar de todo, sí que me dejaría sin habla saber que encontraste la muerte de esa forma tan tonta, y después pensar cada día que tu estupenda cabeza fue separada del resto de tu cuerpo y exhibida, quizá, en la puerta de una fábrica, de un centro comercial, de una iglesia o de un teatro. La verdad, preferiría que murieras de algo más limpio que me torture menos, y no veo por qué tienes que pagar tú con tu cabeza las injurias a Alá o a los palestinos. Tampoco me sale escribir sobre eso, y mira que es una imagen poderosa que me invade cada cierto tiempo: tu cabeza en el asiento del copiloto, junto a un yihadista que conduce camino del Paraíso.

El psiquiatra está empeñado en relacionar mi bipolaridad con lo que pasó con el tío Pepe. Pero, sinceramente, no creo que la cosa tenga tanto que ver. Aunque me ha obligado a indagar hasta la saciedad en el asunto del tío Pepe, las luciérnagas y todo aquello, sigo sin darle tanta importancia como hace él. A fin de cuentas, nunca me violó. Ni subconsciente ni narices. Sé lo que pasó, lo sabía en aquel momento, y no me gustaba porque el tío Pepe siempre me dio asco. Pero de ahí a tener un trauma, hay un trecho. Imagínate si todas las que vivimos una experiencia de ese tipo fuéramos homicidas en grado de tentativa inacabada. Demasiada loca asesina.

La noche de las luciérnagas, sí, fue la primera, y probablemente solo por eso deberían haberlo encerrado a él y no a mí en la cárcel o en un psiquiátrico, no sé si de por vida, pero sí el tiempo suficiente para dejarme crecer tranquila. Pero no fue así, y por eso ya le dije muchas veces al psiquiatra que durante los veranos aprendí a convivir con aquel hombre de quien no siempre logré escapar. Cuando era muy pequeña, solo me daba apuro que él viniera con aquella boca llena de saliva, con aliento a muela picada, a preguntarme de qué color llevaba las bragas, o a mirarme el culo a la luz de luna. Después, cuando ya fui consciente de que Pepe era simplemente un imbécil con un problema mental añadido, incluso encontré cierto placer en provocarlo y esquivarlo, a pesar de que no siempre el juego resultaba en mi favor. Puede parecer raro, pero nunca me he sentido culpable por eso.

Considero que hubo un día límite en esta asquerosa historia con el tío Pepe, y fue aquella vez en el río, cuando yo tenía trece años. Entonces, de verdad, intentó el sexo efectivo conmigo. Qué bien me sale el decirlo, ¿verdad?, ¡y ya no digamos escribirlo! Intentó sexo efectivo conmigo. Intentó sexo efectivo conmigo. Costó horas de psiquiatra encontrar estas palabras tan precisas. Intentó sexo efectivo conmigo. Lo intentó, y casi lo consigue, pero al final me zafé.

Estábamos, como siempre, todos los primos bañándonos. Yo intentaba aprender a bucear y quizá por eso, después de aquello, nunca más logré sumergirme por completo y mucho menos nadar por debajo del agua. Si hubiera sido capaz de eso, el tío Pepe jamás habría intentado el sexo efectivo conmigo. O por lo menos, yo nunca me habría percatado de que lo había intentado. Pero como simplemente estaba aprendiendo, sí que pasó. Con una mano tapándome la nariz y la otra agarrada a una piedra, yo practicaba a abrir los ojos debajo del agua cuando, de pronto, lo único que vi fue su bañador granate acercarse y su mano agarrarme por el pelo. Al sacar la cabeza del agua, ya no conseguí librarme de sus manos que intentaban bajarme el bañador. Si entonces hubiera usado biquini, el sexo no sería en grado de tentativa, fíjate, pero el bañador de una pieza me salvó de la violación. Mientras él luchaba con las tiras, yo pataleé todo lo que pude para librarme de sus dedos que, no sé cómo, ya habían logrado agarrar la tela en la raya del culo e introducirse buscando no sé qué clítoris retraído por el agua y el miedo. Mi prima se lanzó al agua y la pequeña ola nos movió para liberarme a mí, que nadé todo cuanto me dio el cuerpo hasta la orilla, desde donde pude ver su decepción. Cómo me habría gustado que en aquel momento hubiese aparecido un congrio de agua dulce y lo hubiera castrado para siempre.

No me lo perdonó nunca.

Intentó sexo efectivo conmigo, y como no lo logró, hay que fastidiarse, decidió convertir su deseo en odio y en ganas de hacerme daño. A los catorce, quince o dieciséis años, el tío Pepe era para mí, básicamente, alguien a quien debía evitar durante las vacaciones que pasábamos en la casa de los abuelos. Llegaba los sábados por la noche y me acorralaba en la despensa, en el gallinero, en el coche o donde hiciera falta porque, decía, yo no hacía más que provocarlo y me merecía que él me echara contra la pared, me diese un buen golpe en las costillas (evitaba las marcas) e intentara penetrarme, aunque normalmente se conformaba con toquetearme y meterme los dedos por todos los agujeros del cuerpo. Estaba empeñado en que, si no me quejaba, era que me gustaba. Y desde el día que intentó el sexo efectivo conmigo, según él, merecía eso y más. Llegué a plantearme hacer como que me gustaba, a ver si así me dejaba en paz y perdía interés, pero al final concluí que hacer eso sería dejarlo ganar, rebajarme y perder aquella guerra. A partir de los diecisiete, con la excusa de aprender idiomas en el extranjero, ya no regresé a aquellos veranos cargados de sol, primos y libertad. Cuando lo volví a ver, las tornas ya habían cambiado, y logré que fuera él quien me temiera a mí.

Pero nunca me atreví a contarlo.

El psiquiatra dice que es habitual que las niñas que han sido víctimas de abusos sexuales sientan vergüenza y asco de ellas mismas, y por eso guardan el secreto toda la vida. Eso es lo que dice él. Pero yo no lo conté por no darle un disgusto a mi madre, y por evitar que mi padre fuera y matara a mi tío con la escopeta de caza de mi abuelo. Además, a pesar del tío Pepe, recuerdo los veranos en la casa de los abuelos como un lugar de placer para todos, y supongo que no quería romper tanta felicidad familiar por culpa de aquella historia que, pensaba, yo manejaba perfectamente.

El psiquiatra no me cree cuando le digo esto, pero tú tienes que creerme. Al final de cada verano, cuando pensaba en buscar la ocasión y contárselo a mi madre, en el fondo me convencía de que ese verano sería el último. Que al año siguiente, el tío Pepe se cansaría, se dedicaría a otra cosa o se enamoraría de otra. Pero eso no pasó, y como el día que mi abuela medio nos vio, ella decidió que aquello era una especie de juego iniciado por mí, por andar con pantalones cortos y el ombligo a la vista, me propuse no abrir la boca. No me quedó más remedio que resolver el asunto por mi cuenta. En fin, que contra lo que cree el psiquiatra, yo sabía bien que la culpa no era mía, pero ¿a quién se lo iba a contar?

Tampoco se lo perdoné nunca a mi abuela.

Por eso cuando la vi morir poco a poco en aquella cama del hospital, en el fondo, me alegré. Y eso no fue un brote.

Aquellos veranos eran maravillosos, inmensos, interminables. El tío Pepe fue casi una anécdota en aquel paraíso. Él fue como ese zapato que te hace daño pero que sigues utilizando, y por eso te pones tiritas en el pie, sabiendo que las heridas se curarán en cuanto vuelva el tiempo de usar calcetines.

Bien mirado, para mí lo verdaderamente importante de aquellos veranos, fueron la comilona de cerezas, las heridas en las rodillas, o el día que bailé «Y nos dieron las diez» con aquel chaval que unos años después se quedó sin una pierna y nunca más me volvió a escribir cartas. Los veranos en la casa de los abuelos son las ensaladillas del día de la fiesta, las tardes de pesca en el río, las mañanas aprendiendo a depilarnos con mi prima Rocío y las noches de San Juan compitiendo a ver quién saltaba la hoguera más alta; las siestas aburridas en las que jugábamos al veo-veo y los paseos por el monte con nuestra tía buscando dólmenes. En aquellos veranos aprendíamos a hacer tartas y a tejer con mi abuela, y a coger los tomates y los pimientos con mi padrino para aquellas cenas multitudinarias, viendo anochecer por la ventana de la cocina, espantando las moscas y oyendo ladrar a los perros. Éramos tan felices, que cuando el verano terminaba, nos quedábamos todos un poco huérfanos y tristes, vacíos. Tal vez por esa sensación de vacío al llegar septiembre, mi prima se suicidó ese mes. Por lo menos ella tuvo la suerte de que su angustia no tuviera nada que ver con el tío Pepe, solo con esta vena bipolar seguramente hereditaria que conmigo aún no ha podido.

En algún momento, casi sin darme de cuenta, fuimos distanciándonos del resto de la familia. Bailé con nuevos chicos y fui dejándolos a todos en el espacio de la nostalgia, hasta que llegó un punto en el que ni siquiera nos veíamos de año en año. Cada cual fue haciendo sus veranos hasta que, en un momento dado, ya nadie le habló a nadie y ya nadie preguntó por nadie más que lo imprescindible, si por un casual se encontraban por la calle. Los primos tuvimos miedo de hablarnos después de perder a Rocío en las bambalinas de la locura. Y el tío Pepe, por fin, se marchó al extranjero, para alegría de todas nosotras.

Me da por ponerle su cara al que te secuestra esta mañana mientras escribo; te decapita y conduce tu coche con la cabeza en el asiento de al lado hasta llegar al sitio idóneo para colgarla. Pero lo suyo fue mucho más simple. Aquí no había trabajo y, a pesar del dolor de mi abuela, que siempre lo consideró su niño bonito, se marchó a Suiza, donde se dedicó a la construcción, a vivir en un barracón rodeado de emigrantes húngaros y a violar putas, por lo que pude saber después. Y nunca más volvió, hasta el día del entierro de su madre. Estoy convencida de que la bravuconería de cuando yo era niña se le tornó vergüenza y cobardía al empezar a pensar en mí como una mujer hecha y derecha, en definitiva, capaz de matarlo. Bueno, así lo veo yo, y el psiquiatra dice que tal vez tenga razón.

El bastón de mando

¡Ay, Valentina, eres imposible! A estas alturas pierdes la perspectiva, y vas y te enamoras. No tenías bastante con los nervios de esto que, en realidad, es tu primera vez. Llegas al cuarto del vis a vis, abrazas a David, y te enamoras de él como una tonta, o como si nunca hubieras estado cerca de él. ¿Por qué todas las chicas jóvenes pensáis que para echar un polvo hay que estar enamorada? Míralo a él, Valentina, haciéndose el duro como si follara todos los días en su celda con una mujer como tú, controlando la situación, como queriendo decir «Vengo porque tú me lo pides, que si no, estaría mejor allí en mi módulo de segundo grado, rodeado de tipos duros que no se pintan los labios ni usan desodorante».

Imaginar tu vis a vis requiere contención. No puedo dejarte hacer todo lo que David te pide, porque ya fuiste violada una vez, aunque no estés convencida del todo, y porque te tengo cariño. Valentina, Valentina, quizá merezcas enamorarte, aunque me da no sé qué eso de que te enamores de este caradura tan guapo que te echará a perder, a ti, que aún tenías alguna posibilidad de salvación. A todas nos gustan los macarras, Valentina, pero hay que cuidarse mucho de ellos en la cárcel, que te llevan por donde no quieres, y yo no voy a estar siempre detrás de ti enmendando el camino de tu historia.

Mira que te pones loca con los vis a vis. Si no lo vieras en meses, aún lo entendería, ¡pero si estás con él de lunes a viernes en clase y algún domingo en misa! Bueno, siempre se me olvida que aún eres una adolescente. Que aparentas mucho, pero eres una niña. Que tienes un hijo pero que, en realidad, también tienes hermanos casi de la edad de tu Daniel.

Sí, Valentina, en este vis a vis, también tenemos que pensar un poco en Daniel. Porque lo haces por él, te lo recuerdo, y un poco también por ti, ¡qué caramba!, que tienes derecho a darle una alegría al cuerpo. O dos, o tres. No creo que dé tiempo a más. De David ya no sé qué decirte. Tengo que pensar qué hacemos con él.

Pero ahora, en este rato del vis a vis, quiero que seas feliz. Después de las cartas y después de los coqueteos en la escuela, creo que bien lo mereces, Valentina. Así que déjate llevar, que David sí que sabe. Primero echáis unas risas buscando el preservativo debajo de tres cubiletes que dan vueltas y vueltas encima de la mesa, entre las dos Coca-Cola; después dejas que te desnude despacio, y le haces creer que es él quien manda, que es él quien decide. Pero a los hombres también les gusta la iniciativa, Carabonita, y ahí es donde a ti te interesa controlar. Así que mira el reloj, que solo tienes hora y media, y deberías asegurarte un par de veces como mínimo, no vaya a ser que no te quedes a la primera. Y haz lo que te dijo Margot, que ella sabe. Tú déjalo mandar, y de pronto cambia las tornas. Empieza tú a desvestirlo y asegúrate de ser tú quien abre el condón, y le dices que se lo vas a poner, pero no se lo pones. Y si ves que se va a enterar de que no se lo has puesto, ¿qué te dijo Margot? ¿Para qué quieres las uñas a la francesa, Valentina? Y eso lo haces así las veces que haga falta. Y mientras, aprovecha para bailar, para darle besos, y, ya que estás en esas, para enamorarte. En fin. No te lo voy a prohibir, porque, total, tu final ya está escrito.

Fe, esperanza y caridad

Como lo que le sobra a sor Mercedes es la fe, cree en la posibilidad de agonizar sin dolor y en la certeza de que alguien vendrá a verla antes de morir. Bien mirado, igual lo que tiene es esperanza en la caridad. Ayer le volvió a pedir a Laura que llamara al médico y se quedó todo el día en la celda. Es cariñosa esta Laura, que ya hace varias semanas que reorganizó las celdas para que sor Mercedes pueda estar sola. Cuando entró allí, intentó animarla. Déjeme estar, por favor, hoy no tengo ánimos. Y Laura la entiende, a lo mejor porque sor Mercedes es vieja, demasiado vieja casi para todo.

Sor Mercedes sabe que todas la consideran un monstruo, pero Laura, por lo menos, impone el trato de respeto. Sabe que la juzga, por supuesto, pues nadie deja escapar la tentación de andar juzgando a las demás en un sitio donde se han cometido todos los delitos posibles. Pero no todos los funcionarios son como Laura. Los hay que aplican el reglamento sin miramientos por el simple placer de someter deprisa y corriendo y recordarles constantemente que son malas. Sor Mercedes piensa a menudo que a veces los funcionarios tienen más vocación justiciera que los curas y los obispos. Pero Laura no. Laura siempre le da una oportunidad al otro. Nunca se le olvida que ni siquiera el peor asesino es un animal. O mejor dicho, nunca se le olvida que toda esa gente que vive en la cárcel ya fue juzgada.

No se encuentra bien. Toda la noche fue una comezón en el vientre y un dolor de huesos y cabeza que le convirtió el sueño en pesadillas en los que salían su madre y los larguísimos corredores del convento de las clarisas. Su madre, con el tiro en la cabeza y muy pálida, le decía «Ven, ven, ven», y sonreía. Y sor Mercedes quería ir, pero las piernas no se le movían porque las monjas la habían atado al suelo con unas cadenas de gigantescos y pesadísimos eslabones. Ella quería ir y abrazar a su madre que estaba lejos en aquel pasillo interminable, pero no podía, y finalmente se desdibujó y se borró del todo. Justo en ese momento despertó con el clac de la apertura de puertas, a las ocho y media.

Ha entrado un funcionario para contar. «¡Venga, sor, habrá que pedirle sábanas de teflón!», y como ella ni se ha movido, el hombre se ha acercado para saber si estaba viva. Que venga la seño Laura. Y él, que como todos ya sabe que sor Mercedes no habla nada personal con los funcionarios varones, llama a Laura por el walkie. Laura llega con una manzanilla en la mano y un formulario en la otra.

—Ya sé lo que me va a decir, pero yo creo que esta vez es mejor que me lleven a un hospital.

—Primero tengo que avisar a nuestro médico, sor, ya lo sabe. Pero si quiere agilizar, vaya rellenando el formulario.

—Siempre me hacen igual. Me moriré por culpa de la burocracia.

—Ha estado en el hospital hace poco y no le ven nada. Sor, lo suyo es de los nervios. Y también puede ser que se haya resfriado.

—Los nervios no te abrasan la barriga por dentro. ¿Está segura de que los médicos que me atendieron en Montecelo no saben quién soy?

A sor Mercedes le gustaría que, por lo menos, Laura entendiera su desconfianza, su miedo a que el diagnóstico la mate. Pero se toma la manzanilla y da media vuelta para dormir un poco, o, simplemente, para no pensar en nada.

A muchos presos los mandan al primer grado por lesionarse. Cogen las cuchillas de afeitar y dibujan con los filos en la piel para que las cicatrices diseñen un tatuaje. Lo hacen por cultura carcelaria, y también por herirse, por liberar a través del dolor físico la impotencia y la angustia de verse presos. Muchos de ellos piden medicación, tranquilizantes, pero no se los dan. Se entiende que parte de la condena es asumir que estás privado de libertad, aprender a canalizar la impotencia y la frustración y, sobre todo, a tener una paciencia infinita. No todo el mundo vale para eso. Por eso existe un protocolo antisuicidios, y por eso los psicólogos de la cárcel hablan contigo en cuanto te clasifican, porque el castigo de privarte de la libertad es, seguramente, el peor castigo posible. A sor Mercedes le dan mal cuerpo los cortes, prefiere torturarse dejándose llevar por los pensamientos y la imaginación.

Quiso hacerse enfermera para salvar vidas. Eso es lo que nadie entiende, que su delito también formaba parte de ese proyecto vital. Pero ahora ya da igual. Quizá no encuentre en el mundo sanitario a nadie con tanta vocación de salvar vidas como siempre tuvo ella. Así que Laura se va y la deja en el catre tomando la manzanilla; recuerda su primer día en la escuela de enfermería. Con su hábito de novicia, como otras muchas, sentada a la mesa, combinaba la ilusión por una nueva dedicación y la nostalgia por haber dejado atrás la juventud de delincuente. A su edad, muchas mujeres se casaban y tenían sus primeros hijos, y ella, aún un poco desorientada, decidía todo el contrario. Ahora ya sabe que la vida monacal es absolutamente antinatural. Incluso en la cárcel las mujeres se enamoran y tienen hijos, y lo cierto es que ella tuvo que hacer un esfuerzo para ser monja y no una mujer como las demás, pero ¿qué podía hacer ella con su asco a los hombres?

Al principio quiso ser misionera. Le pareció un bonito propósito: ir a salvar negritos a África. Pero África es muy grande y muy pobre, y cuando llegó y entendió que el espíritu de la misión no era el de los conquistadores españoles, la verdad es que pidió volver. Además, todo estaba sucio y le entró un miedo terrible a la malaria al ver morir a una compañera víctima de los terribles dolores y fiebres, dejando aparte, claro, lo del tratamiento con arsénico. Por eso sor Mercedes comprendió que su voluntad salvadora debía canalizarse en la vieja Europa, que estaba más limpia y también contaba con posibilidades para ejercer la caridad cristiana, así que convirtió su experiencia como misionera en una simple anécdota en su vida.

Hace mucho que no piensa en aquellos días en África y ahora, después de tanto tiempo en una cárcel impoluta atestada de malas mujeres, le da por creer que el gran error de su vida fue no darle una segunda oportunidad prácticamente a nada. Ni a la misión en Burkina Faso, ni a los hombres, ni a las familias de, por lo menos, trece de aquellos bebés, ni a su vida de delincuente, ni a su madre. Fue pasando por todo con una especie de actitud inquisidora, y lo que ella pensaba que era lo correcto, al final no fue más que simple falta de perspectiva. Y ahora sor Mercedes, con su dolor de barriga crónica y la falta de libertad a la que no le vislumbra un final, entiende que ya no hay esperanza para ella. Se confundió y lo entendió tarde. Ahora solo puede resignarse, eso que al principio de todo le enseñaron tan bien las clarisas en Monforte.

Golpean en la puerta de la celda y a sor Mercedes la fascina lo extrañas que pueden llegar a ser dentro de una prisión las normas de educación más básicas. «Adelante —dice sorprendiéndose de lo floja que le sale la voz. Carraspea y lo vuelve a intentar—. ¡Adelante!» No hay variación. Su voz ahora es así, la de un pajarillo que ha bebido vinagre. Entra el médico.

—A ver, sor, ¿el estómago otra vez?

¿Detecta cierto retintín? ¿Insinúa que miente en sus dolores?

—Estoy harta de Almax y manzanillas, doctor. Y también de antiinflamatorios y de calmantes, que en cuanto pasa el efecto es insoportable. Además hoy no es solo el estómago. Me duele todo, y me pesa el cuerpo. Me dolió la cabeza a primera hora de la mañana. —Tose levemente—. Créame que estoy muy mal.

—La voy a mandar al hospital. Creo que es lo mejor.

Sor Mercedes está atónita.

—¿De verdad? —No tiene que rogar ni exigir ni quejarse—. No me ha dado tiempo de hacer la instancia…

—No se preocupe, sor —le coge a mano—, ya hago yo la petición.

Muy mal debe de verla este médico que, en otras ocasiones, fue el primero en insinuar que tenía mucho cuento. A sor Mercedes le entra de pronto el miedo, y se siente inmensamente sola.

—Doctor, ¿voy a morir? —pregunta en un suspiro.

Y él le sonríe con cariño, y con un puntito de satisfacción porque su plan parece que funciona como funciona siempre con las hipocondríacas y con las que fingen enfermedades para dar un paseo por la vida real.

—Hay que hacerle pruebas.

—Sí pero…, lo que tengo es muy grave, ¿verdad?

Él, un poco cruel, le suelta una retahíla de enfermedades posibles, desde el cáncer hasta la apendicitis, pasando por colitis, simples indigestiones y todo tipo de parásitos, pero omite de manera consciente la simple amargura.

—Hace un mes ya me llevaron al hospital, ¿sabe?, y no me vieron nada grave. Pero desde entonces no hago más que ir a peor.

—A veces hay que repetir las pruebas, volver a hacerlas al cabo de un tiempo… No se preocupe. Seguramente siga sin haber nada.

—Yo siempre pido en las instancias que se garantice mi anonimato… Ya sabe… Mi delito fue muy mediático.

—Pero de eso hace muchos años ya, sor.

—En el mundo sanitario olvidan mal… Si hace usted la instancia, no pierde nada por ponerlo.

—Tiene razón, no pierdo nada. Quédese en la cama hasta que la vengan a buscar.

Y se marcha por la puerta de la celda dejando a sor Mercedes con sus impaciencias, miedos y nostalgias. ¿A qué se deberá tanto cambio en la política sanitaria de la cárcel? A sor Mercedes no le da la impresión de que esté peor que otras veces, pero desde luego el médico parece otro. ¿Será que ha recapacitado? ¿O será que se ha echado novia? ¿Será que está harto de ella y prefiere perderla de vista? ¿Y por qué soñaría con su madre? ¿Cómo es que está tan segura de que era ella si no llegó a conocerla?

Sor Mercedes da una vuelta en la cama y rememora las imágenes de su sueño. Parece ser que nunca soñamos con una cara que no habíamos visto, y la cara de su madre que ha visto hoy le es absolutamente desconocida. En ella hay ojos sagaces en una mirada amorosa que no había soñado nunca. Y los labios a punto de besar.

Se inquieta, porque una idea comienza a tomar forma en su cabeza con visos de posibilidad: ¿y si esa imagen es un recuerdo cierto de su madre?

Entonces, un montón de preguntas se le agolpan sembrando de dudas su propia historia. He ahí el poder de una imagen, o de un sueño, o de un recuerdo. ¿Y si las separaron después de lo que le dijeron? ¿Pudieron pasearla más tarde? ¿O pudo ser que se echara al monte? ¿Y si en realidad llevó flores a una cuneta donde estaba enterrada otra persona, o nadie?

Sor Mercedes no sabe por qué se le ocurren ahora estas cosas que jamás dudó, y que además ya no pueden resolverse, y menos estando allí. Pero la inquietud la ahoga, quizá porque se da cuenta de que puede ser que siempre viviera engañada, e incluso puede ser que no solo su padre, sino también su madre fuera maquis. Puede ser que quien bajara al río para coger la comida y las armas que pasaba a los maquis la madre del Rubio fuera su madre. Su madre tan cerca, quizá del otro lado del río, observando de lejos las ventanitas del convento, tratando de adivinar cuál de las luces que se apagaba era la de la lámpara de su hija. E igualmente dejó que se quedara con las monjas.

Cualquiera diría que, ahora mismo, sor Mercedes transpira amargura. Y aun así, da todo igual. A estas alturas, más cerca de morir que de haber nacido, ya no importa si la abandonaron o la vendieron, si la dejaron unos días y no volvieron más a por ella, a saber por qué, se murió o la mataron, si quería deshacerse de ella o si la obligaron a dejar la niña a cambio de su propia vida. Ella siempre pensó que era una simple huérfana rescatada *in extremis* de la muerte de su madre. Solo hoy, después de ese sueño y después de este médico condescendiente, se le ocurre pensar que igual fue abandonada, o peor aún, perdida.

Le vienen las lágrimas a los ojos al pensar que su madre pudo morir pensando que ella la esperaba. O, peor, que pudo vivir sabiendo de la espera eterna de su hija. Y sor Mercedes se retuerce de un dolor que no es el de la barriga al pensar que, si tiene la cara de la madre del sueño en la memoria, será porque recuerda esa mirada y ese beso, a lo mejor el de la despedida, a una edad en la que empezamos a recordar. Si la amargura la dejara, sor Mercedes rezaría para que el tiro en la cabeza y la sangre fueran solo un añadido de su imaginación. Mientras dormita, por un momento cree que abrirá los ojos y que verá muy cerca la mejilla de su madre pegada a la suya mientras la arrulla canturreando, y tapar así el sonido de la lluvia en un día de guerra.

Cuando despierta, Valentina está sentada a su lado en la cama, mirándola con preocupación y las piernas cruzadas.

—Sor, qué susto, hablaba en sueños. ¿Cómo está?

—Fatal.

—No es por nada, sor, pero esta vez tiene más pinta de gripe que de úlcera de estómago.

—¿Tú crees? —Y sor Mercedes escucha ahora su voz que ya no es la de un pájaro avinagrado, sino la de alguien que tiene moco en el velo del paladar y las amígdalas como dos pelotas de ping-pong.

—Y tiene fiebre. Me ha dicho Laura que el médico le pidió que la lleven al hospital porque le tienen que hacer unas placas, por si es neumonía.

—A mí ese matasanos no me dijo nada de eso. Me hizo creer que tengo cáncer de estómago.

—¡Ay, sor, no le haga caso! Aquí está su Valentina para animarla. —Le sonríe con franqueza—. Tengo que contarle una cosa.

Sor Mercedes no está ahora para confesiones ni para penitencias, pero tampoco tiene fuerzas para quejarse o para pedirle a Valentina que se marche, y, acostada en la cama, escucha sin mucha atención el relato de cómo Valentina ya hace tiempo tuvo que solicitar un test de embarazo al demandadero porque en el economato no había, mira tú, y cómo tuvo que esperar y esperar dando vueltas por el chabolo, con un poco de vergüenza por tener a la Escritora durmiendo allí hasta que se puso la crucecita azul, y que la única que lo sabe desde el principio es Margot, que la ha ayudado mucho también. Y sí, sor, está embarazada. Por fin. ¿Cómo que por fin si solo lo ha intentado una vez?, piensa la monja.

—Dirás qué suerte.

—Pues eso, qué suerte que estoy embarazada. Ojalá sea una niña.

Sor Mercedes no puede evitar pensar que, si Valentina fuera una de sus pacientes en la clínica en lugar de su amiga en la trena, sería una firme candidata a perder también este bebé.

—Dicen que las niñas ponen guapas a las mamás. Pero tú ya eras guapa de antes.

—Uy, sor, la veo muy sentimental. ¡A lo mejor queremos que tenga fiebre más a menudo!

—¿Y cómo estás?

—Vomito por las mañanas.

—Nada raro.

—Y me duele un poco aquí.

—Pues no debería dolerte. ¿Por qué no vas a la enfermería a que te echen un vistazo?

—Es que no me atrevo a decírselo a nadie —murmura—, prefiero que no lo sepan aún por si tienen la tentación de convencerme para que no lo tenga o que lo dé en adopción…

Sor Mercedes se siente un poco, solo un poquito culpable, por todo y por nada. Pero se revuelve en la cama y logra disimular.

—Pues tarde o temprano tendrás que decirlo. Díselo por lo menos a Xabier.

—Yo pensaba en Laura.

—También. Pero será más útil decírselo a Xabier, para que te ayude con lo del traslado. ¡Supongo que ya puedes empezar a pedirlo, a ver si logras estar en Madrid cuando nazca!

—Uy, sí, ¿se imagina? Será un sueño. Yo con mis dos bebés y una pulserita de esas…

Sor Mercedes nunca había pensado en las pulseras como pasaporte a la libertad. Ni en los niños. Pero aun así, logra imaginar perfectamente a Valentina con su hermoso cuerpazo empujando un carrito prestado con la capota de flores rosas y con un crío morenote caminando a su lado, junto a la rueda, agarrado a la mano de la pulsera telemática. Y le da por ver en eso la imagen de una familia feliz.

—Pero, sor, tengo que confesarle que me da un poco de lástima marcharme…

—¿Y por qué? A nosotros puedes escribirnos cartas.

—¡Ay, no, sor! A usted, a Margot, incluso a la Escritora, las aprecio, pero puedo vivir sin ustedes… A quien voy a echar en falta es a David. ¿No sería bonito poder trasladarlo a él también? ¡Ahora también quiero eso!

—¿David?

—El padre de la niña.

—Ya has decidido que es niña…

—Prefiero llamarla así, a ver si logro que sea niña.

—Pero yo pensaba que el padre no era más que…

—¡Ay, sí, sor! —La interrumpe—. ¡Pero creo que me enamoré! ¿Qué se le va a hacer?

Están las dos riendo cuando Laura aparece en la puerta de la celda y le dice a Valentina que tiene que salir, que van a llevar a sor Mercedes al hospital, y Valentina le lanza un beso desde la puerta a la monja, que le sonríe y le echa una bendición. Laura detecta esa clase de complicidad que la excluye, pero ya está acostumbrada y espera a que Valentina se marche para ayudar a la monja a vestirse.

Sor Mercedes sabe ahora, viéndose así, que para las internas de A Lama no es más que una vieja enferma que cometió un montón de delitos y probablemente morirá en la cárcel. De pronto, su celda está repleta de caridad ajena, ahora que ya perdió la esperanza. Sin embargo, ella no mató a nadie, y hay asesinas que saldrán enseguida y podrán vivir una vida incompleta pero nueva ahí fuera. Las asesinas podrán volver a ver a sus madres, y las ladronas, putas y quinquis podrán ir a almorzar los domingos la carne asada hecha a fuego lento con patatas amarillas que solo las madres saben cocinar, y besarlas en las mejillas, a pesar de todo, porque seguirán siendo las hijas amadas de alguien. Pero sor Mercedes nunca fue hija, ni lo será.

Vladivostok en el mapamundi

¿Te acuerdas de cuando estuvimos a punto de dejarlo todo y meternos en aquel tren hacia Vladivostok? Echo de menos esos tiempos en los que todo parecía posible. Ahora me parece tan prosaico lo de escribir mientras espero a que pase este tiempo en el que tú conduces, trabajas y vives al margen, mientras la mayor aventura a la que puedo aspirar, entre pañales y chupetes, es imaginar una novela que no soy capaz de escribir y hacerme a la idea de que lo mismo te mueres mientras no estás con nosotras, y nos dejas con una vida en suspenso.

Que sepas que, aunque entres a escondidas en mi ordenador y veas ciento cincuenta páginas escritas, la novela no me sale. Me da la sensación de que enredo y enredo y no cuento más que un puñado de días iguales. Historias sin fibra literaria, en exceso realistas, creo yo. Cuando estaba allí dentro, durmiendo en la cama de una ahorcada como si no me importara nada, pensaba que lo interesante de la vida en prisión era, justamente, el grado de normalidad de todo lo que pasaba allí. Pasear por el patio, comer y dormir, allí donde solo es libre el tiempo de agobiarse y el de pensar que también son muy normales tus compañeras encerradas.

En algunas cosas tienes suerte de ser mujer si vas a la cárcel. Para nosotras, el régimen de primer grado es una auténtica excepción. Yo buscaría la forma de matarme si tuviera que cumplir condena en un primer grado, y estoy segura de que tú también lo harías, a no ser que fueras uno de esos tipos duros que tienen que pasar veinte horas al día en su celda matando el tiempo como pueden. Durante el poco tiempo que salen, están deseando machacarse a base de pesas. Sin más contacto humano en el patio que la peor de las ralea y los funcionarios, que solo entran en las celdas para cachearlos como mínimo una vez al día, a esos presos solo les queda comunicarse por una mirilla en la puerta por la que les pasan la comida, y, nada más levantarse, una maquinilla de afeitar, el palo de una escoba y un cepillo de dientes. Tienes que devolver esos utensilios al cabo de veinte minutos, no vaya a ser que con eso armes un motín. Yo intentaría suicidarme en esos veinte minutos, a pesar de que los colchones son ignífugos, las piezas del baño metálicas y las camas pensadas para poder atarte a ellas. En el patio tienes siempre un funcionario pegado al culo. Y, por supuesto, no puedes trabajar. No imagino condena peor. Dicen que esas medidas son para protegerte, pero en realidad sirven para humillarte.

Siempre he admirado a los funcionarios que trabajan ahí: sin más armas que el hecho de ser muchos, cobrando noventa miserables euros mensuales como plus de peligrosidad. Van siempre voluntariamente, y casi nunca hay problemas para encontrar esos voluntarios. Supongo que, con el tiempo, ellos se vuelven rebeldes y los presos normales, conviviendo en esa extraña armonía durante años, hasta que a unos les llega una revisión de la condena, a otros un traslado, una jubilación, la muerte, en fin, la libertad.

Lo cierto es que sería imposible que tú acabaras allí. Para que te metan en ese lugar tienes que ser lo que tú no serías ni volviendo a nacer, y no solo por haber cometido un delito, sino porque tendrías que ser lo peor de lo peor, incluso un loco, tú con tu cordura maravillosa y esa mente tan sana que tanto envidio. Para ir al módulo de aislamiento tendrías que ser el malo más malo de un módulo de segundo grado y lograr matar a otros presos malos, destrozar tu celda, lesionar a funcionarios, armar bullas, traficar (mucho) con drogas, organizar un buen motín. Nada que una mujer esté dispuesta a hacer a no ser que le metan testosterona en vena. No sé si siendo así puedes volver a la realidad, a una calle normal de Vigo, por ejemplo, alguna vez en tu vida. Yo creo que no. Es peor que la cadena perpetua. Tienes que ser de una pasta especial, algo que tú no eres, ni siquiera yo, que según dicen soy una asesina.

Laura no se cansaba de repetirnos la suerte que teníamos la gente presa en A Lama de cumplir nuestra condena en uno de los pocos centros penitenciarios de España en los que se ha optado por cambiar el aislamiento por el llamado régimen cerrado. Xabier estaba especialmente orgulloso de haberlo puesto en marcha, hace ya varios años, e incluso lo habían copiado en el resto de las cárceles. Xabier siempre ha creído de verdad que incluso el más animal es recuperable. Y yo también. Porque los que no son recuperables, o se mueren o los matan.

Lo que pasa es que cuando estás en la cárcel acabas perdiendo la perspectiva del mal. De hecho, ahora que conoces mi secreto, estoy segura de que crees que tuvo que haber algún error, que no soy tan mala.

Pues sí, soy mala.

Y ya que estamos con las maldades, te voy a hablar de mis instintos asesinos.

No les pasa a todas las bipolares, pero a mí sí. Y eso es, seguramente, lo que me hace mala de verdad. Aunque mi abogado logró convencer al juez de todos los atenuantes posibles que proceden de la enfermedad mental, la verdad es que las ganas de matar están ahí, y si logro reprimirlas es porque soy consciente de ellas. Las tengo contigo. Las tengo con las madres de la guardería que aparcan ocupando el sitio de tres coches delante de la puerta de la entrada cuando llueve. Las tuve con Valentina, y con Margot. Las tengo con todos y cada uno de mis primos, y con los funcionarios de la prisión, incluso con alguno de los lectores que me piden que les firme libros. Con mis editores y traductores, con mi agente literario y con el pediatra. Con los únicos con los que jamás he tenido instintos asesinos es con Ismael y con la niña.

Ya sé que estarás pensando que todos, incluso los que estáis en vuestro sano juicio, tenemos el impulso de matar, o por lo menos de hacer daño a alguien cuando nos provoca ira, o frustración, o indignación. Pero lo que yo siento no es eso. Yo logro planificar perfectamente el asesinato. Y si no sigo adelante, es por pena, o porque no quiero ser mala. Sobre todo, porque no soporto la idea de volver a la cárcel. Y también porque se supone que la medicación tiene como objetivo no dejarme matar, anularme como asesina y como persona. La lástima es que las pastillas me han anulado como escritora.

Pero tranquilo, no pienso matarte. Te quiero. Y sufriría tanto por matarte como porque murieras por tu cuenta mientras no estás aquí y yo escribo. Aún puedes ir conmigo a Vladivostok y ser felices durmiendo en trenes y buscando refrescos en idiomas que no hablamos. Aún puedes dejarme ser tu compañera de viaje.

Te cuento esto porque, insisto, no quiero que tengas la tentación de pensar que no soy mala. Tampoco pienses que en las cárceles toda la gente es buena: lo cierto es que todas hicimos algo para estar allí, pero también es cierto que las peores personas que he conocido no están en la cárcel. Con ellas es con quien más difícil me resulta reprimir los instintos asesinos. Cuando doy con una de esas personas, tengo que tomar una ración doble de pastillas, así que si un día me ves haciendo eso, no preguntes.

De todos modos, mi delito no fue por uno de esos efectos de la enfermedad. Ya sé que el abogado consiguió que pareciera que sí, y que mi psiquiatra se pasa la vida intentando convencerme, ¡él a mí!, de que intenté el homicidio porque estoy loca, pero no fue así. Estuve varios días planificando el asesinato y, si no resultó, fue porque al final se torcieron las cosas. Y no, no me arrepiento de nada, aunque para salir con la condicional haya dicho que sí.

Estas cosas que te estoy contando son entre tú y yo. Te las cuento porque creo que no puedo vivir con el padre de mi hija, con mi amor, guardando este enorme secreto, pero tengo que pedirte que te guardes mucho de contarlo. Primero, porque me perjudicaría mucho que se supiera que soy una homicida en grado de tentativa inacabada. Segundo, porque sería terrible que, a partir de ahora, todo lo que hago bien, mal o regular se atribuya a mi bipolaridad. Tercero, por nuestra hija, claro. Y finalmente, por Ismael. Ya sé que a ti Ismael te da igual y que, quizá, incluso ganas tendrías de matarlo. Pero él no tiene por qué salir a la luz. Eso solo tiene que ver contigo y conmigo, y nuestra vida no es ninguna historia que haya que andar contando por ahí.

Catorce semanas

Qué bien miente Laura. Qué bien sabe ponerse el uniforme y moverse para que nadie note que duda. A fin de cuentas, también sabía muy bien cómo ponerse el bolero de angora blanca cuando ensayaba para que nadie se fijara en sus escuálidos omóplatos. No es tan distinto cambiar el polo ceñido por la camisa, o abrocharse la chaqueta. Las bailarinas saben muy bien cómo es su cuerpo. Solo le quedan cinco días.

Hoy por la mañana casi se estrella con el coche yendo hacia el trabajo. Le ha pasado más veces, pero hoy al llegar y aparcar, se ha quedado sentada con las manos en el volante sintiendo cómo le temblaban las puntas de los dedos. El anestesista le dijo que no podía llevar las uñas pintadas, a saber por qué. Últimamente son muchos los días en que se queda cinco o diez minutos en el coche, así, apoyando a veces también la frente en el volante, para sepultar la duda debajo del moño y mentalizarse de que toca contar presas o encerrarse quince o veinte minutos en el despacho de Xabier y olvidarse de todo. Cualquier día, si los pillan, los expedientan. Pero a Laura no le importa.

Ahora va camino del módulo, ya uniformada, canturreando la *Consagración de la primavera*. Hace tiempo que canturrea ciertas melodías como banda sonora mental, según el estado de ánimo o según la actividad que vaya a realizar. Se le ocurrió un día haciendo un curso de primeros auxilios en el que le explicaron que lo mejor para hacer bien un masaje cardíaco era cantar la «Macarena». Es perfecta para las cien pulsaciones por minuto precisas para mantener un moribundo con vida. «Da-le-atu-cuer-poale-grí-aMa-ca-re-na-quetu-cuer-poes-pa-dar-lea-le-grí-ay-co-sa-bue-na. Da-le-atu-cuer-poale-grí-aMa-ca-re-na. ¡Eeeee Ma-ca-re-na!», y vuelta a empezar. Y sí, A la *Consagración de la primavera* es para el primer trayecto al módulo, igual que la «Danza del Hada de Azúcar» del *Cascanueces* para volver, al final de la jornada. Y a lo largo del día hace cómputos al ritmo de «Susanita tiene un ratón» y vigilancias de patio con «Un barquito de cáscara de nuez». Si te fijas, incluso puedes ver el movimiento casi imperceptible del cuerpo esbelto de Laura dibujando los pasos de ballet que acompañan sus melodías vitales.

Hoy le toca pecera. Se sienta y espera unos instantes, hasta que un ruido metálico anuncia que han abierto todas las puertas de las celdas y que el día comienza justo después de que sus compañeros de módulo cuenten las internas. De pronto, lo que antes eran unas galerías vacías ahora se llenan como a la entrada de un colegio, repleto de mujeres que conversan y se mueven recién peinadas, lavadas y perfumadas. Siempre que está en esa situación de observadora, Laura se siente feliz sabiendo que cumplió el primero de sus sueños. El resto se los torció Raúl, pero ahora, definitivamente, ya no es momento de andar con esas.

Se acuerda de que tiene que llamar a Xabier.

—Hola, ¿qué tal todo?

—Bien. ¿Y tú? ¿Cómo se portan tus chicas?

—Como siempre. Mejor que los chicos, ya sabes.

—Eso es bueno.

—Te llamo para pedirte que vengas por aquí a hablar con la interna que lleva meses sin ver a sus hijos porque no tienen dinero para hacerse el carnet de identidad.

—Joder, qué historias.

Como Xabier, Laura todavía no se ha acostumbrado a estas situaciones de pobreza extrema que castigan a las internas con más presidio y condenan a las familias por delitos que no han cometido pero que seguramente cometerán algún día. Xabier parece leerle el pensamiento, pero sigue hablando.

—A quién se le ocurriría poner tasas para hacerse el DNI. Ya me dirás cómo se van a hacer el carnet unos niños que no pueden ver a su madre porque no tienen ni para el bus.

—A lo mejor no está tan mal que no pisen esto antes de tiempo...

—Pero mi trabajo es ayudarlos a que vean a su madre.

—Sí, pero a este ritmo, el mío va a ser verlos pasar algún día por delante de mi pecera, como ahora sus madres. A veces pienso que es mejor que prohíban a los niños la entrada en las cárceles.

—¿Ni siquiera para ver a sus madres? Mira que eres bruta, Laura.

A Xabier también se le nota que, en realidad, este trabajo le fascina, y quizá por eso Laura tiene esa especie de admiración por él que se le mezcla con el deseo y con todo lo demás que siente y que no siente. Xabier es una especie de mito entre los funcionarios de prisiones españoles porque, junto con otro par de colegas, fue capaz de convencer a Instituciones Penitenciarias para poner en marcha en la cárcel de A Lama un proyecto experimental con el fin de reinsertar a presos de primer grado. Y resulta que funcionó. Laura no sabe si el aire de felicidad que rodea a Xabier desde que lo conoce se debe a que él es así o porque sabe que morirá con la satisfacción de haber salvado a unas cuantas personas.

—Ya sabes cómo pienso. A lo que iba. Que no se te olvide ir a hablar con ella, que la pobre se va a tirar la mañana esperándote.

—Y así, de paso, te veo a ti… —Al oírlo decir eso, Laura se imagina una sonrisa bonita pintada en la cara de Xabier y por un momento cree que dudar es de tontas, y también sonríe, aunque él no la vea.

—Un beso, guapo.

Últimamente se pregunta muy a menudo qué podría heredar de Xabier este ser que lleva dentro. Si llegará a delincuente, bailarín o funcionario de prisiones.

Pasan por donde la pecera Valentina y Margot. La primera, con un moño perfecto, se está poniendo como un tonel y está más bonita que nunca. Y Margot, que venía con aire distraído, de pronto mira fijamente a Laura. Le pone mal cuerpo esta Margot. No tiene nada contra ella, pero es el modo que Margot tiene de mirarla. Siempre lo hace, y no es cosa de esta última condena, sino ya de las veces anteriores, sobre todo en los momentos de la despedida, siempre que Margot está con sus cosas recogidas y Laura, como hace siempre, se despide con una sonrisa y diciendo: «Espero no volver a verla por aquí». Margot es amable con ella, y Laura una profesional, pero hay algo en esa mujer que la inquieta.

Normalmente Valentina y Margot se juntan en el desayuno, pero hoy han debido de encontrarse antes. Cuando las ve así, a Laura siempre le extraña que no hayan solicitado que las pongan juntas en una celda. La mayor parte de las internas que traban ese tipo de amistad acaban pidiendo juntarse, pero la Margot de ahora es distinta de la que conoció en estancias anteriores. La nota más distante, más tranquila, más apática, e inmensamente triste. Laura está segura de que Margot ya decidió no enamorarse nunca más, y por eso ahora en vez de enredarse con Valentina ha pensado amadrinarla, así que mejor evitar tentaciones.

Laura vigila y duda. Cuando le toca pecera, automatiza su trabajo. Vigilancia de cámaras, observación de la galería. Solía tomar un café pero ahora le da asco. Puede que estos ascos pasen alrededor de la semana catorce, pero Laura cree que lo suyo ya es definitivo y que nunca más volverá a querer café, ocurra lo que ocurra en los próximos cinco días.

Tomar té en el trabajo se le hace raro. El té la lleva a otra época que ahora le parece ajena, y por un momento se pregunta qué habrá sido de aquellas amigas inseparables de los tiempos de la universidad. Cuando vino a Galicia detrás de Raúl, perdió el contacto con ellas por completo. Es curioso cómo con el paso del tiempo va reubicando a las personas. Amanda, Elisa y Lucía estarán ahora con sus rutinas, a lo mejor por separado, a lo mejor, igual que ella, al margen de todas las demás. A lo mejor Amanda y Lucía rompieron, y quizá Amanda también persiguió a Lucía o Lucía persiguió a Amanda para intentar volver a enamorarla y mantener la vida que habían planeado. Elisa, seguramente esté lejos bailando a saber dónde y viviendo a saber con quién. En realidad, a Laura le da un poco lo mismo. Ahora solo le importa la duda.

Laura ha vuelto a perseguir a Raúl. No le gusta la palabra «acosar», pero sea lo que sea, lo ha vuelto a hacer.

Un día fue a la puerta de su casa, lo siguió cuando salía a dar un paseo e hizo como que se lo encontraba por casualidad en el parque de Bonaval. Oh, Raúl, cuánto tiempo. Y sintió el escalofrío que a él le recorría la espalda. Hola, Laura, ¿cómo estás? Y Laura sonrió porque pensaba aprovechar las circunstancias para volver con él. Pero el escalofrío fue más fuerte. Tengo algo de prisa. Qué lástima, me gustaría invitarte a un café o a lo que tú quieras, claro. Ahora no puedo, de verdad. A lo mejor otro día. Sí, otro día. Te doy mi número. Seguro que lo tengo por alguna parte en casa o en el despacho. Claro, claro, me alegro mucho de verte. Igualmente, adiós. Y se marchó, Laura diría que corriendo.

Sabe que ha sido su última oportunidad, que la ha perdido y que, además, ha sido una cobarde. Claro está que intentar lo que tenía en mente era llegar a un extremo que quizá la llevaría definitivamente por el camino del delito, a cambiar las tornas y estar del otro lado de la pecera. Pero una parte de ella le dice que habría debido intentarlo. Que a la altura de la semana diez u once, o doce, aún merecía la pena volver con Raúl. Pero no lo hizo.

Y ahora solo tiene la duda.

¿Qué va a hacer Laura mañana, pasado, y después, hasta el viernes? ¿Cómo no llenar con la duda los cinco días que le quedan? Se levantará por la mañana, se vestirá, desayunará, se cepillará los dientes, y dudará. Cogerá el coche, y dudará incluso en el instante en que esté a punto de estrellarse contra un pino de esos que crecen en medio de la nada y pueblan en bosques densos el trayecto entre Santiago y A Lama. Dudará durante los recuentos y cada vez que se siente en la pecera. Y ha de dudar cada vez que una de estas mujeres la mire, o se miren entre sí, o cuando ellas den sus paseos por el patio a paso rápido para mantener a raya la celulitis, como si estuvieran fuera. La duda de Laura es su sombra, igual que ella fue la sombra de Raúl durante tanto tiempo.

Laura y la duda salen de la pecera. Entra en el baño y piensa en lo que aún le queda por hacer. Tiene que juntar los informes de recuentos, pasar por el patio, comer y seguir dudando, para volver después al módulo a controlar cuando vuelvan a cerrar las puertas de las celdas para la siesta. Laura se mira en el espejo, se atusa un poco y se lava las manos. Tiene ganas de ver a Xabier. Le gustaría contárselo y le gustaría no contárselo. Pero sobre todo, quiere que sea lo que sea lo que tiene con él no cambie, que todo siga siendo como fue desde el comienzo, con ese hombre franco y estupendo que está convencido de que Laura es como en realidad no es.

Xabier y la sonrisa permanente llegan junto a Laura. Ella le indica dónde está la interna con la que debe hablar y ve de soslayo que Xabier lleva en la carpeta, además, el expediente de Valentina.

—A ver si nos reconciliamos gracias a este nuevo puesto que le he conseguido. Es solo para unos días, pero le viene muy bien de cara a la petición del traslado. Carabonita lleva un montón de tiempo mosqueada conmigo —le dijo Xabier después de un beso sentido y hermoso—. Ha decidido que soy un racista porque, cuando ella y el macarra del novio andaban con la desesperación del vis a vis, le recomendé que fuera él quien escribiera la instancia. ¡Si hubieras visto cómo escribe! Y él, en cambio, tiene un tono resabiado y pedante en las instancias… Tal para cual.

Laura sí que ha visto cómo escriben, tanto una como el otro, y se ha reído lo suyo.

—Es normal que se ofenda, Xabier, la pobre está haciendo un esfuerzo tremendo para llegar a ser abogada…

Y Xabier, ese que puso en marcha los regímenes cerrados, los tutores, la reinserción dentro de la cárcel y la salvación de los presos del primer grado, le contesta que todos sabemos que Valentina no llegará a ser abogada, y tal vez tampoco a escribir mínimamente bien.

—Y encima con dos críos; como no aproveche mientras esté en chirona…

—Valentina solo tiene un hijo.

—¡Ah, tú no lo sabes! Se quedó embarazada en el famoso vis a vis. En mi opinión, se ha pasado de lista, pero cualquiera se lo dice, con el carácter que tiene.

—¡Mira tú!

—Sí, ha venido a hablar conmigo porque, evidentemente, va a utilizar el bebé para el traslado. Lo planificó todo, así, un poco a lo loco. Mira que es impaciente.

—Hace bien. —Aunque a Laura le extraña que no se lo haya comentado a ella primero—. No se entiende lo que le están haciendo y no soporta pensar que los tiempos de la burocracia de Instituciones Penitenciarias equivalen a meses, o años. En parte, yo también me pregunto si a una interna nacional le harían pasar el mismo calvario.

—No exageres.

—Hoy la he visto distinta. Está guapa.

—Tú también estás guapa. ¿Te has hecho algo?

Es un buen momento. Laura podría decirlo ahora, pero mira al suelo y calla. Se da cuenta de que, en realidad, es mejor no compartir esa duda que ya se le ha instalado en el cuerpo y que, decida lo que decida en estos cinco días, está ahí para quedarse, para agazapársele en las axilas y por detrás de las orejas y presentarse cuando menos lo espere de aquí a un año, diez o veinte, como una condena. ¿Y cómo habría sido todo si…?

—Nada, estoy como siempre. Tú, que me ves con buenos ojos. Si quieres mañana quedamos; tengo tres días libres.

Pero Xabier prefiere pasado, que mañana tiene que ir a Ikea con su mujer. Una oferta de muebles de jardín. Por un rato, a Laura se le disipa la duda, pero solo un rato.

—Pues pasado mañana, entonces.

Xabier, que no entiende de dudas ni de esas inseguridades capaces de amargarte la vida, se queda mirándola con profundo cariño. Luego se dirige a la mesa donde está sentada la interna con la que tiene que hablar y Laura va al patio con su duda cosida a los pies. Le hace un gesto a uno de los compañeros que ronda por allí, indicándole que va a quedarse ella en el patio para que él pueda disponer todo para el recuento antes de la comida. A su lado pasa Valentina rápida, apurada, y Laura cree que va donde Xabier, o al baño. Laura también va al baño mucho más de lo habitual.

Siguiendo con los ojos a Valentina, la mirada de Laura se cruza con la de Margot, que se ha quedado sola, y a Laura la vuelve a invadir ese miedo de otro tiempo. El miedo se convierte en extrañeza al ver que Margot se levanta y se dirige a ella. Por la forma de andar se nota que no le va a preguntar nada, ni a contarle pena ninguna, ni siquiera a hablarle del embarazo de Valentina. Laura ve en esa Margot que camina segura hacia ella un vínculo que las une, algo que le dice que ella y esa gitana puta y envenenada, siempre reincidente, quizá no sean tan distintas. Siempre intenta no juzgar, no ponerse por encima de las mujeres a las que custodia, pero ese talante igualitario, frente a Margot, asusta a Laura y siente que cualquier día, si se deja llevar, ella misma acabará dando paseos por el patio de una prisión para bajar la celulitis.

Por su parte, Margot ha debido de vislumbrar en la duda que Laura arrastra el momento idóneo que ha ido retrasando condena tras condena. Y empieza: «Seño, tú no te acuerdas de mí…, de antes de la cárcel, digo». ¿De antes de la cárcel? Pero ¿cuándo antes? ¿Laura tenía vida en ese «antes» del que habla Margot? Y sí, claro que tenía vida, la vida que Margot le está resumiendo como por hablar de algo, ella que tiene todo el tiempo del mundo para hablar y para callar. «Seño, si supieras qué hijo más lindo he tenido», comienza Margot. Y recuerdan juntas el colegio, las zapatillas de deporte que llevaba fulana de tal y lo difíciles que eran las clases de educación física. Las excursiones a sitios con museos y de aquellos bocatas inmensos que la madre de Laura le metía en la mochila porque parece ser que quemaba toda la grasa haciendo horas y horas de ballet y que ella le daba, intactos, a Rebeca. «Seño, deja que te llame Laura por un momento.» Y Margot la llama por su nombre con un tono y con un acento que Laura hace siglos que no oye y que la ponen inmensamente triste porque la hacen dudar como nunca. Se le llenan los ojos de lágrimas al pensar en ella y en Rebeca y en todo aquel tiempo, a pesar de todo feliz, porque todo estaba claro y decidido y ellas podían limitarse simplemente a ser estas niñas que, tanto tiempo después, hablan como si nada en otro patio muy distinto. O quizá no tanto. Piensa Laura que, bien mirado, la cárcel no es tan diferente del colegio. Piensa Laura también que un día Rebeca le plantó un beso en los labios que la avergonzó, pero también le gustó.

Por Dios, ¿cómo ha podido acabar Rebeca siendo la reincidente habitual de su patio? ¿Y cómo ha podido ella no llegar a bailarina? Laura no se atreve a preguntar, pero intuye cómo aquella niña a la que arrancaron de la escuela para casarla con Isaac acabó siendo Margot. De pronto, quiere ver en las cicatrices de las jeringuillas y en el cuerpo deshecho de Margot las heridas de una vida que se malvivió mientras ella la fue olvidando, y se siente incómoda. Le da la sensación de que alguna vez en los últimos veinte años podría haber imaginado que cualquiera de las delincuentes gitanas a las que levanta con su «Buenos días, ¿todo bien?» y despide con el «No quiero volver a verla por aquí» podía ser la niña que un día la besó en los labios.

Después de la sorpresa, tiene el impulso de abrazar a Rebeca, o a Margot; no, para ella es Rebeca, pero lo reprime. No es que no deba hacerlo porque ella sea una funcionaria y Margot una interna, que está harta de repartir abrazos por la galería cuando se necesitan, sino que no quiere presionar la tecla de ese tiempo que Laura dejó atrás para ser otra persona.

—¡Qué casualidades tiene la vida!

—Perdona, las otras veces no vi el momento, pero llevo tiempo queriendo darme a conocer… Si estuviera en el régimen cerrado, ¡igual te pedía que fueras mi tutora! —Se ríen las dos.

—No sé yo si valgo como voz de tu conciencia, ni de la de nadie…

—¿Y tú cómo has llegado hasta aquí?

—Pues nada de particular. Estudié derecho y me hice funcionaria de prisiones. Lo que siempre quise ser.

—Pero ¿tú no ibas para bailarina? ¡Y yo que te imaginaba en un gran ballet de París! Eras una bailarina maravillosa.

—No era tan buena, pero te agradezco que pensaras eso todos estos años.

—¿Y ahora cómo estás?

Eso. ¿Cómo está ahora Laura? ¿Qué hay de distinto entre ella y aquella niña que iba a la escuela en Lugo con el maillot y las puntas en la mochila? ¿Sería ella mejor madre que Rebeca? Ahora, con más razón, no quiere volver a verla por allí cuando le llegue la libertad, y así se lo dice. Margot sonríe, aunque las dos saben que para ella ya no hay remedio.

De pronto llaman a Laura por el walkie. Tiene que reclamar a un médico por un problema con Valentina. Que corra. Y vuelve a crecer de pronto. Desaparece la imagen de las niñas jugando en aquel otro patio y echa a correr, con Margot detrás, hacia el módulo, intentando mentalmente mantener a raya el impulso de cantar la Macarena, porque cuando llega, Valentina está en el suelo, desmayada, en los brazos de Xabier. ¡Corre, Laura! ¿Has llamado al médico? ¿Respira? Sí, se ha mareado. Pero sangra. Y Laura ve entonces un pequeño reguero de sangre entre las piernas de Valentina, que ahora gime y está blanca como una azucena recién arrancada. Margot, paralizada, se ha llevado las manos a la boca. Se ha hecho un círculo alrededor de Valentina y de Xabier, que ha dejado a un lado la carpeta medio abierta, con los papeles un poco manchados de sangre.

Laura se apura, pero ya todo da igual. Igual que Margot, Carabonita ha entrado en el camino sin vuelta atrás de las que ya no pueden ser salvadas por mucho que Xabier lo intente.

También intuye que su duda ha matado a ese bebé.

Pum

El comedor no es un mal destino. Está bastante bien pagado y permite cierta cuota de poder entre las internas. Margot le recomendó que no tuviera la tentación de jugar con la comida, pero David le dijo a Valentina que no está nada mal que tus compañeras te deban favores, y de vez en cuando juega a la ronda de favores desde el otro lado del mostrador. Aunque lo mejor es ir guardando dinero en la cuenta de peculio por si logra acercarse a Daniel ahora que ya no habrá una hermanita para repartir las miserias.

A Valentina aún le duele el vientre cada vez que lo piensa.

Últimamente no hace más que darle vueltas a la causa. Se siente culpable por haber tomado aquella pastilla el día que le dolía la cabeza. Quizá mató a la niña. Le dijeron mil veces que un simple analgésico no tiene por qué hacer nada a un bebé, pero Valentina no se convence. ¿Por qué no aguantaría el dolor? ¿Qué más le daría a ella esperar a que pasaran unas horas, quizá unos días, igual que cuando no sabía que había aspirinas en blíster? Ahora, sin bebé y sin nada, solo le queda esperar lo que lleva ya demasiados meses esperando y no llega. Y el tiempo para Daniel no se detiene como sí la detienen a ella sus días iguales en la cárcel, echando la comida de las cazuelas en cada plato, viendo pasar por delante a todas estas mujeres como si fuera la vida, unas detrás de otras, masticando sus respectivos infortunios.

Valentina pensaba que este bebé era una excusa. Pero con el paso de los días, y al mismo ritmo que fue enamorándose secretamente de David, también fue queriendo a la niña de esa forma irracional e instintiva con la que se quiere a los hijos. Le gustó la sensación de desear mucho algo que está en tu interior y que crece al tiempo que todo cambia. Le gustó experimentar por primera vez en más de un año la alegría irracional e ilusionante de sentir que incluso en su cuerpo había espacio para la palabra «futuro». Le gustó, en fin, saber que podía ser madre de la forma en la que las madres quieren serlo, y no porque el Negro la arrastrase contra una pared y la obligara a engendrar a su hijo. En aquellos días primeros en los que fue feliz porque no compartió el secreto con nadie, Valentina se sorprendió de que ella sola fuera capaz de amar tanto algo que ni siquiera era una persona.

David supo que iba a ser padre cuando ya no podría serlo. Mientras llevaban corriendo a Valentina y su hemorragia al hospital, ella volvió en sí y le pidió a Laura que le contara a David que estaba embarazada. «Pero ¿no prefiere decírselo usted?», le preguntó Laura. No, no prefería. De pronto sintió que entre las piernas le resbalaba toda la vergüenza de querer utilizarlo, simplemente, como la ayuda imprescindible para salir de la cárcel, y le dolió mucho. Sintió la lástima inmensa que solo se siente por aquellos a los que amamos, y por eso Valentina prefirió que fuese otra quien le dijera que iba a ser padre de algo que en aquel preciso momento quizá ya ni siquiera era nada. Mientras la llevaban en volandas, sintió que se quedaba vacía y que nunca más podría volver a llenar ese hueco en su cuerpo y en su alma. Y sí, lo cierto es que supo que había perdido a la criatura incluso antes de que el médico se lo confirmase. «Valentina, no hay nada que hacer. Lo siento.»

Ella sí que lo sintió. Sintió cómo algo se paraba mientras estaba tranquilamente charlando con Margot en el patio. Pum. Una especie de estallido en el centro del cuerpo, y el mareo.

—Voy a irme para dentro, que creo que no me va bien tanto sol.

—El sol de los meses con erre, Val. Nunca haces caso de los refranes de tu querida sor.

Pero Margot vio con preocupación que su amiga se iba apurada, azorada. En ese trayecto, Valentina fue diciendo para sí: «No te me mueras, pequeñita, no te me mueras, que te necesito para ir con Daniel. Y también porque te quiero, niña, no te me mueras». Se sentó en un banco a respirar hondo y despacio. Pum. Aún le resonaba en los oídos ese estallido interno, extraño, cálido y tierno. Y lo último que oyó fue a Xabier, con su sonrisa enorme y optimista, diciéndole que le había conseguido un destino estupendo, y que si se encontraba bien, que estaba pálida. Cuando perdió el sentido, Valentina ya sabía que su niña, que los iba a salvar a todos, había muerto.

Y nada más.

Así, en ese estallido simple con el que dejó de latirle dentro aquel corazoncito del tamaño de una lenteja, Valentina volvió a quedarse como el día que entró en la cárcel, y también volvió a llorar toda la noche. Pum. No se le va de la cabeza esa sensación de colapso por dentro que se parece tanto al sonido del cazo contra el plato cuando les sirve a las compañeras un cucharón de potaje. Pum.

Menos mal que Xabier sabía que estaba embarazada. Menos mal. Se lo dijo el médico del hospital después de muchos goteros y mucha incertidumbre. Si Xabier no llega a ser tan rápido llamando a

Laura para que pidiera la ambulancia, no se sabe qué le habría pasado a Valentina.

—Me salvaron casi de casualidad las opciones de volver a tener hijos, David.

Se lo contó así, llorosa, en una excepción medio secreta que hicieron para dejarlo ir a verla al hospital, porque ella había logrado que todos creyeran que su amor por aquel trilero gamberrote era auténtico, después de tanta historia con las cartas para el vis a vis y después de haberse quedado embarazada. Y vaya si él sintió en serio el vuelco en el corazón de cuando te avisan que hay dolor en aquella a la que quieres. Ella tardó un poco más en reconocer que se había ido enamorando de tanto fingirlo.

Qué cansada volvía a estar Valentina. De pronto, le volvió todo el cansancio de aquellos días de recorrer Colombia andando con Daniel a cuestas, y se sintió casi incapaz de contarle a David, que le cogía la mano con cara de circunstancias, que ya sería el padre de su niña muerta. Después, cuando ya estaban otra vez en A Lama y tuvieron otro vis a vis en el que ni siquiera hicieron el amor, David le preguntó a Valentina por qué no se lo había dicho antes.

—Porque quería tenerlo solo para mí un tiempito. Saber solo yo que era mamá de alguien. Los hombres no entendéis esas cosas. Y yo casi tampoco, fíjate. No te lo puedo explicar de otro modo, papi.

—Ahora ya tanto da. No era una gran idea tener un hijo estando presos los dos.

Qué sabría David, y sin embargo a Valentina la decepcionó tanto esa respuesta. Se puso a llorar, quizá por las hormonas que se disparan con los abortos, o porque todo le salía condenadamente mal.

—No llores. Yo te quiero igual.

Y Valentina lloró aún más, por supuesto. Porque si enamorarse era una complicación, todavía era peor que él también se enamorara de ella, a pesar de todo. En definitiva, que Valentina casi creyó que era preferible tener un amor no correspondido de los de toda la vida, un amor de telenovela que le permitiera lamentarse lo justo y no tener que proponerse nada más allá de las emociones de un vis a vis o de un encuentro furtivo en el módulo social, quizá en un cine de sábado por la tarde o, incluso, en la misa de los domingos.

Lo cierto es que hoy Valentina aún está más o menos igual, o sea, hecha un lío y muy triste. Y menos mal que Xabier le consiguió este trabajo que por lo menos la anima un poco, siempre en contacto con gente y lo bastante bien pagado para ir haciendo hucha. Eso le recuerda que esta noche debería llamar a su madre.

Hace mucho que no habla con la Guapa. Muchísimo. Tanto, que Valentina tiene miedo de que se dé cuenta de que en este tiempo ya se ha convertido en otra persona. Así que ha decidido que, cuando la llame, sí le contará lo del aborto. Esas verdades hay que decirlas, aunque sea inventándoles otro tipo de contexto. Le dirá: «Mamá, no pude llamarte porque estuve mal. Me quedé embarazada pero perdí el bebé». Y la Guapa se apenará y le dirá algunas palabras de cariño, que es lo que a Valentina le importa de esa conversación, y también le preguntará por Danielito, ya estará enorme, y ahí será cuando Valentina vuelva a mentir en espiral, a inventar una altura que no sabe, un color de ojos que ya ha olvidado y a relatar para su madre anécdotas que, en realidad, pertenecen a los hijos de las demás internas, de esas que tienen vis a vis que sirven para ver a los hijos en lugar de hacerlos, para besar a los niños y tener esas conversaciones suyas de lengua de trapo, para saber las cosas que hacen en la escuela, cómo se llama su maestra, si les está costando dejar los pañales o no, si llevan chupete, si ya saben comer con el tenedor y cuáles son sus yogures favoritos.

Valentina se inventa todo eso para la Guapa cuando le escribe cartas o habla con ella por teléfono, y lleva buena cuenta de sus invenciones en una libretita en la que anota los avances de su Daniel imaginario.

A veces, le gustaría contarle la verdad a su madre. «Mamá, estoy presa por hacer el idiota», pero no se atreve, igual que no se atreve tampoco a reprocharle que mantenga la amistad con el Negro y que, cada vez que habla con ella, la Guapa esté como siempre, y que la vida en El Calvario siga igual que antes de que Valentina huyera porque era incapaz de vivir así, criando al hijo de un violador que la miraba pasar por delante de su casa diariamente; el violador amigo de la Guapa. «Mamá, en realidad creo que no merecerías que gaste los dineros en llamarte, con este lío que es hacer dos llamadas porque tienes que correr hasta la cantina de Benavides para hablar por teléfono.» «Mamá, ¿qué hacías que tardaste tanto? ¿Estabas de mates con el Negro? ¿Compartes bebidas calientes con mi violador, mamá.»

En cambio, al salir del comedor, cogerá la tarjeta y la meterá en el teléfono para gastar la primera llamada en la cantina. «Dentro de una hora voy a llamar a la Guapa. Soy Valentina. Sí, todo bien.» Y una hora después, una vez más, le faltará valor para contarle la verdad y decirle lo que siente. «Mamá, estuve embarazada otra vez, pero se me murió la niña. Sí, estoy segura de que esta vez era niña y de que íbamos a estar siempre juntas y felices.» Y le dirá una vez más que el marido rico trabaja mucho, y que no tienen oportunidad de ir a visitarla, y que ellos no pueden venirse acá porque van a mudarse de casa, fíjese, que compraron una más grande porque ya iban a ser cuatro en vez de tres, y precisarían más servicio. Palabras. La Guapa insistirá al final: «Pero ¿está bien? Coma. Cuídese». Y Valentina colgará, cargada de mentiras para anotar en la libretita y dispuesta a ir ideando las historias que le contará de aquí a dos meses, o tres, o más, dependiendo de los ritmos de su condena. El resto del dinero de la tarjeta telefónica, como siempre, irá para llamar al lugar donde vive Daniel, que no se pondrá porque sabe que a las madres no se les habla por teléfono, sino que se les da besos, como mínimo, en un vis a vis de convivencia.

Eso se lo comentó un día Xabier.

—Deberías pedir un vis a vis de convivencia.

—¿Y eso qué es?

—Seis horas con tu hijo. Tal vez no te lo concedan porque está muy lejos y es un desplazamiento arduo para un niño tan pequeño, pero tienes que agotar todas las posibilidades y demostrar que las has agotado cuando pidas el traslado.

Así supo Valentina que, si lograba aunque solo fuera que la acercaran a él, podrían estar juntos una tarde al mes, y hacer las cosas que las madres hacen con sus hijos, excepto cansarse de él. A día de hoy, Valentina jura que como salga de la cárcel, siempre que tenga la tentación de estar harta de Daniel, se acordará de este tiempo en que los separaron y estuvo convencida de que lo perdería para siempre.

Xabier se preocupa por Valentina desde que llegó. Por eso le contó lo del embarazo antes que a nadie.

—¿Y el traslado?

—Eso lleva su tiempo, Valentina. Pero está bien saber la nueva situación para agilizarlo todo.

—Gracias, don Xabier.

—Pero estás contenta, ¿no?

—Mucho.

—A Daniel le encantará tener un hermano.

—Una hermana, ya verá.

—¿Quieres que sea niña?

—Sí.

—¿Y por qué?

—Porque las mujeres somos mucho más civilizadas que los hombres. Con perdón.

—¡Anda, anda! —Se rieron los dos—. Pues cuídate. Tienes que pedir una cita en la enfermería. Y se lo cuentas a una funcionaria de confianza, a Laura, por ejemplo, por si tienes algún problema en el módulo.

Pero no le dio tiempo de decírselo a Laura. Y ahora no ve el momento de pedirle disculpas.

Ayer David le dijo que tenía que aprender a no disculparse por todo. Que a veces tomas las decisiones y punto, y que hay que achantar con ellas sin querer quedar bien con todo dios. Que Valentina es muy echada para adelante, pero aún tiene ese punto de niñita de pueblo.

—Se te nota que vivías de servir —le dijo ayer David.

—¿Y qué quieres que haga?

—Carabonita, tú serás mi reina y al que te haga sufrir, lo deshago con la navaja.

—¡Pero si nunca llevas faca!

—Pues ahora voy a empezar a ir a todas partes con ella para protegerte a ti.

Valentina vio que ese era un buen momento para preguntarle otra vez si la quería. Sí. ¿Y qué harían al salir de la trena?

Porque Valentina piensa que allí dentro todo es relativamente fácil. Está el inconveniente de estar privados los dos de libertad y de no poder estar juntos siempre que les apetece, pero también es cierto que no tienen que preocuparse más que de amarse y no meterse en líos para que luego no les pongan pegas para los vis a vis. Pero ¿qué hacen después dos presos que nunca han vivido juntos? ¿Cómo organizas tu vida fuera de la cárcel si esa vida es, en realidad, la única que conoces? Valentina, por lo menos, no sabe vivir en este país si no es en el centro penitenciario de A Lama. Y David, en fin, por lo que ella deduce, ha pasado más tiempo de su vida adulta dentro que fuera.

Sin embargo, en ese vis a vis de ayer en el que no hicieron el amor, David le contó grandes planes. Lo primero, casarse. Incluso podrían hacerlo en la cárcel si Valentina quisiese.

—Podemos ahorrar entre los dos para comprarte un vestido blanco.

—Pero tiene que ser en la iglesia y un domingo, con mis amigas.

—La Escritora a lo mejor nos escribe un poema sobre la libertad. Y a Margot le pedimos que lleve las arras y las sortijas. Ya verás que yo me apaño para conseguir unas alianzas decentes, para que veas lo que te quiero.

Después de casarse, solo tienen que conseguir el tercer grado, a poder ser con pulsera telemática, y un pisito en Madrid para vivir juntos los tres. Ese sí que es un buen plan de reinserción, ¿verdad? Formar una familia entre un trilero, una colombiana narcotraficante y su hijo producto de una violación. Pero es un bonito comienzo para todo lo demás.

—Papi, papi, ¿y de qué vamos a vivir?

—Pero ¿tú no ibas para abogada?

—¡Y faltan tantos años para eso!

Valentina sabe que, en cuanto ponga los pies fuera de la prisión, tendrá que buscarse la vida, y estudiar será la última de sus prioridades. Pero David ayer se lo dejó claro: si quieres estudiar, estudias, pero tú y yo, juntos, podemos hacer grandes cosas. Con lo guapa que es Valentina, por Dios, formarán un gran equipo. Y serán felices trabajando juntos en un negocio de no se sabe qué.

Valentina recoge los cacharros de la comida y se lava las manos mientras piensa que a David aún le queda una buena parte de la condena por cumplir. Pero casarse, claro que se casarán, y no puede evitar ilusionarse con los tules blancos y la marcha nupcial, aunque sea en la iglesia de una cárcel.

—Que sor Mercedes nos bendiga.

—Tú no necesitas que te bendigan, Carabonita.

—Ay, mi amor, a todos nos viene bien.

Pros y contras

EL HIJO DE MARGOT DEBE APARECER PORQUE...	EL HIJO DE MARGOT SE QUEDA DONDE ESTÁ PORQUE...
No sé qué más contar de ella.	Yo no quería escribir una novela sobre la maternidad, sino sobre la libertad.
Si no, tendría que matarla, y me da pena.	Es mejor que muera, es más realista.
Se puede hacer algún capítulo más largo para que quepa el regreso del hijo.	No me cabría la historia de Margot en seis episodios.
A este ritmo, los lectores pensarán que esto es un dramón.	Si Margot existiera, ¿tendría alegrías?
Margot me cae bien.	Margot me cae mal.
Tiene que pasar algo en esta cárcel o esta novela será un coñazo.	¿Realmente se alegraría Margot de conocer a su hijo?
Me aburro de tanto contar miserias pasadas.	Puedo hacer otra novela solo con el hijo de Margot.

La historia de Margot tiene que cerrarse de alguna manera.

Pobre Margot, todo le sale mal.

¿Por qué no?

Las trilogías tienen tirón.

Con la madre de Margot ya es suficiente.

En esta novela no hay más personajes que los que están en la cárcel.

Es inverosímil. ¿Qué más le da al chaval la historia de su madre?

¿Hay lugar para la esperanza?

No soy una escritora que malcríe a sus personajes.

No soy una escritora que malcríe a sus lectores y lectoras.

¿Y qué se dirán?

¿Para qué?

¿Cómo da con ella? Qué pereza…

Con Margot quería contar la decadencia a la que están predestinadas algunas mujeres por nacer donde nacen.

A los lectores seguro que les gusta más la historia de Valentina.

A las lectoras seguro que les gusta más la historia de la funcionaria de prisiones.

¿Qué tiene que ver el hijo de Margot con todas las demás?

¿Qué tiene que ver el hijo de Margot conmigo?

Rebeca no nos gusta.

Esa parte de la historia de Margot ya está contada.

La teoría de que el pasado siempre vuelve ya la conté en otra novela.

Estamos a lo que estamos.

Esta es una novela de mujeres.

¿Por qué no iba a creer el hijo de Margot la historia que le contaron?

Debería desengancharse antes.

¿Debería corregir todo lo que llevo escrito para que Margot esté limpia antes de conocer a su hijo?

Un destierro gitano es un destierro gitano: de por vida.

Es repetitivo. En esta novela ya hay otro hijo perdido.

Isaac y su familia no nos gustan.

Nunca seré una escritora sentimentaloide.

¿Y si se le recrimina algo?

Es posible que Margot no pueda soportarlo…

Mamá

Margot jamás ha recibido una carta en A Lama. Ni siquiera Isabel, tan dada a esos detalles románticos, le escribió nunca a la cárcel. Hablaban por teléfono, cumplía con todas las visitas posibles y pedían los vis a vis reglamentarios, pero nunca hubo cartas. La propia Laura está asombrada de que Margot tenga una. Se le vio en la cara cuando llegó Margot, apurada, preguntando si había alguna. Laura le dijo: es una carta personal, ¿ves? Y se la mostró, pensando que, ahora que sabe que Margot es la Rebeca que la besó en quinto, es muy difícil mantener el trato de usted. Ya conoces el protocolo. Tienes que abrirla delante de mí y yo tengo que comprobar que no es más que eso, una carta. Así que Margot se dio prisa en abrirla. Cuando Laura comprobó que no había instrumentos cortantes, objetos peligrosos o drogas dentro del sobre, Margot ya se había instalado en otro lugar muy muy lejos del centro penitenciario de A Lama.

Quien vea a Margot sentada en un banco del módulo de mujeres leyendo, pensará que solo repasa una de esas cartas que las madres les mandan a las hijas en la cárcel y que se escriben para matar ausencias. Pero la madre de Margot, evidentemente, no sabe escribir, y aunque hubiera querido aprender, no se lo habrían permitido.

Margot, de hecho, siempre vio a su madre como una de esas mujeres que se quedaron ancladas en otro tiempo, y no por ser gitana, sino, simplemente, por ser pobre. Además, tuvo una desgracia todavía peor que la pobreza: dejó que su marido le achicara el carácter hasta casi hacerlo desaparecer. Margot ve siempre a su madre como una autómata que ni siquiera sabe que existe la palabra «rebelión», y a Margot, que podría odiarla por las consecuencias que eso ha acarreado, en realidad solo le produce una pena inmensa.

No, la madre de Margot no podría escribirle esta carta, porque si lo hiciera sería una firme candidata a morir quemada viva, o atropellada, o degollada a manos de su marido, como tantas otras. La madre de Margot ya se arriesgó mucho en la única época de su vida en que le salió la fortaleza de donde ni ella misma sabía, todo con tal de recuperar viva a su hija y, por supuesto, con garantías de absoluto secreto. Pero, pasado eso que casi pagó con la vida, no volvió a arriesgarse. Escribiéndole una carta a su hija estaría firmando su sentencia de muerte, primero por contravenir la ley que enunció su marido el día de la deshonra («Esta hija ha muerto para nosotros»), y segundo, por acabar con el secreto, ya que alguien tendría que escribir por ella la carta.

Margot supo que su madre volvió a ser la misma mujer apocada y simple el día en que, llorando, le dijo que sería mejor dejar las visitas. Tenía un hombro dislocado y ambos ojos morados, un montón de quemaduras de puro en la espalda y, lo peor, una amenaza firme de tortura y muerte si volvía a mentir para ir a ver a su hija o, peor, si alguien se enteraba de dónde estaba Rebeca. Así fue como se terminaron los encuentros que, en un principio, solo quedarían retrasados durante aquella condena de Margot en la que murió Isabel. Unos días antes de su ingreso en prisión, su madre la llamó a su casita del Barrio del Cura y la charla la dejó tirada en el sofá, sintiendo que, de algún modo, aquella gitana débil y amedrentada empezaba a morir un poco para ella. Y Margot supo en aquel momento que, de no ser por Isabel, pocos motivos le quedarían para querer salir esta vez.

Margot siempre recuerda que, cuando era niña, le parecía que su padre pegaba a su madre lo normal. Así se lo contó a Isabel aquel mismo día. También recuerda una rutina de golpes e insultos en un horario fijo, y el temblor de las manos de su madre cuando su padre abría la puerta, y las violaciones nocturnas, los desayunos de buena mañana con dedos rotos y ojos hinchados, y, sobre todo, los gritos que a veces ya oía desde el camino cuando volvía de la escuela. Una tortura constante, dolorosa, tenebrosa. Alimentada por el pánico de saber con absoluta seguridad que volvería a ser azotada, rota, maltratada. La madre de Margot se levantaba por la mañana sabiendo que a lo largo del día, en un momento u otro, recibiría los golpes, y si llegaba a la noche sin ellos, el pánico iba a más porque sentía que ya eran inminentes, y que la noche solo multiplicaba por mil el dolor, la incertidumbre y el miedo por su propia hija. Menos mal que no hubo más hermanos que vieran a diario lo mismo que tuvo que ver Margot. Está convencida de que tuvo que perder más de un bebé a fuerza de patadas en la barriga, y está más que segura de que quedaría estéril. Margot nunca olvidará aquel día en que su padre le hizo el boca a boca a su madre para reanimarla, y así poder seguir pegándole.

No es alcohólico, ni drogadicto, ni loco. Margot decidió hace ya muchos años que no le aplicará a su padre ni el más mínimo atenuante. Es un cerdo. Un sádico. Si el miedo atroz no la paralizase, iría allí y lo mataría con sus propias manos, así estaría en la cárcel por algo que mereciera la pena. Es simplemente un cabrón que cree que a todas las mujeres hay que someterlas por la fuerza, porque son como animales, o peor, unas zorras todas, unas rebeldes.

Isabel no entendió nunca que la madre de Margot hubiese aguantado así más de treinta años y que nunca hubiera hecho nada para librarse de su torturador, pero Margot sabía que allí ya no había una mujer, sino un pelele que hacía muchos años se acostaba al lado de su torturador, tomando pastillas para, por lo menos, no enterarse si él la mataba mientras dormía. A veces, a Margot le gustaría que su madre hiciera lo que han hecho otras mujeres torturadas. Ir a la tele y contarlo. Delatar de paso a todos sus cómplices: su abuela, sus tías, un montón de primos, vecinos e incluso policías hartos de oír y de ver, que lo único que hacen es callar. Ni que estuvieran en la cárcel, piensa. Los maltratadores llevan muy mal la humillación. Margot estará una tarde en su celda a la hora de la siesta y verá la noticia en el telediario. Ácido. Fuego. Un cuchillo. A lo mejor, con un poco de suerte, incluso acaba coincidiendo con su padre en la cárcel, lo que son las cosas. Hará como que no sabe quién es, porque no querrá líos, aunque, si puede, correrá el rumor de que su padre es un violador de niños. Sabe cómo hacerlo. De algo le tenía que servir esa experiencia carcelaria. No le parece que el asesino de su madre merezca menos que lo que hacen a los violadores de niños en los módulos de segundo grado.

Pero Margot no lee una carta de su madre y ya lo sabía en el momento en que cruzó el patio, apresurada, para recoger la misiva. El rato en que Laura sostuvo en las manos el sobre, intentó ver si reconocía la letra manuscrita que escribía su nombre y la dirección del centro penitenciario de A Lama, pero nada. El sobre, amarillo, de los alargados, no tenía muchos sellos, así que esa carta no podía venir de muy lejos.

Y no. Claro que no. Era de muy cerca, del agujero más profundo de su vida sin resolver.

Margot ya ha releído la carta una y otra vez, allí sentada en el banco, mordiéndose una uña y sintiendo que su vida ha quedado prendida en una palabra: «Mamá».

Tardó en pasar de ese primer renglón. «Mamá.»

Mamá. A Margot, a lo largo de su vida, la han llamado de todo. Puta, zorra, guarra, perra. Corazón, guapa, cariño, querida. Isabel siempre la llamaba por su nombre, seguido de lo que sentían: Margot, amor, tráeme esto o aquello. Pero nunca nadie llegó a llamarla mamá, la palabra fatídica de cuando todo comenzó y acabó y que, por un momento, devuelve a Rebeca a la puerta de un hospital.

A cada relectura, Margot se convence un poco más de que su madre está muy cerca de la muerte. Se armó de valor, fue donde el chaval y le largó todo. A lo mejor ya está muerta.

Además, él le pide visitarla. «Puede que no sea el mejor reencuentro, pero es lo que nos podemos permitir», escribe.

Margot está muy nerviosa. Daría la vida por un gramo, pero no. Lee y relee, y se fija en todo. Hace las oes del revés y las bes de imprenta, y las letras g, como nueves bajos, cortan la palabra de por medio. Escribe firme y tiene una letra de esas que se deforman por el uso, no por el pulso tembloroso de quien casi no sabe escribir, como ella. No. Su hijo tiene estudios, es alguien. Y a Margot le da por pensar si eso no será, en realidad, gracias a que los separaron. Todos aquellos que estuvieron cerca de ella tuvieron la desgracia de malograrse.

Justo ahora.

Después de tantos años, después del destierro, después de dejar de sentirse madre de nadie hace ya décadas, le entra de golpe una especie de orgullo de no sabe muy bien qué al leer la carta de un hijo formado, seguro y, sobre todo, necesitado de verdad. «Mamá.» Él sabía bien el efecto que provocaría en ella, en plena cárcel y después de que se lo arrancaran así, sentirse llamada de esa manera. A lo mejor incluso es escritor. Mamá.

No sabe qué hacer. Lleva ya muchos días dándole vueltas a la carta que lleva siempre guardada en el bolsillo de atrás de los vaqueros, como si se tratara de una estampita con un santo al que rezar, como las que regala sor Mercedes a quien se las quiera coger. En el momento menos pensado, va Margot y saca la carta del bolsillo aunque solo sea para mirarla, pues ya no necesita leerla porque se la sabe de memoria, quizá porque no acaba de creer que su hijo esté ahí, detrás del papel y de la tinta azul, esperando a que Margot le conteste sí, ven un sábado o un domingo y hablamos cuarenta y cinco minutos con un cristal de por medio.

¿Qué puede decirle Margot a su hijo? ¿Para qué quiere tanto tiempo si no lo ha visto desde que era un bebé? Margot está convencida de que le sobran minutos a esa visita, y ese es uno de los motivos por los que no se atreve a contestar.

Luego está la culpa.

De pronto Margot se siente tremendamente culpable porque a ella vuelva a nacerle un hijo cuando Valentina acaba de perder el suyo. El que la iba a salvar. El que las separaría. Quizá en esos cuarenta y cinco minutos Margot podría preguntarle quién le hizo de madre y cómo le fue a él con su padre. Debería preguntarle cuántas veces le dijeron por qué era gitano siendo rubio. Debería decirle, hijo mío sin nombre, ¿me parezco a la madre que soñaste cuando aún no sabías que eras hijo de otra? Apoyada en la pared del patio, con su carta en el bolsillo, se avergüenza. En el fondo, tiene miedo de que se alegre de que la separaran de él, de que la desterraran, de que la amargasen para siempre.

Llaman para un recuento y Margot, aún pensativa, coincide con sor Mercedes. De pronto, sin saber a ciencia cierta por qué siente tanta confianza con la monja, le pregunta así sin venir a cuento si ha pensado alguna vez en lo difíciles que debieron de ser para las madres a las que ella engañó los reencuentros con los hijos que no tuvieron. A estas alturas, todo el mundo en la cárcel sabe ya que Margot ha recibido esa carta de su hijo. Y sor Mercedes, en su estilo, le contesta que en realidad no, pero que, en fin, Margot tampoco sabe lo que se siente porque es una cobarde que no se atreve a contestarle con un simple sí.

—Déjate de faltas de ortografía, Margot. Si no le pones el acento a la i, no pasa nada, se entendería igual. Coges un papel, escribes «Sí», lo metes en un sobre y se lo mandas a la dirección que te ha puesto él. No tiene más ciencia.

—Como es monja, a usted todo le parece muy fácil.

—Yo no te he mandado preguntarme.

A Margot no le cabe duda de que sor Mercedes siempre la trata con ese desdén porque, en el fondo, ella habría querido ser María Magdalena y lo más parecido que conoce en su entorno habitual es a la pobre Margot.

Aunque, bien mirado, la monja tiene razón. El problema es no atreverse, no saber si quiere o no quiere. Sufrir, ya sufrió bastante. Tenerlo delante no puede ser peor que todo este tiempo de tortura y mala vida en el que lo ha dado todo por perdido. A lo mejor, esa carta no es más que su segunda oportunidad, a esta edad en la que otras aún son jóvenes pero ella es ya tan vieja.

En el comedor, como siempre, se sienta con la Escritora. A las dos les falta Carabonita, que ahora tiene un nuevo destino sirviendo comidas, pero Margot casi agradece esta nueva temporada de comer con alguien que apenas habla y de no tener que ver tanto a ese ser deprimido en el que se ha convertido Valentina. Se les une sor Mercedes con su permanente mala cara, y las tres comen en silencio para que Margot rumie su indecisión sentada encima de la carta. No le ha servido de nada imaginar en estos días la vida de ese hijo para el que ella e Isaac, jovencísimos e ilusionados, habían designado un futuro entre tenderetes y falsificaciones, una boda con una prima segunda y una bonita madurez, apacible para todos.

Al terminar, cada una va a su celda. Margot ya sabe qué va a contestar.

Mejor dejarla sentada en su cama con un papel en blanco y un bolígrafo en la mano. En la mesa, un sobre con la dirección a la que él le indicó que remitiera la respuesta.

Sábanas sucias

Ese día no supiste reaccionar, Laura, y así te ha ido. De hecho, si fueses un poco más espabilada, no estarías ahora tan sola. Pero contigo es imposible. No se te puede escribir una vida si te empeñas en ir siempre por libre, haciendo las cosas a tu manera y resistiéndote a que te salve. Laura, Laura, tú que estabas llamada a ser el mejor personaje de esta novela, te estás quedando en nada. Por mentirosa, por acosadora. ¡Por psicópata, tía! No hay manera. Y Xabier tampoco es capaz de hacer nada, por muy fácil que os lo ponga.

Porque, ¿a qué viene eso de quedarte callada cuando Xabier te dijo aquello? Lo sé todo de ti, Laura, y a mí no me engañas: en el fondo sigues pensando que es mejor estar sola por si Raúl vuelve contigo; por si logras convencerlo de que es mejor amar a la que casi te mata de ansiedad. Ibas a ser un personaje ingenuo pero hermoso, lánguido e inocente, pero al final has resultado tonta, y contra eso no hay nada que hacer. Nada. En vez de quedarte callada, bien podrías haber contestado, decirle algo, aunque no fuese un sí. Pero vas y te callas. Serás idiota. Me parece increíble haber dicho de ti que quieres controlarlo todo. Quizá sí, pero solo controlas con el objetivo extravagante de dejar tu vida en suspenso.

Y así fue como perdiste una vida con Xabier.

Aquella tarde hubiera sido como otra cualquiera si no fuese porque él se atrevió y tú no. Hace mucho que no te atreves a nada, Laura. Has perdido tu oportunidad, quizá porque te gusta vivir instalada en la duda, pero Xabier no se merece esto. Xabier es el tipo más seguro del mundo, el más apasionado y, sí, Laura, el más buena gente que hay. Nunca más encontrarás a otro como él, te aviso, tan capaz de ser feliz de cualquier modo sencillo, sin cuestionar mucho las cosas que no dependen de uno, como el amor. Mira que seguir loca por el imbécil de Raúl…

¿Para qué te has comprado una cama tan grande si siempre duermes sola? ¿Es que el día que fuiste a la tienda todavía creías en la fantasía estúpida de convertirte en la amante de un hombre que te tiene miedo? Hay que ser burra. Ahí tienes a Xabier, desnudo, sentado en tu cama de metro y medio, fumando un cigarrillo, y ni siquiera sabes si desearías detener el tiempo ahora, quedarte así, con este hombre preguntándose si querrías dar un paso adelante, quizá, no sé, a lo mejor plantearos qué sería de vosotros si se separase, o quizá no, pero en fin, Laura, se trataría de reconocer al menos que en el fondo os queréis. Xabier sí piensa que te quiere.

Y tú vas y te quedas callada.

Ahora, preñada y callada. ¿Qué vas a hacer, Laura? Todavía dudas, claro, cómo no vas a dudar.

¿Qué pasaría si Xabier lo supiese? ¿Y si ese hombre que dice quererte y que cree que tú no sientes nada por él supiese cuánto dudas? Pero sobre todo, Laura, ¿y si Xabier supiese por qué dudas?

No sé si te has fijado en su cara cuando te dijo aquello con esa sonrisa suya tan franca. Supongo que Xabier no es tonto y ya sabe a quién tiene. Pero yo juraría que él esperaba por lo menos una respuesta, no ese silencio incómodo de sábanas sucias que solo se rompe con el grifo de la ducha y el ruido de la caldera de agua caliente. Te quiero. Silencio. Voy a darme una ducha. El colmo del romanticismo.

A lo mejor tienes la tentación de pensar que solo te lo dice porque no le gusta vivir en esa casa con jardín que están poniendo tan mona, ni sentirse el chófer de sus hijos, ni comprarle a su mujer por su aniversario conjuntos de Victoria's Secret o perfumes de Christian Dior. Pero no, Laura. Cualquiera puede ser feliz en esa vida de Xabier y tú lo sabes mejor que nadie porque tu ilusión era tener una de esas vidas fáciles de chalé adosado y jardín zen en las afueras. Si Xavier te dice eso es porque, por incomprensible que nos parezca a algunas, hay algo en ti que lo atrae. Y, en estas cosas, la falta de sentido común tira mucho, ya sabes.

Mira que callarte.

Y encima vas y te quedas preñada. ¿Cómo ha sido? ¿Sois ese uno por ciento del que hablan las cajas de preservativos? ¿O es que os habéis dejado llevar? Ay, Laura, Laura, ¿por qué te has callado? ¿Es que te ha dado miedo el lío en el que te puedes meter con Xabier si te enamoras? ¿O es solo que temes olvidar a Raúl?

Todo cambia cuando alguien dice «Te quiero». Y todavía cambia más cuando te quedas embarazada de quien dice quererte. Dices «Te quiero» y todo se va al garete. Ya no eres la misma. Pasas a ser alguien con un apéndice, una rémora, un enganche que te cambia por fuera y por dentro. Pasas a ser dos en lugar de uno, y tu vida se vuelve del revés, se hace imprevisible porque ya no depende solo de ti. Dices te quiero y te anulas un poco. Supongo que, en el fondo, esa revolución que te ha dado la vuelta como un calcetín cuando se lo dijiste a Raúl todavía sigue ahí, instalada en tu cuerpo de bailarina mentirosa. Por eso no has sabido qué decir cuando Xabier habló y quiso volver del revés lo que ya estaba descolocado.

Pero hubieras podido decirle algo, allí acostada a su lado escuchándolo. Si se lo hubieras dicho en aquel momento, ahora la duda sería distinta. Pues, Xabier, en fin, yo estoy mejor como estamos. O, yo también te quiero, pero no sé, ¿vas a dejar esa vida que tienes por mí? O, no te quiero, solo me entretengo contigo. O, Xabier, amor, deja las cosas como están, ni siquiera sé a quién amar. Pero no, tuviste que callarte, y después del silencio tampoco le puedes ir con un «Xabier, estoy embarazada y no sé qué hacer». Porque en eso no puedes dudar eternamente. Tienes un plazo. Y el tiempo pasa.

¿Y ahora qué, Laura?

Una cerveza y trescientos folios

Amor, no tengo ni idea de cómo seguir. Por no saber, ni siquiera sé si hay que continuar o poner fin a esta mala historia. Si lees estos folios, no se los entregues a nadie, por favor. Imagínate. Si se publicaran, los críticos dirían que seguro que mis novelas anteriores las habías escrito tú. Los lectores dirían que menuda decepción, que nunca más comprarán un libro mío. Dirán todos que he sido un bluf, una escritora de una única novela, o de un par de ellas como mucho, que se ha aprovechado de ser mujer, porque parece que las mujeres tenemos tirón editorial. Dirán que estoy acabada, y no se equivocarán. Que todo quede en casa, por favor.

Es evidente que ya no sé escribir. Margot no es creíble; imposible que a una mujer de carne y hueso le pase todo lo que le sucede a ella, que a nadie le puede salir todo tan mal. Y tampoco habrá quien se crea la historia de Valentina, ya no digamos la de la monja sor Mercedes, que seguro que la Iglesia católica se me lanza a la yugular por ponerla de mala para arriba. En la vida real, una monja jamás entraría en prisión. Y Laura…, en fin, ¿cómo alguien que va para bailarina acaba siendo funcionaria de prisiones? No tengo ni idea de qué hacer con ellas. ¿Puedo salvar a alguna? ¿Y cómo la salvo? ¿Cómo resolvemos la duda de Laura? ¿Hago que sor Mercedes se escape de la cárcel? ¿Dejo que a Valentina la trasladen? ¿Y Margot, Margot, qué va a hacer Margot? Lo único que sé es que yo he salido en libertad y ellas se han quedado allí, todas.

Si saliera a la luz, en la prensa escribirían que falla la estructura, que está mal la definición de los personajes y, sobre todo, que no tengo argumento, porque ya no sé escribir; que los diálogos no son creíbles, o mejor aún, que no tengo ni idea de escribir diálogos. Y que debería darme una vuelta por un par de cárceles; devolver el dinero del adelanto; secuestrar la edición para que nadie, nunca más, lea un libro mío en ningún país del mundo. Por eso solo he escrito esta historia para ti. En lo demás, prefiero desaparecer discretamente, hasta que se olviden de mí.

Por favor, guarda el libro de las presas malas junto a esta confesión mía, si no has muerto alguno de estos días mientras escribo. Después deberías dársela en algún momento a nuestra hija cuando yo ya no esté, cuando mi nombre no sea más que una anécdota de las hemerotecas. Si mueres mientras escribo, ya no tendrá sentido nada de esto, y ni siquiera habrá servido para nada ni para nadie esta forma mía de ahuyentar fantasmas. En ese caso, ya eliminaré yo misma el archivo del ordenador, despreocúpate. Con mucha calma, y esa pena inmensa de perderte, pondré el cursor del ratón sobre la carpeta de archivos que he llamado provisionalmente «Los días iguales de cuando fuimos malas», haré clic en el botón derecho del ratón, y buscaré la cruz roja con la etiqueta «Eliminar». ¿Está segura de que desea eliminar «Los días iguales de cuando fuimos malas» y todo su contenido? Sí. Segurísima. Especialmente todo su contenido. Que sí, diré mientras clico con el ratón en ok. Y mandaré todo a los confines de un poema de ceros y unos.

Pero tú, mejor, no te mueras, *mon amour*.

Prefiero que sobrevivas a este tiempo asqueroso en el que escribo y desescribo, y así dentro de unas semanas, quizá varios meses, al llegar una tarde del trabajo, te encontrarás en la mesa del salón un montón de folios con un posit encima. «Para que veas que no sirve de nada intentarlo», escribiré en él. Te darás cuenta de que se trata de una novela y mirarás el reloj para valorar si merece la pena sentarte para empezar a leerla antes de que lleguemos la niña y yo de donde sea que hayamos ido, justamente para dejaros solos a los folios y a ti. Entonces decidirás que sí, que cómo no te vas a poner a leer de inmediato si llevo años diciéndote que ya no soy escritora, que me he quedado seca de la literatura que antes me llenaba las venas. Irás un momento a la cocina, abrirás una cerveza, te sentarás en el sofá, te quitarás los zapatos y empezarás a leer mientras piensas, en efecto, que sería mejor que me hubiese dedicado a hacer macramé en mi tiempo libre. Pero llegará un momento en el que dudarás y pensarás si será verdad eso que cuento. Y entenderás que amas a una criminal. Le darás un trago a la cerveza y dudarás, mi amor, si quedarte esperándome o si huir de la asesina con la que compartes cama. De pronto te darán igual esas mujeres que han vivido conmigo y que quizá he inventado para tener una excusa y contarte que soy una homicida en grado de tentativa inacabada.

O no.

No, amor. Esta noche no voy a volver. Puedes abrir más cervezas, hacerte un bocata y seguir leyendo tranquilo. Trescientas páginas pueden leerse en una noche si te pones. Ya que vas a ser mi único lector, quiero que, por lo menos, termines esta novela ya. Y si vuelves a verme, porque todavía no he decidido qué hacer contigo, ni conmigo, ni siquiera con la niña, que sea después de que entiendas por qué no puedes seguir pidiéndome que escriba.

No te levantes, no tengas la tentación de salir a buscarme. Tú lee. Mientras leas, estarás a salvo. Y tal vez nosotras también.

Debo decirte, además, que puedes quedarte tranquilo porque ahora mismo puedo estar en cualquier lugar excepto con Ismael. Hace ya algún tiempo que decidí retirarle el protagonismo, como habrás notado. Lo que pasa es que necesitaba contarte por qué Ismael ha sido mi amante. Amor, si todo fuese de otra manera, Ismael y yo habríamos empezado lo nuestro hace unos siete años y, quién sabe, quizá ahora estaría escribiendo para él esta confesión. O no. Si todo fuese así, lo cierto es que no habría nada que confesar. Si me hubiese acostado con Ismael siete años antes y no el día del hotel de ejecutivos en el que me convertí en tu esposa infiel, seguramente esta novela no existiría. O por lo menos, sería de otra manera. Quién sabe.

En efecto, en una vida anterior, Ismael y yo nos besamos una noche en Zurich.

Ya te lo dije. En aquel acto literario, los dos habíamos bebido una barbaridad. Los demás escritores se hacían fotos y firmaban libros con los lectores del club que nos invitaba. Pero yo le sonreía sin más, mientras él hablaba y hablaba.

¿El motivo?

Aquí lo tienes: entre la gente de repente vi al tío Pepe, con sus ojos pequeños y su corte de pelo demodé.

Sí. Una casualidad asquerosa. Allí estaba, tanto tiempo después, recién peinado y apestando a Varón Dandy, para que yo le firmase un libro. Hay que fastidiarse. Lo ignoré todo lo que pude, créeme. Pero se me acercó, Ismael aprovechó para ir a buscar más vino, y allí en Zurich, entre toda aquella gente, volví a ver a ese hombre asqueroso que me devolvió a los veranos inmensos y a la maldad.

Le firmé el libro, sin dedicatoria alguna, por supuesto, y le sostuve la mirada.

—Cuánto tiempo —dijo—. Sigues muy guapa.

—Los dos sabemos que ni yo soy guapa ni tú eres precisamente un lector de novelas. —Tragué saliva—. Coge el libro y lárgate por donde has venido.

—Qué manera de hablarle a tu tío. —Metió la mano en el bolsillo y sacó una tarjeta de visita—. Como sea, pero somos familia y estás en el lugar donde vivo ahora. Si necesitas algo, aquí estoy. No olvides marcar el prefijo si llamas. El piso está en esta zona.

—No volveré a decírtelo.

—Pues entonces voy a terminarme el vino con unos amigos. Pero tranquila, ya te dejo en paz. —Se detuvo un momento y después siguió en un tono que incluso parecía sincero—. De verdad que me alegro de que las cosas te vayan bien.

Pensé que todo terminaría al acercarse a mí para darme dos besos que no fui capaz de esquivar. Y también me agarró contra él de un modo que a los que allí estaban, imagino, les parecería el gesto cariñoso de alguien que te aprecia. Pero para mí no fue eso. Fue un abrazo agresivo que trajo consigo fuerzas ancestrales con las que me sentí diminuta. Con una mano me apretó aplastando mi pecho contra el suyo con un pequeño ruido blando del que surgieron, como una bomba, las luciérnagas, las cerezas, las camisetas con el ombligo al aire, el agua fría del río, el bañador, los dedos intentando apartar unas bragas infantiles con estampado de corazones multicolor. Miedo. Vergüenza. Ira. Toda la violencia, la suciedad, mi dolor infantil. Y otra vez la intemperie.

Ya no era una niña, y las adultas mantienen el tipo y saben templarse en público. Y después, sin más, sabiendo seguramente en qué estado me dejaba, se fue. Triunfante.

Un camarero pasó a mi lado con una bandeja y cogí otra copa, con la que me dirigí al pequeño jardín al que se asomaba el salón donde se servía el vino en bandejas. Allí estaba Ismael, fumando. Estábamos los dos solos y Pepe, dentro, a unos metros, mirando en nuestra dirección al tiempo que se despedía de otros hombres que sonreían con sus copas en las manos. Fue, creo, el único que vio cómo Ismael y yo, de repente, nos dimos un beso apasionado. Con aquel gesto quizá quería limpiar el asco y el olor a colonia barata con el aroma protector e inocente de Ismael. El pobre.

No logré que sus labios limpiasen nada. La peste purulenta que habían dejado en mí aquellos dos besos ya se me escapaba por los poros de la piel y por los agujeros del cuerpo. Justo después hui.

Ismael siempre ha dicho que fui yo la que tomó la iniciativa y, aunque es cierto, siempre le he hecho creer que aquello fue un impulso suyo, que ya entonces me deseaba como ahora, y tanto deseo no combinaba bien con el aburrimiento propio de las actividades culturales. También le hice creer que el tiempo que después estuvo sin verme fue porque lo evité, porque me entró el miedo que les entra a algunas mujeres cuando se ven en el brete de liarse con un tipo casado, como si fuese para tanto. Ismael todavía hoy piensa que aquella noche me entró miedo de él, de su vida cómoda y de su abrazo cálido de señor con ínfulas de amante, y que tuvieron que pasar todos estos años para antes de que yo cayera en su red.

Después de todo, es bonito que piense así, ¿verdad?

Por supuesto, la purga no sería tal si no me hubiese asegurado bien de que Pepe nos viese. En cierta medida, sí: aquella noche utilicé a Ismael de un modo que él jamás podría imaginar. Gracias a él, pude engancharme con la punta de los dedos a un poco de dignidad, desafié a mi tío y puede ver caer de su mente hedionda por orden de tamaño la sorpresa, los celos, el sentido de la propiedad y cierto prurito familiar. Apuró el vino y se marchó con un gesto de desprecio, airado, seguramente despechado, como si yo le debiese algo o como si aún creyese que tenía algún derecho sobre mí. A partir de ahí, me dejé ir. Me cegué. Abandoné a Ismael con el beso enganchado en los labios, y de pronto decidí seguir a Pepe.

Eso sí que lo hice sin pensar.

Le dije a Ismael que no me encontraba bien y salí corriendo. Él, lógicamente, pensó que sería por el arrebato romántico, y por eso me dejó estar, aunque, según me comentó hace poco, nunca creyó que tardaría tanto en volver a estar conmigo. Yo, en realidad, tampoco sabía lo que haría después, aunque mientras perseguía al tío Pepe por aquellas calles, en plena noche, ya intuí lo peor. Aun así, no lo pude evitar, y nunca más volví a pensar en Ismael hasta que pasó mucho, mucho tiempo. Cuando quise volver a él, mi tío ya había terminado con todo. O, al menos, conmigo.

El corazón me latía muy rápido y me sentía pletórica mientras seguía al tío Pepe sin ser vista. Hacía un frío que yo no sentí, y él apuró el paso como si supiese que lo seguían, enfundado en su tabardo azul. Empezó a meterse por calles y callejuelas también con un punto loco y desesperado, tan rápido que por poco lo pierdo en varias ocasiones, pero sentí como si se me agudizasen los sentidos. Yo pensaba: ¿adónde irá?, y al mismo tiempo: ¿qué hago yo siguiéndolo por esta ciudad?, ¿qué se me ha perdido a mí aquí tan lejos?, y también, quiero matarlo, quiero matarlo. Pero no lo maté. Eso llegaría más tarde. En aquel momento, lo único que me pedía el cuerpo era seguirlo de cerca, ver qué hacía, saber de él después de tantos años, acabar con el monstruo.

No sabría reproducir ahora el recorrido complicado y enrevesado que hicimos. Nunca más he vuelto a esa ciudad y no tengo el más mínimo interés en hacerlo, pero recuerdo que Pepe iba de un lado a otro casi sin rumbo, como buscando algo o a alguien. Hasta que, efectivamente, dio con lo que buscaba.

Debía de tener unos dieciséis años y, sin duda, era de algún país de Europa del Este. Tenía porte de bailarina y la cabellera rubia, lisa, que parecía sacada de un cuento de duendes. Solo le faltaban las alitas y el polvo de estrellas para parecer un hada, y yo juraría que incluso tenía las orejas un poco puntiagudas. Se acercó a ella, con sonrisa y paso firmes, ella le dijo el precio, él se metió la mano en el bolsillo y arrojó un par de billetes al suelo, y cuando ella se agachó a recogerlos, llegó la patada que la dejó tirada, medio inmóvil e incapaz de reaccionar. La violó allí delante de mí sin que yo lograse reaccionar ni hacer más que mirar desde mi escondrijo.

Fíjate, de eso sí que me siento culpable: me quedé quieta, observando, y no salvé a aquella pobre chica, yo que podía.

Pero no. Me quedé mirando, quizá porque pensé qué suerte, que podía haber sido yo y fue ella, así que eso es lo que quería Pepe desde el día de las luciérnagas, hace ya tantos años. Mirando aquello, tuve la sensación de haber encontrado otra vez a las luciérnagas alumbrando la noche en un frasco de cristal. Se me aceleró el corazón, tuve miedo y la ansiedad me mareó, porque no podía respirar, no podía mover las piernas, me sentí morir allí mismo sin poder parar de mirar, pensando que yo podía haber sido ella y que no lo fui, simplemente, de casualidad, por azar, por suerte.

Cuando terminó, la dejó allí tirada y se marchó como si nada.

Así calmó él su mal genio, su memoria o sus ansias. Y debía de hacerlo habitualmente, porque al seguirlo tuve claro que el tío Pepe iba a tiro fijo, que sabía lo que quería, que buscaba igual que los grandes felinos buscan a sus presas, hasta que la encontró. No sé si la había elegido previamente o si tomó la decisión en el último momento, pero desde luego que no iba a ser cualquier chica que se le cruzase en el camino, así que esperó dando vueltas hasta que la fortuna se la puso delante de las narices. Tenía que ser una puta, a ser posible extranjera. Una de esas a las que nadie hace caso porque qué más da que un loco viole o no a una puta. Y estaba claro que lo hacía a veces. Quizá a menudo.

No socorrí enseguida a aquella chica. Fui una cobarde y una interesada porque esperé a que él estuviese lejos. Luego fui, la ayudé a levantarse y le pregunté si quería que la llevara al hospital. No, no, no. Ya está. Lloró. Déjame. Estas cosas pasan. Se sentía pesada, sucia. Se había hecho un corte en un brazo al caer, y las lágrimas le habían ensuciado la cara, con el maquillaje corrido y el peinado deshecho. Tenía también la camisa rota y un cardenal enorme en la barriga.

—Déjame, no te preocupes.

—Pero no estás bien.

—Me voy a casa, déjame. ¿Has visto quién ha sido? —preguntó alejándose de mí.

—No, no lo he visto.

¿Para qué decirle que sí? ¿De qué serviría ser testigo? ¿Quién iba a hacerle caso a aquella chica que todavía se expresaba mal en un idioma que no era ni el suyo ni el mío? No. Ni idea. Lo siento. No he visto nada. ¿Quieres que te acompañe a un médico para que te miren el brazo? No era nada. Solo quería irse a su casa. Y la dejé, claro, porque no había visto nada. Y porque en el tiempo en el que las piernas no me respondían y el corazón me latía a toda prisa, decidí que el tío Pepe tenía que morir a mis manos, no ser detenido por la civilizada policía suiza aquella misma noche. No vi nada que mereciese ser juzgado por alguien que no fuese yo. Así fue como decidí matarlo y liberar por fin a las luciérnagas.

Y con esa ilusión volví primero al hotel y después a mi casa.

Como te he dicho, en todo ese tiempo ni se me pasó por la cabeza pensar en Ismael. Nos íbamos en aviones distintos y ni siquiera coincidimos en el desayuno. El beso se quedó ahí, como detonante, como punto de partida, como enganche al que agarrarme para recordar el día en que decidí matar al tío Pepe. Lo que ya te he contado: no volví a ver a Ismael hasta después de salir de la cárcel, cuando ya estaba contigo y con la niña, y pasó lo que ya sabes en aquel hotel.

Por eso Ismael me conecta con otro tiempo, con otra vida, con otra Inma que escribía buenos libros. Ismael y aquel beso son el puente que, ahora mismo, me conecta con esa otra mujer que fui y que solo me veo capaz de recuperar si estoy con él, en el hotel Meliá, sin necesidad de ser una mamá que hace la compra y que no es capaz de escribir un libro sobre la cárcel en la que vivió. Ismael me recuerda que fui otra antes de ser una interna del centro penitenciario de A Lama por homicidio en grado de tentativa inacabada.

El psiquiatra y mi abogado lograron convencer al juez de Vigilancia Penitenciaria de que me arrepiento enormemente de haber intentado matar al tío Pepe. Pero a ti puedo decirte que solo me arrepiento de que la condena no fuera por asesinato. Si es que todo me sale mal.

Sí, señor: lo mío fue un intento de asesinato en toda regla. De hecho, me entretuve durante semanas en idear ingeniosas formas de matarlo, pero no pude poner en práctica ninguna de ellas. Estando yo en Galicia y él en Zurich, ¿qué podía hacer? Se me ocurrió volver a Suiza y seguirlo una vez más para cogerlo *in fraganti* en otra violación, pero sería complicado explicarle a la policía qué hacía yo allí, cerca de un tío mío que encima era un violador. También pensé en llamarlo para que viniera, ya que me había dado la tarjeta con su número, pero creo que el muy cobarde no se habría atrevido. Hasta que, por fin, la ocasión se presentó ante mí, simplísima.

El día en que mi abuela murió, al lado de aquella cama de hospital en la que no me pidió perdón por pensar que yo andaba provocando que su hijo abusase de mí, lo tuve claro: Pepe vendría para dos entierros, el de su madre y el suyo propio. Y también tuve clara otra cosa: ya que iba a hacer una locura, la fórmula para matarlo debería ser lo más loca posible, no fuera a ser, encima, que yo tuviera que pagar en la cárcel a Pepe por lo que no valía. Matarlo como si todo fuese un producto de un brote psicótico me costaría unos pocos años de condena, lo miré en el Código Penal. Lo valoré y llegué a la conclusión de que merecía la pena. Claro que sí.

Fue relativamente fácil. Una vez enterrada mi abuela, cuando ya solo quedábamos él, mis padres, mi hermano y yo, después de aquel extraño café familiar *post mortem* en el que comprobamos con el resto de los tíos y los primos que los tiempos de la infancia se habían quedado definitivamente atrás, salí a dar un paseo nostálgico por aquella finca inmensa que se me hizo pequeña. Siempre que volvía a casa de mi abuela, y aquella tarde en especial, iba al cerezo que tanto me acogía cuando era niña. Allí debajo recordé aquel día en que me rebelé a los cinco años, comiendo cerezas y viendo el mundo entre las hojas del árbol. Lo esperé allí, junto al tronco de partir la leña justo donde hacía tanto tiempo mi abuela muerta había apoyado la escalera para venir a rescatarme aquella noche de macarrones gratinados y manzanilla.

Llegó con cierto aire chulesco.

—He leído tu libro.

—Tenemos una cuenta pendiente.

—¿Qué cuenta pendiente?

—No se puede ir por ahí violando putas.

—Qué sabrás tú.

—Lo sé todo. Pero tranquilo, no voy a decir nada a nadie.

—¿Ah, no?

—No.

Y sin mediar más palabra, cogiendo una velocidad de la que no sabía que mis piernas serían capaces, me puse de un brinco junto al hacha que llevaba esperándome allí desde que era niña, y se la bajé en la cabeza.

Tuve mala suerte, porque se apartó algo y no le partí el cráneo en dos como si fuese un palo de leña para calentar la hoguera, pero le di fuerte en un hombro y en la espalda. No murió, claro. Ya en ese momento me di cuenta de que había fallado, y me entró una ira incontenible que me salió por la boca en forma de grito y de llanto, de ansia por salir corriendo y de dolor, mucho dolor, desde la barriga hacia afuera. Por mí, por todas mis primas, por mi infancia enganchada en aquella rama de cerezo de la que me bajó mi abuela cuando todavía todos éramos inocentes y aún no me había vuelto loca. Aunque me salió mal.

Homicidio en grado de tentativa inacabada.

Allí estaba él, inacabado en el suelo, el muy cabrón, cuando llegaron mis padres asustadísimos por mis gritos y los suyos, y se encontraron con el panorama. Uno agonizando bajo el cerezo. La otra gritando como una loca, con el hacha en la mano.

Lo que vino después ya te lo imaginas. Me llevaron presa, pero no recuerdo bien todo el proceso entre la detención y el ingreso en prisión. Un médico me puso una inyección. El juez me miró con pena y me senté en un catre de una celda del módulo de ingreso como si todo eso sucediese en la misma tarde. Después llegué a la celda de Valentina o de alguien parecido a Valentina, y todo lo demás.

Entretanto, mis padres se encargaron de que nadie más supiese exactamente qué había pasado y, sobre todo, lograron, imagino que a base de amenazas, que a Pepe le sacasen los puntos en Suiza y no quisiera volver nunca más. Y no me cabe duda de que, si no fuese porque ya era suficiente con que yo estuviese en la cárcel, también ellos lo habrían rematado con sus propias manos.

Nunca imaginé que me diagnosticarían de verdad un trastorno bipolar. Más que la libertad, ese fue, creo, el precio que tuve que pagar por no acabar de matar al tío Pepe, porque de la locura no se sale ni con el tercer grado ni con la condicional, ni hay atenuantes de condena que valgan.

Daniel en el foso de los leones

Hoy sor Mercedes ha decidido salir al patio a pesar de que estamos en un mes con erre. Después de muchos días, se ha levantado contenta, con ganas, sin fiebre, y su voz ya vuelve a ser la de siempre. Ni siquiera le duele el estómago, después de tantos meses de runrún y de tantos sobres de Almax ingeridos. Cualquiera diría que es una mujer nueva que podría querer un permiso penitenciario o incluso el tercer grado, quién sabe. En cuanto abren las puertas se asoma a la galería y echa a andar. El cuerpo le pide tararear, pero decide no pasarse de rosca y reprime las ganas. Camina, sin embargo, como si llevase detrás un coro de iglesia tocándole con las guitarras «Alabaré, alabaré, alabaré, alabaré, alabaré a mi Señor». Hace mucho tiempo que no tenía hambre y hoy, bajando las escaleras, incluso tiene ganas de desayunar. Le pedirá a Valentina que le ponga dos paquetitos de galletas en lugar de uno, a ver si se enrolla, piensa sor Mercedes. Le apetece sentarse en el comedor y mirar a las internas mientras toma el café y saborea las galletas. Hoy está convencida de que nada le puede sentar mal, de que el estómago le dará una tregua, y, a lo mejor, es posible que tome un segundo café. Si no estuviese mal visto a los ojos de Dios y tuviera con quien brindar, brindaría. Inmediatamente se sienta a su alrededor su grupo de incondicionales, y todas juntas bendicen el desayuno. Gracias, Señor, oh, por estos alimentos que nos proporcionan para sobrevivir. «Qué contenta está hoy, sor.» «Qué buena cara, mami.» «Es que hace días que no me sentía tan limpia y sana.» Valentina, desde detrás del mostrador, le sonríe y sor Mercedes le devuelve el gesto. Pobre Valentina.

Quizá sor Mercedes anda así porque ha estado casi dos semanas ingresada en el hospital, donde le han curado una neumonía de caballo y le han vuelto a repetir, por activa y por pasiva todos los días varias veces, que se deje de preocupaciones, que no tiene cáncer de estómago, solo una úlcera que se cura con antibióticos, y que puede tomar Almax como caramelos, si quiere. Le ha venido bien para muchas cosas. Ha sido un cambio de aires; digamos que lo necesitaba. Unas vacaciones de la cárcel en un sitio tan poco apetecible como un hospital son un sueño para quien ya no tiene los ojos acostumbrados a ver más allá de unos muros, unos cristales y unas rejas grises. Si ahora dejásemos a sor Mercedes en el medio de un prado, o en una playa, por ejemplo, se marearía porque su cerebro es incapaz de procesar las cosas que se ven más allá de dos o tres metros. Por eso, salir al hospital es el paraíso para esta mujer que jamás ha tenido un permiso porque no ha querido y que ahora se arrepiente un poco de no haber aprovechado esa posibilidad. Pero ya es tarde para ello, como para tantas otras cosas.

Cuando se marchan las latinoamericanas, todas dispuestas con sus estampitas nuevas y sus promesas de confesión para esta tarde, la Escritora se sienta a su lado. Sor Mercedes sabe que es su último día, que ya no volverá a verla desayunando silenciosa en alguna de estas mesas o escribiendo sentada en el suelo del patio. Como siempre, sor Mercedes no sabría decir si está contenta o no, si tiene miedo de salir al mundo después de tanto tiempo, si preferiría seguir en la cárcel, o si, en fin, las pastillas la tienen tan calmada que ni siquiera se emociona por la perspectiva de salir con el tercer grado y una pulsera telemática para que, dentro de muy poco, la cárcel no sea más que una anécdota del pasado para ella. Sin embargo, a la monja le gusta el detalle de que se siente con ella unos minutos para despedirse, para desearle todo lo bueno allí dentro y para decirle que se cuide, que no puede vivir con dolor siempre, que el dolor también es a veces más del alma que del estómago. Sor Mercedes siente que su trato sigue siendo distante y poco emotivo, y se lo imagina como parte de un besamanos de despedida. Las internas de más confianza en formación, haciéndole una reverencia. Un placer compartir condena con usted, Su Majestad Escritora. Luego desaparecerá, dejando un rastro de colonia de flores, como siempre. Pese a todo, le agradece el gesto de despedirse de ella.

Hay algo extraño en las despedidas de la cárcel. Por una parte, un punto de regodeo, porque la que se va les restriega por las narices a las que se quedan su libertad. Por otra parte, casi siempre la certeza de que no es una despedida, sino un hasta pronto que las internas con condenas más largas conocen muy bien. De ahí la consabida despedida de Laura: «No quiero volver a verla por aquí». Pero siempre vuelve a verlas. Si tuviera con quien apostar, sor Mercedes apostaría gustosamente cuánto tardará en volver cada interna que se va.

Sin embargo, a sor Mercedes le parece que la Escritora no volverá por allí. No es una delincuente, solo una asesina algo loca. Lo que hizo no es algo que se repita así porque sí. Seguramente vuelva a casa a seguir siendo lo que era. Por cierto, piensa sor Mercedes que es raro que nadie supiese lo que hacía la Escritora antes de la cárcel. ¿Será de esas que viven de la literatura? Y si es así, ¿por qué no les suena su nombre? Tampoco es que las compañeras de la cárcel, incluida la propia sor Mercedes, sean grandes lectoras. Tal vez escriba literatura infantil, o se dedique a los ensayos, o sea más conocida en Alemania que aquí. O a lo mejor antes era una de esas jóvenes ricas que todavía no había decidido qué quería ser cuando el delito se le cruzó en el camino. A lo mejor hay que estar atentas a partir de ahora, a ver si resulta que escribe algo sobre la cárcel y, de golpe, sor Mercedes se convierte en personaje. No estaría mal acabar así, como personaje de una novela, o, mejor, como la voz de un poema.

Sor Mercedes le da dos besos a la Escritora y le desea que le vaya todo muy bien fuera. «No vuelvas a meter la pata —le dice con una sonrisa—, y que Dios te bendiga.» La otra le contesta con otra sonrisa y se marcha del comedor, seguramente con intención de continuar con la ronda de despedidas y deshacerse enseguida de la bendición. Sor Mercedes cree que ella fue la primera, y que la última será Valentina, que ahora recoge detrás del mostrador los cacharros y pasa un paño húmedo por las bandejas.

Sor Mercedes se queda mirando a Valentina, pero en realidad no la observa. Solo piensa en que es una pena que se haya quedado sin su plan B, sin el segundo hijo que iba a tener, y siente una tristeza profunda por no haber contribuido a que Valentina fuera madre. Para compensar. Porque, bien mirado, estaría bien ayudar a esa chica, hermosa por fuera y por dentro, a tener a su bebé si eso había de hacerla feliz, y demostrarse a sí misma que Dios no siempre le pide cosas malas. Aunque sor Mercedes hace poco ha empezado a preguntarse por qué Dios le ordenó por aquel entonces separar a los cincuenta y dos niños de sus madres y esterilizar a las treinta y cinco mujeres, y ahora le ordena ayudar a Valentina a tener un hijo en la cárcel. Lo que son las cosas. Aquello, que era un delito, pudo cumplirlo; y esto, que es seguramente una obra de caridad, ahora no se puede llevar adelante, en parte porque el propio Dios así lo ha querido. Total, la monja renunció a entender los motivos de Dios el día que se hizo novicia, y ahora solo piensa en apiadarse de Valentina; por eso reza mentalmente una oración por ella, ya que después no podrá hacerlo.

Sor Mercedes aún no ha terminado de rezar cuando piensa de repente, no sabe muy bien por qué, si también rezarían las mujeres nazis de aquel libro. Muchas de ellas eran católicas, y algunas protestantes. Ninguna dijo ser atea, que ella sepa. Lo que no logra imaginar sor Mercedes es si se arrepintieron. Por lo que sabe, casi todas lograron huir bajo identidades falsas y vivir tranquilas el resto de sus vidas. A lo mejor alguna de ellas, un buen día, se dio cuenta de la maldad, o de la arbitrariedad, o del dolor, y no sabemos más. Quizá convivió con los remordimientos, si los tuvo. A lo mejor tuvo la tentación de pedir perdón. Pero ¿a quién? Lo más probable es que decidieran pasar página y hacer como que no vivieron, que no decidieron, que no hicieron las cosas que hicieron, pues de ese modo podría parecer que dejaban de ser malas. Ellas, y las cosas.

Sor Mercedes pasea ahora al sol con su hábito azul y respira hondo, pensando que llenar los pulmones la rejuvenecerá y compensará por el tiempo que lleva encerrada. Pero no. Estar allí solo le da una satisfacción momentánea. Lleva años observándolo de cerca y se da cuenta de que no es más que una jaula al aire libre capaz de poner puertas al cielo. Camina pausadamente por el centro del patio y observa desde allí el edificio en el que suele refugiarse. Una simple casa de la que no puede salir nadie. Alguien tendría que estudiar la arquitectura puesta al servicio de las cosas malas. Quizá ya exista, pero a sor Mercedes no se lo ha enviado nadie.

En la Biblia no se habla mucho de cárceles. Debe de ser algo simbólico, o a lo mejor es solo que el pueblo de Israel no pudo mantener sus propias prisiones hasta después de redactado el Antiguo Testamento. En el Nuevo, como a Cristo lo ejecutaron pronto, poco hay que contar. Está la cárcel de san Pablo y Silas, de la que no se habla mucho, quizá por increíble: allí estaban ellos, cantando salmos e himnos con los demás presos, cuando hubo un terremoto que les abrió todas las puertas y provocó que el carcelero le pidiese la salvación al apóstol. Alucinante. Sor Mercedes probó muchas veces a hacer eso de rezar con presas a ver si una intervención divina en forma de desastre natural las liberaba, pero nada. Por un momento recuerda esa película que termina con los crucificados cantando «Always look on the bright side of life» que tanto la ofendió en su día. Ahora casi le dan risa las ofensas del pasado. Sor Mercedes ha aprendido en todos estos años que no hay lado luminoso de la vida que se pueda mirar estando allí dentro. Excepto hoy.

También está la cárcel de Daniel, con su foso de los leones, adonde lo arrojaron los sátrapas en una conspiración. Salió ileso de la convivencia momentánea con las fieras. Fue un profeta milagroso este Daniel, que además, de alguna manera, pasa por ser un abogado muy habilidoso. Debería contárselo a Valentina. Demostró a los catorce años que Susana no era adúltera y, de paso, logró culpabilizar a sus acusadores y acosadores. Si le tocó de oficio a la buena de Susana, no sabe ella la suerte que tuvo. Quizá por eso el maestro Mateo lo puso como un niño sonriendo en el pórtico de la Gloria, y eso que llegó a cumplir más de cien años. Un niño justiciero. Ya podía estar contento.

Pero no, la cárcel de sor Mercedes no tiene nada que ver con las cárceles que leyó en la Biblia. Su cárcel es solo un lugar aburrido como podría ser un convento en el que la vida pasa, y nada más. Lleva mucho tiempo pensando y despensando sus delitos, pero poco ha concluido, e incluso le ha dado por querer salir para llevar flores a un monte o al río Cabe a su paso por Monforte, en lugar de decorar una cuneta en la que probablemente nadie mató a su madre. Ha generado una enfermedad de estómago que nadie le sabe diagnosticar y ha aprendido a convivir con el dolor y con la amargura. Y, por último, también ha descubierto que, cuando estás privada de libertad, todo tiempo pasado fue mejor, porque la juventud no vuelve para nadie, y aún menos para quien tiene por toda perspectiva vital comer y dormir con personas que vienen y van para desaparecer de la vida de una mujer que, sencillamente, se queda dentro para siempre.

Ha memorizado un sinfín de letanías, ha inventado ella misma otras tantas. Ha entendido que su labor de apostolado culmina de manera satisfactoria en el módulo de mujeres, aunque gracias a la cárcel, al menos, ha podido desarrollar una de sus ilusiones como monja: decir misa. Al capellán no le gustó la idea, pero a sor Mercedes le dio absolutamente igual que le horrorizasen las eucaristías cortas y simples que organiza de vez en cuando con un grupito de internas que agradecen una misa sencilla, sin hombres alrededor, más libres. Total, ¿qué Iglesia podría castigar más a sor Mercedes que la justicia española? Lo peor que le podrían hacer sería excomulgarla y, en realidad, por eso no se excomulga a nadie. Además, le ha ahorrado mucho curro al cura. Eso él, la verdad, sí que lo ha reconocido.

Sí, hoy sor Mercedes está contenta pero también nerviosa, porque el ímpetu con el que se ha levantado va poco a poco convirtiéndose en nostalgia. Aún le queda prácticamente otra década por cumplir. Aquí dentro ninguna sabe a ciencia cierta a cuánto asciende su condena ni cuánto le queda. Pero sor Mercedes, que marca cada día una línea imaginaria en la pared de su celda, sabe bien que para ella hace mucho que dejó de tener sentido salir de la cárcel.

Lleva tanto tiempo dentro que está segura de que ya no sabrá vivir fuera. No se siente con ánimos de ir por sí misma a un médico, ni de llenar un carrito del supermercado con comida, papel higiénico, champú, gel de baño y pasta de dientes, mucho menos de buscar un piso pequeño y barato para vivir hasta que se muera. Ni siquiera sabe de qué podría vivir. Mejor así: falta tanto para todo eso que no tiene por qué empezar a pensarlo. Al salir ya no podrá ejercer de enfermera, por vieja, por desactualizada. Ningún hospital querrá a alguien que haya hecho lo que hizo sor Mercedes. Por eso se alegra de no pensar en salir, ni en procurar nada para sí misma más que el presente aquí dentro, con esas mujeres que la conocen, que le confiesan sus propios dramas y que la juzgan poco, mucho menos de lo que la juzgaría un médico, una paciente, la vecina de arriba, el taxista que la lleve de A Lama a Monforte. Porque eso sí que lo sabe. Si saliese mañana, sor Mercedes volvería a Monforte y se quedaría allí esperando la muerte y saldando cuentas con la infancia y con las clarisas.

Sabe que las demás internas andan cotilleando sobre su presencia en el patio. Para no encontrarse con la mirada extraña de alguna de ellas, sor Mercedes mira hacia arriba y el sol del mediodía le da directamente en los ojos. En efecto, son las doce y media, más o menos. Dentro de poco las llamarán para el recuento y después para ir a comer. Luego abrirán las celdas, irán a dormir la siesta, y después volverán a abrir para volver al patio o al módulo, y por último el recuento de la cena y a las celdas otra vez, para dormir y volver a empezar otro día. Y así un día tras otro, una y otra vez, todos los días iguales. Durante más de veinte años. Para sor Mercedes solo son diferentes los días en que la llevan al hospital. Nada más.

A veces se arrepiente de no haberse apuntado en algún curso para entretenerse. Todas van a alguno porque es la única forma de llenar el tiempo muerto. Pero ella siempre pensó que con orar tendría suficiente. O incluso hacer como Valentina y pedir un destino para trabajar algo, pero tampoco lo hizo, y ahora ya es tarde para pensar en eso. Su cuenta de peculio se ha ido llenando modestamente con el dinero que no gastó cuando era libre y que todavía gastó menos estando en la cárcel. Ropa no necesita mucha. El capellán es el encargado de llevarle los hábitos que ya no quieren algunas monjas que en otra época fueron amigas suyas y que está segura de que habrían hecho lo mismo que ella hizo si hubiesen tenido la ocasión, pero que desaparecieron de su vida en cuanto puso los pies en la cárcel de A Lama. Antes, algunos fines de semana, iban a visitarla los médicos que colaboraron con ella, activistas profamilia católica, antiabortistas, voluntarios, monjas de su congregación enviadas por la superiora... Pero ya hace mucho tiempo que las visitas a sor Mercedes son tan esporádicas que ni siquiera las echa de menos. Es como si se fuese muriendo en vida. Ya no la trata nadie más que las mujeres del módulo. Y esas se marcharán antes que ella para ser sustituidas por otras que también se relacionarán un poco con sor Mercedes, no demasiado, y huirán en cuanto puedan para colocarla en ese lugar de la memoria en el que se esconden las anécdotas del tiempo en prisión. Mientras, aquí se queda ella, tejiendo para siempre el anecdotario de otras.

Cansada de estar en el patio, se mete dentro y se sienta en un banco. Va a la máquina de café. Tiene ganas de hacer cosas que nunca ha hecho. Jamás ha probado ese capuchino al que alguna de las internas es literalmente adicta. Siente curiosidad y le gusta en cuanto toma el primer sorbo. ¿Por qué no lo habrá probado antes? Lo mismo que con el asunto de su madre, o incluso el tema de las esterilizaciones, sor Mercedes también llega tarde al capuchino. Demasiado tarde, y se arrepiente de todos los capuchinos de la máquina que ya no podrá tomar porque su oportunidad pasó hace ya días, meses, años. El capuchino es una cosa moderna, impensable en el Monforte de su infancia, y aun así es muy simple. Café con leche y chocolate. Tiene que gustarle a cualquiera. ¿A su madre le gustaría? ¿Sería golosa? ¿Y su padre? Si no se hubiera introducido de estraperlo el chocolate y el café, a sor Mercedes no le cabe duda de que a sus padres les habría gustado el capuchino. Seguro que heredó de ellos ese gusto. Aquí sentada, en este banco en el que espera a que la cuenten con las demás internas, la monja piensa en que todo se hereda, y que de las clarisas de Monforte ella solo ha heredado la vocación y una relación importante con Dios Nuestro Señor.

Hoy sor Mercedes decide que prefiere comer sola y saborear a su manera las comidas. Igual que por la mañana, Valentina la saluda y le echa una ración generosa. «De toda la vida, las neumonías se curan comiendo bien, sor», le dice. Sí, si de algo se arrepiente sor Mercedes, es de no haber logrado ayudar a Valentina a tener a su hijo. Eso sí que sería redención. Pero, como con tantas otras cosas, la oportunidad pasó. Pobre Valentina, sí. Y pobre sor Mercedes.

Después de comer, se mete en su habitación pensando en el siguiente recuento, tras la siesta. Como siempre, como si fuese una niña pequeña, se arrodilla al lado de la cama para rezar. Tiene el impulso de recitar aquella letanía que le enseñó hace una eternidad sor Asunción: «Cuatro esquinitas tiene mi cama, cuatro angelitos que me la guardan». Qué bien estar sola. Entonces reza en voz alta.

«Jesusito de mi vida, eres niño como yo. Por eso te quiero tanto y te doy mi corazón.»

Si volviese a ser niña, sor Mercedes se marcharía con el circo. Hizo mal en dudar por aquel entonces. En el fondo, lo que querría ella es ser funambulista. Ni monja, ni enfermera, ni interna del módulo de mujeres del centro penitenciario de A Lama, ni narices. Funambulista de circo, y recorrer el mundo como habría hecho si la muerte no se hubiese cruzado en el camino del Rubio, la Conachas y Amador. Se quita la cofia, y pasa la mano por el cabello corto, tan blanco ya, tan distinto de la media melena que lucía aquellos días en los que la bala le atravesó el hombro. Mejor dejar puesto el hábito, eso sí. La vida habría sido distinta si su padre hubiera sido domador en lugar de maquis y su madre trapecista, bailarina o actriz. De repente, a sor Mercedes se le ocurre que seguro que ahí fuera hay alguna mujer que hoy sabe leer gracias a su madre, y le gusta la idea. Ella les debe eso a las clarisas. Sea como sea, fueron sus madres, y decidió quedarse con ellas en lugar de irse con los del circo. Eso sí, pagó las consecuencias.

Sor Mercedes mira bien para asegurarse de que no hay ángel alguno junto a las esquinas del catre. Solo una manta en el fondo y una bolsa con la ropa sucia. A ella los ángeles la abandonan siempre. Mira el reloj. Falta hora y media para que abran las puertas, y suspira aliviada. Lentamente, va quitando de la bolsa las bragas, las combinaciones, una camiseta de tirantes, dos pares de calcetines y un par de medias, y los deja doblados en una de las esquinas de la cama.

Otro de los motivos por los que hoy está contenta es porque Laura no tiene turno. Se acuesta y observa con aire apacible toda la celda, su casa de ya tantos años, con crucifijo al fondo. Sonríe. En realidad, el crucifijo ya le da igual. Estas son cosas entre ella y Dios, como tantas otras. Y por último considera que ya puede hacerlo. Quiere traer a la memoria aquel rostro de la mujer-madre que le salió en el sueño la noche anterior a su último ingreso en el hospital y, efectivamente, a medida que se le va apareciendo la imagen del larguísimo corredor oscuro con puertas con entrepaños del convento, también aparece, allí al fondo, esa mujer que la llama. Sor Mercedes no es funambulista, ni maga, pero quiere pensar en una última payasada, eso sí. Cuatro esquinitas tiene mi cama.

En la cuarta esquinita, coloca su cabeza dentro de la bolsa de plástico de la ropa sucia, con varios nudos alrededor de la garganta, bien apretados, para que la tentación de desatarlos por instinto no dé resultado. En la cuarta esquinita de su cama, sor Mercedes respira dentro de la bolsa, dice en alto «Hágase en mí según tu Palabra», y respira hondo para que se le pegue el plástico a la boca. En la cuarta esquinita sonríe, cruza las manos sobre la barriga y sigue respirando lo más despacio que puede, con el plástico ya tan pegado a los labios y a los agujeros de la nariz que no se oye cómo musita «Mamá».

Infierno

Laura nunca pensó que le resultaría difícil despedirse de ellas. En esta ocasión han sido las internas las que, una a una, le han ido diciendo, a su manera: «Seño, no queremos volver a verla por aquí», porque, efectivamente, ellas volverán, pero ya no verán a Laura a no ser que sean malas de verdad. Le costó, sí. Ya son muchos años siendo la persona que se ha acercado a ellas, enterándose de sus dramas, haciéndoles de consejera jurídica, tratándolas como a adolescentes en un instituto de secundaria, volviendo a su casa con las historias de esas mujeres desgraciadas a cuestas. Pero a pesar de todo, Laura siente que, ya que le ha tocado tomar decisiones, se permitirá un cambio. Por eso ha optado por irse voluntariamente al infierno y dejar el módulo de mujeres, por lo menos el tiempo suficiente para que todo sea distinto en caso de volver.

El concepto de primer grado en la cárcel de A Lama es distinto de otros lugares. No es, por así decirlo, tan infernal. Sabe que, justamente en este centro penitenciario, ser vigilante del módulo implica también ser tutora. Y sabe que, por una vez, no estará rodeada de mujeres. Ahora que lo piensa, menos en los tiempos de Raúl, su entorno siempre ha sido femenino. Primero las bailarinas, después aquellas compañeras de piso, luego el módulo de mujeres. Es el momento de cambiar, ya que todo cambió para Laura el día en que decidió aparentar que todo seguía siendo igual con Xabier, aquí dentro y allí fuera, a pesar del secreto y la duda de la que Laura nunca se va a liberar.

Pero Laura sigue sin saber muy bien si ha hecho lo que tenía que hacer. Pensó que una vez tomada la decisión, podría dejar de dudar, pero la cosa no se detuvo ahí. Laura supone que la duda la perseguirá siempre. No es tristeza, ni amargura, ni angustia, ni tonterías de esas. Solo la duda: cómo sería todo si Xabier supiese que… O, en fin, como sería todo si le hubiera contestado a Xabier que ella también lo quería. Tal vez todavía esté a tiempo de decírselo, pero no tiene ánimos. Si empieza esa clase de relación con él, tendría que contarle demasiadas cosas. Demasiada pereza. Demasiados secretos. Y después, demasiada felicidad.

A lo mejor en el primer grado logra enamorarse de alguien. Se lo dijo Xabier medio en broma, pero los dos saben que es una posibilidad. Y los dos saben también que no te vas voluntaria a trabajar en un módulo de aislamiento con programas de reinserción experimentales si no tiene una razón poderosa para hacerlo. «Tú no vas porque te guste especialmente, ¿verdad?», le dijo la otra noche Xabier después de un encuentro fugaz y repentino en su casa. «No creo que sea la mejor idea irte al módulo de primer grado porque huyas de algo…»

¿De qué huye Laura? Ella está convencida de saberlo, y de que nadie que no esté dentro de su cabeza entendería su huida. Huye de las bolsas de plástico en la cabeza y de las sogas hechas con sábanas anudadas; huye de Margot; huye de la pecera y de los recuentos de mujeres a todas horas; huye de la idea de que un día ella misma podría ocupar la litera de arriba en cualquiera de estos chabolos.

Y huye de ese lugar donde todas parecen saber lo que le pasa por la cabeza a cada instante porque, quien más quien menos, cree que Laura es una chica normal, cuya piel no tiene que ver con la de esas delincuentes a las que los tatuajes de los infortunios no dejan hueco para dibujar menudencias como las de Laura.

El caso es que huye. Ha pedido el traslado y en su último día en el módulo de mujeres se está despidiendo. Esta vez ella es la que duda de si volverá a habitar estos pasillos en los que le han pasado cosas importantes. Ella es la que se pregunta quién sobrevivirá a su marcha y la que piensa que, de volver, ya nada será como antes.

De hecho, se fue un día a su casa y cuando volvió sor Mercedes ya no estaba; abrevió su tiempo en la cárcel y se largó por la puerta de atrás. Cuántas veces ha visto Laura esa bolsa a los pies de la cama. Cuántas veces han visto todas a sor Mercedes caminar pausadamente por la galería con la bolsa llena de ropa en la mano derecha. Cuántas veces. Quién se lo iba a decir. Al ser monja, nunca se le aplicó el protocolo antisuicidios, y de hecho nunca hizo falta, hasta que anudó la bolsa de la ropa sucia al cuello y se mató. Cuando Laura llegó a su turno, la avisaron. Anteayer murió sor Mercedes. ¿Por la úlcera? ¿La neumonía? Si acaba de salir del hospital. Precisamente. Se mató. A saber qué se le pasaba por la cabeza a esa mujer. Cincuenta y dos bebés robados. Treinta y siete mujeres esterilizadas. Pero Laura cree que, en realidad, sor Mercedes no se mató por su delito, sino por algo que le ocurriría en el hospital o en la cárcel al volver. Quién sabe.

Laura lo sabe. Lo supo desde muy joven y lo siguió sabiendo cada cierto tiempo hasta que conoció a Xabier y de repente empezó a preguntarse cómo se puede vivir fácilmente y ser feliz con lo que tienes y lo que haces. Se pegó a Xabier como una lapa a ver si le contagiaba la facilidad de vivir, pero para él siguió siendo fácil lo que para ella era difícil. Sea como sea, Laura le agradece tanto a sor Mercedes que haya tenido la delicadeza de quitarse de en medio justo el día que ella no estaba.

En su interior, Laura sabe que huye de Margot. Primero fueron sus padres. Después fue la carrera. Luego las amigas. Y ahora Margot. Cuando le confesó que era Rebeca, la revelación fue como una bala. Laura sintió esa especie de parálisis que provoca el pasado cuando se hace presente y supo en ese preciso momento que tenía que poner varios patios de por medio entre ella y la gitana desgarbada que paseaba a su bebé mientras ella peinaba a las Nancys y comía gominolas los viernes al salir del colegio.

Aquel beso.

Porque aquella noche de la excursión a Betanzos, tras el cansancio emocionado de las horas de autobús y el trastoque de un día sin clases, Laura soñó con Rebeca y su beso en los labios. Lo cortó en mil emociones, se avergonzó de que el Pablito aquel lo viese todo, que ella bien sabía que a aquella hora debía de estar soñando con ella, experimentó la extrañeza de sentir tal alegría por la proximidad de esa niña gitana que vivía en una caravana y solo se lavaba si los profesores la mandaban lavarse, y se alegró profundamente de aquel placer que pulsó teclas desconocidas en su interior. Después se despertó y nunca más volvió a soñar con Rebeca, pero el beso no se le olvidó, porque no volvió a tener una sensación así el resto de su vida.

Todo era mucho más fácil cuando Laura pensaba que Rebeca vivía en una dimensión paralela. Jamás se le ocurrió pensar que podría aparecer en su módulo; primero, porque la cárcel de A Lama no le correspondería si Rebeca hubiera seguido allí donde Laura la dejó, en la infancia de las aldeas de Lugo, con las vacas y los colegios rurales agrupados; y segundo, porque para Laura, Rebeca se quedó enganchada en aquella imagen de niña que cogía en brazos a un bebé de verdad, en lugar del Nenuco que tenían todas. Con el Nenuco aprendió Laura, como todas, a cambiar pañales y abrochar y desabrochar bodis, peleles y vestiditos de bebé.

No, Laura no logró imaginarse a sí misma ni cambiando a un bebé ni con una barriga grande haciendo una ronda por el módulo de primer grado, y por eso le ha parecido una gran idea pedir el traslado voluntario justo allí. En aquella semana catorce necesitó un motivo y lo encontró en esa voluntad súbita de querer lidiar con lo peor de la cárcel en el módulo de aislamiento: en los módulos de primer grado apartas de ti cualquier intención de ser madre.

Claro que eso no se lo puede decir a Xabier. A Xabier le tiene que decir que quiere sentirse útil. Que después de lo de sor Mercedes necesita aires renovados. Que cuando vio que la Escritora iba a salir por la puerta, libre después de tan poco tiempo, que ni siquiera ha llegado a los cinco años, necesita creer que a aquellos que no tienen a quien acudir todavía les queda una esperanza. Y en parte es cierto. El día que le dijeron que el juez de Vigilancia Penitenciaria le concedía a la Escritora el tercer grado y que tenía grandes perspectivas de libertad condicional porque al parecer tenía un plan de reinserción estupendo, Laura no se lo podía creer. El proceso ideal de reinserción en la sociedad según algún juez es estar en la casa del hermano con pulsera telemática. Las ricas siempre tienen planes de reinserción perfectos. Ya es raro que entren aquí y, si lo hacen, son las primeras en poner un pie fuera, con sus zapatos de marca y sus melenas perfectamente desfiladas y arregladas, incluso cuando llevan casi tres años sin respirar la libertad.

A veces a Laura le sale de repente toda la aldea que lleva dentro, a pesar de las horas de barra y *demi-plié* ante un piano de estudio. La Escritora nunca le ha gustado del todo, seguramente porque Laura nunca ha acabado de creerse que estuviera loca cuando cometió su delito. Desde luego, allí dentro no parecía loca. Ensimismada, sí. Hermética, quizá. Una de esas personas que tanto pueden estar pensando en el sexo de los ángeles como planificando un atentado suicida en un restaurante cuando salga de permiso. Ya la condena que le pusieron fue la más baja posible. Es lo que tiene pagar a buenos abogados. Pero salir así… Y las demás, nada, casi que se alegraron por ella. El dinero es así; atrae incluso cuando la injusticia es evidente. Por cosas como esa Laura estudió derecho, y no ha logrado cambiar nada.

Lo cierto es que Xabier también se siente un poco atraído por sus aires de diosa misteriosa. Es evidente que es atractiva, sobre todo en este contexto en el que una mecha bien puesta marca la diferencia. Tal vez, saber que con sus tintes caros, los ojos verdes y su toque intelectual casi se carga a un hombre, es lo que la hace verdaderamente atractiva. Pero quizá no sea eso. A lo mejor porque está loca, la Escritora se ha situado por encima del bien y del mal desde que llegó, y así debió de salir por la puerta el mismo día en que se suicidó sor Mercedes y en el que Laura intentaba por todos los medios que las cosas con Xabier no cambiasen. Se alegra de no haberse despedido. Sabe que antes o después la verá en la prensa como si nunca hubiera pasado por un módulo de mujeres, o, si lo reconoce, como si haber pasado por la cárcel fuese una cura de ansiedad o la *Isla de los Famosos*. Laura nunca soportó esa forma de hablar de la cárcel que suele salir por televisión. Xabier siempre se ríe de ella por eso, pero a ella la enerva.

Xabier, Xabier.

Ha decidido que debería no amar a Xabier. Esas cosas pueden decidirse, cree Laura. Cuando mañana, pasado o la semana que viene esté en el módulo de primer grado con su uniforme, poniéndoles cara de póquer a los internos (desde la última etarra, ya no hay mujeres allí) antes de contarlos, con la tranquilidad de saber que esas celdas están pensadas a prueba de suicidios, pensará que Xabier no le conviene. Tiene que decidirse a valorar eso de una vez. La hace dudar, y Laura no duda. Laura controla. Y si pierde el control, todos sabemos por qué es, y sobre todo, por quién es. No por él. Xabier y su forma sencilla de andar por el mundo deberían quedarse en ese mismo despacho donde el sexo parece tan fácil como la vida a su lado, con sus muebles de Ikea y su chalé con gardenias, igual que Raúl.

Pero no es Raúl, y eso Laura no lo puede soportar.

A veces, en el primer grado los internos agreden a los funcionarios. Siendo mujer, Laura está más expuesta, pero tampoco hay que pensar que tiene que ser ella, justamente, el objetivo prioritario de la agresividad de esas personas. Ya lleva muchos años de funcionaria, los suficientes para saber que los malos, los peores, pueden ser los del primer grado, pero no tienen la patente del mal. De hecho, de toda la gente que Laura ha conocido en su vida, el único que no es malo es Xabier. Por eso el otro día, en su casa, se calló cuando le dijo que la quería. Xabier es demasiado bueno para Laura.

—Seño, pero ¿nos vendrá a ver algún día?

—No, no. Ya dije que no pienso contribuir a que anden por aquí más de lo debido. Y no se les ocurra venir a verme ustedes a mí al módulo de aislamiento.

—Seño, la echaremos de menos.

Allí ni en pintura quiere ver Laura a ninguna de sus mujeres del módulo. Y puede que las eche de menos, pero ella necesita estar en un sitio que le recuerde qué es ser verdaderamente un criminal, no en este lugar donde vive rodeada de mujeres a las que, en el fondo, ni siquiera les dejan ser malas del todo.

De esa manera podría terminar. La historia de Laura podría seguir siempre así, vigilando a los internos de primer grado, tutorizando a alguno de ellos, tal vez, y acostándose tres veces por semana con Xabier sin que este pida más, quiera más, pregunte nada. Laura podría pretender que la aguante así, tal como es, como una persona que huye de una chiquilla que la besó y como alguien que se queda callada cuando le dicen «te quiero». Como alguien que oculta un embarazo porque no sabe si quiere traer al mundo a una criatura tan buena y llevadera como Xabier. Como esa mujer que prefiere vivir estancada antes que desengancharse de un amor que saca lo peor de ella.

A veces, piensa que, si se lo propone, podría destruir a Xabier ya que no puede tener a Raúl. Sabe que no hay gran lógica en ese proyecto, pero ¿qué más da? Tampoco es que vaya a hacer todo lo que se le pasa por la cabeza.

Laura, con todo, decide despedirse de Margot, así que antes de acabar el turno, se acerca al comedor, donde está desayunando sola.

—Margot, me cambio de destino, así que no creo que volvamos a vernos.

—Está bien que seas tan optimista.

—No me entiendes. A partir de ahora trabajaré en el primer grado, como mínimo un año, así que, si vuelvo al módulo de mujeres, tú ya no estarás.

—¿Ves? Sí que eres optimista.

Margot le sonríe mientras se mete en la boca una cucharada de yogur natural. Laura no se siente cómoda. Por un instante, le viene a la memoria la sensación de aquel beso que soñó.

—En serio, Margot, no vuelvas. Recupera tu vida.

—¿Qué vida?

Laura le podría decir «la vida de cuando eras niña», pero ella tampoco quiere recordar aquella época en la que ninguna de las dos imaginaba lo que acabaría siendo después. Por un momento, a Laura casi le gustaría que Margot la besase como aquel día de excursión. Pero fue solo una ráfaga de luz en la mirada, que sin embargo Margot notó.

—Quién pudiera volver el tiempo atrás, ¿verdad?

Laura no sabe qué contestar. ¿A qué se refiere Margot? ¿A Laura o a ella misma? ¿Le está sugiriendo que debería reformular sus decisiones? Pero ¿cómo? ¿Qué sabrá Margot? Mejor pensar que se está refiriendo a sí misma y que, si pudiera, volvería a ser la gitana a la que casaron con un primo cuando todavía jugaba con muñecas. Si pudiera, volvería a esa vida asquerosa de golpes y destierro. O quizá, igual que Laura, detendría el tiempo si pudiese en aquel día de excursión, en aquel juego inocente, en aquellas horas inmensas cuando el objetivo era que no te tocara elegir verdad, beso, o consecuencia, y no tener que volver a casa nunca más. Pero Laura no le puede decir a Margot que a ella volver el tiempo atrás seguramente le daría como resultado una vida parecida, normal, mediocre. Prefiere callarse. Porque a Margot retroceder en el tiempo quizá podría salvarla.

—¡Quién pudiera! Adiós, Rebe.

—Adiós, Laura. ¡Ni se te ocurra comentar en el primer grado que fuiste bailarina!

Las dos sonríen.

Por fin, Laura deja atrás el módulo. Va al vestuario y coge del bolso el móvil. Tiene un mensaje de Xabier.

«Cndo salgas avisa.»

Xabier está en línea, así que, en lugar de llamarlo, le manda un mensaje.

«M stoy cmbiand y slgo. Qrs q t lleve?»

«No. Es q creo q tenemos q hablar. Tomamos 1cafe»

«D q?»

A lo mejor así no se entiende bien.

«Hablar de qué? No pueds sprar a mañana, n mi casa, c1 copa d vino +1condón? ;-).»

«No.»

Laura se queda un poco cortada. Y empieza a huir.

«Es q n m va muy bien. He qedao n Santiago y n puedo rtrasarm...»

«Es surrealista gastar tnt tmpo n scribr msjs cndo podms star habland.»

Tiene razón.

«Ok. En tu dspach.10 minuts. Pilla cafés.»

Laura guarda el móvil y se va vistiendo despacio. Los calcetines, los vaqueros, la camiseta, las zapatillas de deporte. Y decide soltarse el pelo. Si es tiempo de cambios, empezará a bajar la frecuencia de los moños. Que se note que ya no es la niña que estudiaba ballet y estaba condenada a la belleza. Se pone el bolso en el hombro, coge la cazadora y camina hacia el despacho. Por el camino, se pinta los labios. Nunca se sabe en qué puede acabar un encuentro con Xabier. Pero nada de eso consigue quitarle la intranquilidad. «No.» Lo ha escrito así como una sentencia. No. Cortando la broma, la sonrisa, la cita del día siguiente. No. Y le abrió la espita a un mar de dudas. No. Por Dios, ¿qué le pasa a Xabier? ¿Por qué está así?

A Laura la invade la sensación de audición, como si, de repente, fuesen a examinarla de algo. Llama a la puerta y abre sin esperar a que le digan adelante, como hace siempre. Se mete dentro y cierra la puerta detrás de sí. Como siempre, también, le da una vuelta a la llave.

—Qué guapa eres, Laura. —Y a Laura esa sentencia le suena a disculpa.

—¿Eso a qué viene? ¿No podías esperar a mañana para decírmelo?

Xabier mira al suelo y se deja besar por Laura sin mucho convencimiento. Se hace un silencio incómodo. Laura aprovecha el momento para ir hacia la mesa y coger uno de los dos cafés que hay junto a unos documentos. Lo prueba y suspira. Se queda mirando a Xabier, porque sabe que no tiene que preguntarle nada, él ya hablará.

—Laura, llevo días pensando que no puedo estar con alguien que no hace más que recibir amor y es incapaz de dar nada.

Así, sin miramientos. Si él supiera. Sí. Xabier ha tardado una semana en decidirse, en coger el camino que antes o después tendría que esquivar a Laura si quería seguir siendo fácil y llevadero.

Sí, su historia podría haberse quedado en lo que era, pero no.

Laura sale del despacho de Xabier con los labios despintados por el café y con una sombra que le oscurece el rostro. Le ha vuelto a pasar. La han vuelto a dejar por una vida cómoda, convencional, que, al final, la excluye a ella por dudar y por no ser capaz de decirle «te quiero» al único ser apetecible de toda esta historia. Laura se mete en el coche y, una vez más, se queda así, con las manos apoyadas en el volante, mirando el suelo del aparcamiento de la cárcel. Sí, todo habría podido seguir igual, pero no ha sido así. Xabier ha decidido cambiar el relato y aquí está ella, con el vientre vacío, las esperanzas puestas en el infierno del sistema penitenciario, el amor desubicado y toda ella muy sola.

Anestesia local

Le dijeron que le dolería, pero Valentina no pensó que fuese para tanto.

Lo primero, hacerse con una jeringuilla y una aguja, ya se encargó David de ayudarla. Esas cosas se hacen más fácilmente en el patio de los hombres. Después, unas indicaciones rápidas sobre cómo ponen la anestesia los dentistas. Siempre hay algún médico en prisión que puede echar un cable en eso. Si sor Mercedes hubiera estado allí, quizá habría sido ella la consejera de Valentina. Pero tuvo que conformarse con un matasanos al que David acabará estafando en algún momento, así que quién sabe si, en previsión de futuros agravios, la cara bonita de Valentina funcionará como pagaré.

La lágrima que ahora mismo le corre por el rostro no es por el dolor de boca, o de cara entera, mejor dicho, sino por el dolor de sor Mercedes. Valentina no se perdona no haberse dado cuenta del dolor de sor Mercedes. Aquel día, cuando vio el movimiento rápido de funcionarios hacia la celda de la monja, el nerviosismo, el ruido sordo de los walkies, pensó que, simplemente, le había dado un infarto o un ictus. O que se había muerto de vieja. Después, cuando oyó que alguien comentaba en voz baja lo de la bolsa en la cabeza, se le instaló en el corazón un remordimiento raro, como de haber podido evitarlo sabiendo que, ciertamente, nadie puede evitar el suicidio de un verdadero suicida. Lo suicidas no avisan, es verdad de la buena.

Al día siguiente, Valentina le pidió al funcionario que la dejase ir a despedirse de la monja que, en fin, había terminado por ser amiga suya, y así lo hizo. Fue y lloró, convencida de que nadie más lloraría por sor Mercedes, y convencida de que esa muerte causaría más alegrías que penas fuera de la cárcel de A Lama. Así que allí fue Valentina al terminar su trabajo en el comedor, y entonó mentalmente una salve por sor Mercedes, acompañándola de un poco de pena por ella.

Ese domingo, obligó a David y a otras internas de las que solían rezar con sor Mercedes a ir con ella a misa y le pidió al capellán que hiciera una pequeña mención, como si fuese un funeral entre rejas con unas pocas plañideras latinoamericanas que se sentaron en primera fila y, por un día, no coquetearon con los hombres que también iban a la iglesia para ligar. Al cura, acostumbrado ya al ligoteo eclesiástico, le pareció toda una novedad, por obra y gracia de sor Mercedes, decir misa por una vez en la vida para un público entregado. Claro que Valentina no estaba en la cabeza del cura para saber todo esto. Simplemente sintió que ese domingo estaba haciendo algo bueno por sor Mercedes, aunque quizá sor Mercedes no se lo merecía tanto como piensa Valentina desde su fervor de amiga y trufado de ingenuidad.

—Inyectar leche en una encía es un clásico —le dijo David.

—Pero qué grima, ¿no?, papi.

—¿Tú quieres marcharte o quedarte?

Desde que había parido sola junto a una cabra, Valentina ya no era una pupas, así que supo que podría soportar la grima, el pinchazo y el dolor de antes y después, con tal de que todavía no la trasladasen a Madrid.

—Porque, oye, papi, ¿no te da la sensación de que empezar un plan C ya es demasiado?

—El objetivo ahora ha cambiado.

Ahora que tiene un motivo para quedarse en A Lama, va y le llega la cunda. Tanto tiempo deseándolo, tanto tiempo pidiéndolo, tanto esfuerzo y un bebé muerto de por medio, para que al final le llegue el traslado a la unidad de madres Jaime Garralda de Madrid, el paraíso comparado con cualquier otra cárcel. Pero en A Lama está David y en el paraíso no. Y Valentina se siente muy mal por pensar eso en lugar de que el paraíso es tal, justamente, porque ahí está su hijo Daniel. Ahora, a la tristeza profunda que se le ha instalado dentro después del aborto, se le suma esta decepción, esta incapacidad de alegrarse por lograr lo que llevaba pidiendo tanto tiempo, y Valentina ya no sabe si volverá a ser feliz.

No es que no quiera ir. Es solo un aplazamiento. Necesita ganar unos días, solo unos pocos días que incluso parecen menos si se cuentan en horas, hasta el próximo vis a vis. Después sí, por supuesto, Valentina se irá encantada al paraíso con su hijo Daniel, por lo menos hasta que cumpla los tres años. Y después, ya se verá. Si algo aprende muy lentamente Valentina, pero lo aprende, es a no adelantarse a los acontecimientos para no llevarse decepciones.

Pues eso, que es un clásico inyectar leche en una encía y ahora Valentina está apechugando con las consecuencias: su cara bonita hecha un pan y cuarenta de fiebre. Así no la podrán trasladar. Ha podido hacerlo sin problemas porque, ahora que la Escritora se ha ido, está sola en el chabolo. Seguro que sor Mercedes también sintió alguna vez este tipo de libertad. El sueño solitario que Valentina ha aprovechado para hacer este descalabro en la boca, lo aprovechó la monja para matarse. Es solo una cuestión de grado, piensa Valentina. Si en vez de leche, se inyectase lejía, a lo mejor se mataba. Lo que son las cosas: de idear delitos perfectos a cuenta de su lectura del Código Penal, ha pasado a pensar en formas de suicidio muy creativas.

Si Margot estuviese al tanto de todo esto, seguro que no se lo dejaría hacer. Valentina sabe que a Margot no le gusta David, pero, en fin, a quien tiene que gustarle es a ella, no a Margot. Aun así, hay que reconocerle que se alegró de verdad el día que le llegó la notificación del traslado. Se le acercó Xabier y le dijo: «Valentina, buenas noticias», y claro que se alegró de que por fin accediesen a lo que tenían que haber accedido hacía ya muchos meses. O mejor dicho, menos mal que han rectificado lo que no tenía que haber pasado nunca. Ya nadie le devolverá todo este tiempo lejos de Daniel, ni tampoco el agobio, el sufrimiento, los planes que se le torcieron, ni a la niña muerta. Y sin embargo, ya en aquel momento, delante de Xabier, Valentina tuvo un pequeñísimo punto de decepción porque a ella y a David ya no les quedaba casi nada para el siguiente vis a vis, y porque en aquel momento Valentina ya sabía que deseaba tener una hija de David casi tanto como juntarse con Daniel. Esa idea es la única que, hasta ahora, ha sido capaz de sacarla de su tristeza profunda, esa que deposita cucharada a cucharada en los platos de las demás internas y que se le planta en la mirada cada vez que alguien le pregunta: «Carabonita, ¿cómo estás?». Sí. La cunda le llega en el peor momento, y David se quedó chafado cuando se lo dijo, claro, porque él ya se ha acostumbrado a tener novia, a que los otros presos lo envidien por tener polvos gratis y seguros cada mes, y a que lo puteen por sentimental.

La Escritora le dijo adiós esa mañana de sor Mercedes, antes de que les abrieran las puertas. Valentina no pensó en ese momento que aquello sería el principio de las despedidas todas.

—Ojalá que el verraco ese al que le diste el machetazo muera de accidente o de enfermedad un día de estos —le dijo Valentina antes de darse dos besos y un abrazo.

—Y a ti que te dejen ser feliz con David y con Daniel —le contestó ella como si, en efecto, fuese capaz de escribir para Valentina un final para su historia.

Con esos deseos de despedida, Valentina tuvo la sensación de que ellas dos sí que se habían entendido. Que a lo mejor, de todas las internas, solo ella había llegado a saber de verdad cuánto de criminal había en la Escritora, y esta cuánto de inocente había en Carabonita. Antes de eso, Valentina asistió sentada en la cama a ese proceso silencioso y feliz de hacer las maletas. Esto no me va a hacer falta, ¿lo quieres? Si te apetece leer, te dejo todos estos libros, que pesan mucho. Toma también mis maquillajes y mis camisetas. Te mandaré ropita para Daniel, que me apetece hacerle un regalo. Por un instante, Valentina creyó adivinar en el rostro de la Escritora la sensación de haberse salido con la suya.

Luego abrieron, y salieron las dos para saber que no volverían a verse nunca más. Un abrazo rápido, un beso en las mejillas y una promesa que nunca cumplirán. Un último café, y la certeza de que, al desayunar, ya sería real la soledad en la celda de Valentina. Después, la Escritora se marchó y fue la única que tuvo la suerte de no despertar de aquella siesta con el runrún de la muerte en la galería.

Valentina se da cuenta ahora de que todo cambió a partir de ese día, sin sor Mercedes, sin la Escritora, y con Laura yéndose del módulo de mujeres. ¿Quién queda? Ella, Margot, las otras colombianas, la abogada asesina, y pocas más. El resto se fueron hace poco o se van a ir enseguida, y vendrán otras que las sustituirán y dormirán en colchones que todavía guardan el calor de las anteriores. Valentina ha entendido hace poco que la cárcel es un lugar como de paso, en el que todo el mundo tiene la sensación de eternidad pero en el que, a fin de cuentas, nadie llega a tener totalmente los pies plantados a no ser que haya hecho algo muy gordo.

La propia Valentina se marchará pronto, sea como sea, aunque solo vaya a recomenzar en otra prisión, con otras mujeres, rodeada de Daniel y otros niños que estarán allí para mitigar la sensación de presidio. Pero Valentina recordará que sigue siendo una interna, a pesar del paraíso, al mismo ritmo que le vaya poniendo una corona a Daniel y le cante el «Cumpleaños feliz», hasta el día en el que llegue una tarta con tres velas para soplar y la alegría se desvanezca al tiempo que se consume su lucecita tenue. Ese día también pensará que hace tres años y nueve meses que el Negro, técnicamente, la violó, y la condenó a un amor extraño por ese niño al que ahora casi ni conoce y del que sabe que, en un tiempo, la separarán otra vez. No sabe si quiere emprender de nuevo ese camino doloroso, pero sí sabe que tiene que ir allá y vivir el tiempo que le dejen con su pequeño Daniel.

Fue David quien se atrevió a decir en voz alta lo que para Valentina no fue más que una idea fugaz que la avergonzó con solo pensarla. ¿Por qué no esperar a después del vis a vis? ¿Notará Daniel tanta diferencia por decir que se vean quince días más tarde de lo que ahora parece imponerle con todas las prisas Instituciones Penitenciarias? ¿Es Valentina la peor madre del mundo por querer, de repente, quedarse solo unos días más, unos pocos, para no despedirse corriendo de David, para tener un último vis a vis, quizá para casarse? ¿Cuántas palabras nuevas aprenderá Daniel en los próximos quince días?

Lo cierto es que a Valentina le gustaría hacer realidad aquella idea de casarse que se quedó ahí, en *stand by*, como esperando a que sucediese algo. Pero ahora lo que sucede es este revés de la cunda. Ya se ve ella sentada en el canguro, a saber con quién, lamentándose de no haberse casado en aquellos primeros días después de la niña muerta en los que el ímpetu todavía era fuerte, y en los que era fácil dejarse llevar. Después todo se mitiga, y efectivamente, así fue. De repente, ella y David entraron en una especie de noviazgo normal, como si los suyos no fuesen los tiempos de estar en prisión. Y ahora esto.

El caso es que no se atreve a irle con esta preocupación a Xabier. Laura huyó. Sor Mercedes se mató como para evitar escucharle la enésima preocupación. Margot…, en fin, últimamente anda a lo suyo, que no es poco. Así que mejor buscar un atajo.

Pero cómo duele.

Desde aquel día del dolor de cabeza no volvió a tomar nada para el dolor. Se juró a sí misma que le declararía de por vida la guerra a las aspirinas, pues ya van dos muertes trágicas en su vida causadas por ese tipo de medicamentos. Después de eso, tuvo varios dolores de cabeza y aguantó como una campeona, y cuando le volvió la menstruación, tuvo la peor regla de su vida, que tenía ganas de arrancarse la barriga con todo su contenido, ponerlo debajo del grifo en el lavabo y volver a meter todo más limpio a ver si remitía el dolor; y aun así, no tomó nada. Pero ahora ya no puede más. Parece mentira que la leche inyectada de ese modo pueda hacer tanto daño. David le habló de la posibilidad de que le pase al cerebro y la matase, pero prefirió hacer de tripas corazón, intentarlo, y ya.

¿Qué será de Daniel si ella muere? ¿Irá David, cuando salga, a contarle que su madre murió por querer estar todavía otros quince días lejos de él? ¿Le contará que hizo el idiota inyectándose leche en una encía? ¿O, simplemente, se quedará así, sin hacer nada, y dejará que se disuelva en la mente de Daniel un recuerdo mínimo, como de olor de mujer, como de tacto suave al tocarle una mejilla, para que la sueñe a veces sin saber muy bien de quién se trata? ¿Llegará a creer Daniel que nunca tuvo madre? Valentina se arrepiente entre los sudores de la fiebre de haberse inyectado la leche, y de querer casarse con David, y de desear ese vis a vis en el que, a lo mejor, ni siquiera se vuelve a quedar preñada.

En esta ocasión, la aspirina no le ha hecho nada, y encima ha sentido que traicionaba la memoria de su padre y de su hija. Pero, puesta a incumplir promesas, ya ha decidido que en cuanto le abran la puerta, pedirá que la lleven a la enfermería y que le pongan morfina o algo así en vena. ¡Y ella que pensaba que por parir junto a una cabra podría aguantar lo que le echasen! Pues no. Una infección causada por inyectarse leche en una encía es lo peor que le ha pasado en su vida, y cree que las posibilidades de morir de ello son altas, no solo el producto de su imaginación febril. Y ahora se arrepiente enormemente del hijo al que va a abandonar a su suerte y de la boda que ya no tendrá. Por idiota.

Valentina ya no sabe quién es. Ha pasado de ser una especie de cachorra huida a ser una delincuente. En el camino, no sabe dónde se ha quedado su personalidad, si es que la tuvo algún día. Quizá esta Carabonita que ahora se retuerce de dolor de boca en la celda de una cárcel española no es más que la mujer que estaba escondida, esperándola después de la juventud y de la vida simple de El Calvario y que probablemente no habría salido nunca a la luz si no hubiera pasado lo que pasó. O a lo mejor no. Lo mismo solo es que, como se suele decir, a Valentina la cambió la vida, si es que es vivir esto de pasar más tiempo en la cárcel que en algún otro lugar desde que puso los pies fuera de la casa de su madre. Y si es que es vivir esto de que te separen de tu hijo sin motivo, sin razones, sin lógica. Y si es que vivir es enamorarse gracias a un vis a vis mensual.

Pero se ilusionó igual con la boda. Le iba a pedir a alguna de las amigas de Margot que le comprasen un vestido blanco y hacer una despedida de soltera a su manera, en un buen día de patio con Coca-Cola y patatas fritas de la máquina, un radiocasete con música y con un poco de manga ancha por parte de Laura. Pero fue pasando el tiempo, y ya no han vuelto a hablar del asunto. Han regresado a la normalidad de los días iguales, al nerviosismo de las horas previas a los vis a vis, y a las clases de matemáticas para preparar el graduado. Y al mismo ritmo que a Valentina se le ha ido ahogando la ilusión por la boda, también ha ido tomando conciencia de que igual no llega a abogada. Los tiempos de estudio que hasta la muerte de la niña le parecían asumibles, de repente se le plantean como una proeza en la que se ve sin ánimos y sin capacidades. Valentina cree que, en realidad, en la cárcel ha descubierto que esa Carabonita que lleva dentro va comiéndose poco a poco a la muchacha que quería ser abogada para luchar contra las injusticias.

Qué rápido se le ha metido la cárcel en el alma, piensa Valentina, que ya le da igual lo que es justo o injusto y lo único que importa es el presente. Un vis a vis, poder ver a David en las clases, la boda en la iglesia de la prisión, un traslado, ver a Daniel. La militancia en cualquier otra cosa ya no tiene sentido. A fin de cuentas, a ella nadie le ha aplicado ni el deseo de justicia ni la militancia humanitaria. ¿Dónde estaban los bienintencionados cuando la encerraron en la cárcel y mandaron a Daniel a setecientos kilómetros de distancia? Pensando en esa injusticia, se le han quitado las ganas de defenderse y le han venido otras distintas: las de mirar solo por sí, y también las ganas de vengarse.

Valentina ahora lo quiere todo: el paraíso en la unidad de madres de Madrid, Daniel con ella, David trasladado, y la niña que se le murió viva y mamando de la teta. Pero tiene miedo, porque siempre que lo ha querido todo, ha acabado quedándose sin nada.

Aunque si muere por culpa de la ocurrencia esta de inyectarse leche en la encía, ya le va a dar todo más o menos igual. Por lo menos, con la muerte, podrá confrontarse directamente con Dios y pedirle cuentas. ¿Por qué a mí? Y Dios, que no será más que un dedo acusador, le dirá que a Él no se le hacen esas preguntas, que Él sabe por qué elige a veces a las más débiles y que ella debería haber reflexionado sobre sus pecados antes de ir al infierno. Y la arrojará a las calderas y a la lava volcánica. Pero a Valentina ya no le importará, porque ese infierno del cura de El Calvario no es nada comparado con el dolor de quitarle a Daniel y de matarle a la niña que venía en camino.

Por si el dolor de encías inflamadas la mata, decide escribirle a la Guapa una última carta, con un capítulo hermoso de su vida inventada. De ese modo, cuando deje de saber de su hija la mayor, imaginará que no hay sitio en esa existencia feliz para ella, que es cómplice de violadores.

Está escribiendo «Querida mamá» cuando se abren las puertas. Cras. Ese ruido metálico al que Valentina ya se ha acostumbrado. Se asoma a la puerta y busca con la mirada la pecera, a ver quién está. Ya lleva varios días echando mucho de menos a Laura; pero a Laura, en realidad, debe de importarle poco. Quizá si Laura hubiera estado por aquí estos días, le habría dado una idea distinta y no habría cometido esta barbaridad que se le ha ocurrido a David. En la pecera hay una funcionaria nueva que también parece buena tipa. En parte, y no sabe muy bien por qué, le recuerda a Laura, qué cosas. Decide ir hasta allí con su cara hinchada y dolorida para poner en marcha el plan C, ya que está, y porque no le queda más remedio.

—Estoy fatal, seño.

—¿Qué le pasa en la cara?

—Las muelas del juicio, creo… Tengo un dolor horroroso.

—Pero mañana tiene usted el traslado a la unidad de madres…

—¡Ay, seño!

—Creo que tiene mucha fiebre. ¿Es consciente de que si a esta hora le pido enfermería, es posible que no pueda trasladarse mañana a Madrid?

Sí, se da cuenta, y todavía no está segura de querer quedarse por esto, pero lo cierto es que ahora mismo también se siente incapaz de montar en el canguro y meterle al cuerpo siete u ocho horas de viaje. Al final del camino estará Daniel, sí, pero ahora Valentina no ve más allá de este dolor y de esta inflamación absurda con la que puede quedarse y tener otros pocos días iguales, un vis a vis, y otra niña, quizá. El purgatorio, en fin, antes del paraíso.

Vestida de mar

—Mamá.

Ahí empezó todo. Siempre empieza así. Alguien dice «mamá», y dejas de ser quien creías que eras. Margot lleva tanto tiempo esquivando esa palabra que incluso ha llegado a olvidarse a sí misma. Claro que también es cierto que a Margot nunca nadie llegó a llamarla «mamá» hasta el día que recibió la carta y hasta el domingo en que apareció en la sala de visitas ese hombre rubio de ojos verdes ansioso por dedicarle esa palabra universal. Mamá.

Ella siempre ha pensado que, si algún día reaparecía su hijo, lo reconocería de forma instintiva. Todo el mundo dice que es así, y por eso ha dado por hecho que en su caso también sería de esa manera. En sus paseos de otoño al aire fresco de las mañanas de Vigo, fantaseaba a menudo con esa idea. Estar en una multitud, en una feria, por ejemplo, y sentir una especie de llamada telúrica, ancestral, hasta que su mirada se encuentra con los ojos de un hombre que es indudablemente su hijo. Sabría reconocerlo entre millones de gitanos rubios y de ojos verdes, con su imaginario plato de lentejas en la mano. El hijo pródigo va de eso. Y sin embargo, cuando Margot entró hecha un flan en la sala de visitas, tuvo que esperar a que un funcionario le dijese que su hijo era aquel hombre alto, fortachón, tan rubio y con los ojos tan verdes que, de tan vikingo, Margot pensó que sería el hermano albanokosovar de algún mercenario interno. Después de la sorpresa, la sonrisa lo delató, y quizá para contentarse, Margot quiso pensar que, a pesar de todo, ese gesto le permitiría reconocer a su hijo en medio de la mismísima apocalipsis. «Mamá», dijo, y aquel al que cambiaron el nombre cuando solo tenía una semana de vida volvió a sonreír, también nervioso. Margot pensó que el cristal era una buena idea para los primeros encuentros, y se sentó. También intentó sonreírle, pero estuvo convencida de que cualquier gesto suyo, en ese momento, iba a parecer falso. Y no sabía muy bien qué hacer con las manos.

Aquel domingo, Margot tuvo mucho cuidado en ponerse una ropa que le cubriese las marcas de la mala vida. Manga larga para que su hijo no viese las cicatrices de las jeringuillas primero y de los goteros después. Un jersey negro de cuello alto, para disimular esas arrugas que se colocan en la piel estropeada por los excesos de alcohol. Alguien le prestó unos zapatos de bailarina y una falda de tubo verde que de repente devolvió a Margot a su edad real de mujer que en otras circunstancias aún sería joven. Como si fuese a tener un vis a vis con Isabel, Margot decidió ese día maquillarse a conciencia. En el fondo siempre quiso que su hijo creyese que había llevado una vida radicalmente distinta de la que le colgaron el día que la dejaron medio muerta delante del hospital.

Mamá.

Sí, está nerviosa porque hace una eternidad que no pisa su casa del Barrio del Cura. Mientras desayuna, piensa ahora que son curiosas estas ganas que tiene de limpiar a conciencia la colección de teteras de porcelana. En otras circunstancias le daría una pereza terrible bajarlas todas de sus estantes, pasarles un plumero una a una, y en algunos casos lavarlas con agua bien caliente con jabón, porque a veces el polvo se queda pegado en la porcelana y no hay quien lo quite. Pero después de llevar tantos meses sin hacerlo, Margot empieza a creer que estar en su casa limpiando es el mayor gesto de libertad que existe. También tiene ganas de volver a ver sus carteles del Moulin Rouge y de las cabareteras, esa foto del metro en Montmartre, y París entero metido en su casa en la que mañana seguramente podrá volver a oler el salitre de la ría, con su horizonte de las Cíes al fondo. A su hijo le extrañará la decoración de la vivienda. Quizá le cuente que, una vez descartado para siempre su viaje a París, esos rincones de su casa le ayudan a pensar que, en realidad, ninguna ciudad es tan perfecta como la soñamos de niñas.

A su madre también le sorprendió la casa de Margot una de aquellas tardes únicas y escasas en las que se refugiaron allí. «Desde fuera no parece que pueda estar tan arreglada», le dijo ella, que siempre había tenido la caravana como una patena, llena de tapetitos de ganchillo, figuritas de loza, cojines bordados a punto de cruz y las colchas de superhéroes que habían tenido cierto éxito durante varias temporadas en las ferias. «Siempre he dicho que tú podrías haber estudiado, Rebeca. La FP de decoración se te daría bien», le comentó un día.

Hace muchos años que Margot no piensa en estudiar, ni en ganarse la vida con algo que no sea su oficio, en el que es buena, y ya está. Todavía le queda tiempo en activo, si la cárcel no se lo impide. Los clientes se adaptan a una y si desapareces demasiado tiempo buscan a otra, exactamente igual que en las relaciones sentimentales. Margot espera que su hijo no se ponga a recomendarle estudiar, o montar un estudio de decoración o cualquier cosa de esas, cuando le abra la puerta de su casa y lo invite a entrar con el aroma de un buen guiso en la cocina. No, eso no pasará. Eso es muy de madres, no de hijos.

En la última visita que le hizo a la cárcel, quedaron en que, cuando el permiso, él iría a ver a Margot a su casa del Barrio del Cura. Hoy comienza ese permiso de una semana y este sábado van a ir a comer, él y su mujer. Si le dicen algo a alguien, no hay trato, insistió Margot. A pesar de criarse donde se crió, su hijo no entiende muy bien qué es un destierro gitano. Puede ser que tenga parte de razón y Margot exagere, tantos años después. Pero a ella no se le olvida ni el dolor de los golpes ni la última llamada de su madre, aterrada. Los destierros son de por vida, querido. Pero él, con su vida nueva de sociólogo de la universidad que sabe la teoría pero solo imaginó la práctica cuando supo la historia de su madre, todavía quiere pensar que Margot ya no tiene por qué tener miedo.

«Mamá», le dijo en aquella visita por detrás del cristal, y Margot calló porque no podía creer lo que oía ni lo que veía, con aquel hombre allí sentado, frente a frente, curioso. Lo sintió absolutamente ajeno a ella. Mamá, ¿es verdad todo lo que me contó tu madre? Claro que sí. A esas alturas, Margot no podía dejar de llorar. Allí sentada del otro lado del cristal, como si fuese el espejo de Alicia, las lágrimas le corrían por la cara y se llevaron por delante como un tsunami la máscara de pestañas y el maquillaje compacto, haciendo riachuelos de colorete y llenándole la boca con su sabor salado. Fue muy optimista pintándose así. No quiero que me cuentes nada más, le dijo él.

No sé cómo lo he hecho, mamá, pero conseguí ir sacándole a papá el dinero para la carrera, y aquí me tienes. Hace mucho que he salido de allí, de aquello. En ese momento, Margot pensó que hay muchas formas de ser gitano, y que a ella le había tocado la mala. Pero se alegró mucho, con una alegría inmensa y un orgullo profundo, de que su hijo hubiera sido capaz de lograr que a él le tocase la buena.

En aquel primer encuentro, Margot se juró a sí misma que no lloraría y que no iba a demostrar el más mínimo interés por Isaac, pero no es ella mujer de cumplir juramentos. Lo de las lágrimas es incontrolable, y, en lo otro, la curiosidad le pudo. O quizá lo que la animó a preguntar fue la intuición de que si su hijo estaba allí, eso debía de ser porque algo de justicia divina se había hecho con Isaac y su tropa.

—Solo te lo voy preguntar una vez y no volveré a tocar el tema nunca más, te lo prometo. ¿Qué sabes de tu padre?

Nada interesante. Ningún castigo. Ninguna desgracia. Ni siquiera un pequeño delito que lo llevase a la cárcel. Ni una enfermedad, ni una viudez, ni un disgusto. Margot comprobó con amargura que Isaac y los suyos habían salido triunfales, y eso le dolió como pueden doler las cosas a una puta toxicómana y ladrona que sabe muy bien lo duro que es vivir privada de la libertad desde que era una cría moribunda. Así que Margot pasó página y entendió que las vidas, cuando se escriben solas, no entienden de justicia.

En el fondo, Margot le agradece a su madre que el único acto de valentía de su vida haya sido juntarla con su hijo, un hombre que ha decidido vivir de otra manera.

—Una manera que respetase a las mujeres —siguió contándole su hijo a Margot para relatarle en una hora cómo llegó a estudiar y a vivir en una urbanización, y a no ir a vender bragas a las ferias salvo algunos fines de semana de mucho apuro—. Si pasas de la primaria y empiezas a entender el mundo, te das cuenta de que no es imposible ser como ellos.

—¿Como quién?

—Como los payos, ¿como quién va a ser? Y no es que yo quisiera ser payo, que estoy muy orgulloso de lo que soy, mamá, lo siento. Pero las cosas no son blancas o negras, como cree papá. Qué te voy a contar a ti.

—No tienes que sentirlo. Uno es lo que es. Nosotros no inventamos el crimen, ya ves.

Pero lo cierto es que Margot ha pensado muchas veces, todavía lo piensa ahora, cómo habría sido todo si no fuese gitana y no fuese mujer. Si ella fuese Isaac en lugar de Rebeca. Si no la sacasen de la escuela para casarla y tener hijos tan joven. A Margot no se le escapa, tampoco, que su hijo ha tenido margen por ser hombre, y por primera vez en su vida, allí sentada con el cristal entre ellos, Margot se alegró de haber parido a un hombre y no a una mujer. Si este hijo suyo hubiera sido una niña, seguro que la habrían matado a golpes el mismo día en que casi mataron a Rebeca. Si este hijo hubiera sido una niña, jamás habría estado aquí, del otro lado del cristal, contándole una vida distinta de la que ellos habían pensado para él cuando creían que serían una familia feliz. Si fuese niña, quizá, ni siquiera pensarían una vida para ella.

Mientras prepara la pequeña mochila con ropa para su primer permiso, Margot planifica sus días en libertad. Tiene que ir a ver a sus amigas, por supuesto, ellas son su familia, o por lo menos, lo eran hasta ahora. Serán las primeritas. Además, una de ellas es quien le guarda las llaves. Luego tiene que ir al súper a comprar comida, y sobre todo a planificar el almuerzo con su hijo. Disfruta imaginando cómo va a colocar la mesa, las flores encima del mantel, la vajilla buena que no usaba desde los tiempos mejores con Isabel, esas copas para un vino que comprará porque, de repente, le apetece brindar con una ilusión que no conocía desde hacía muchísimo tiempo.

Y por supuesto, mañana se levantará pronto y recorrerá las calles. Bajará por Torrecedeira hasta las conserveras, y antes quiere desayunar en el Copa Dorada un cruasán con un café con leche y un zumo. Hace siglos que no toma un cruasán recién hecho. Después bajará por la rúa da Paz y, al llegar al fondo, mirará de reojo su acera de Jacinto Benavente, a la que volverá algún día porque es suya y porque es lo que quiere hacer, de lo que quiere vivir, sin tonterías. Pero no es ahí donde querrá ir mañana. Avanzará un poco más hacia el mar y observará los barcos atracados en el puerto para vislumbrar detrás las casas de Cangas y cabo Home. Ojalá que no llueva. Luego, caminará a la izquierda hacia Bouzas, pasando por delante de los astilleros con sus grúas y los barcos grandes con cristales brillantes, y subirá por la Atlántida hasta llegar a Alcabre y allí, un poco antes de ver la playa de Samil vacía, se sentará en la hierba debajo de un pino y pasará un buen rato respirando ese aire de mar, escuchando el ruido de las olas rozando la arena y, sobre todo, mirando las Cíes en el horizonte para sentir que sí, que esta vez también ha logrado salir viva de la cárcel. Ahí permanecerá el resto de la mañana, y si pudiera, pasaría ahí el resto de su vida.

Pero tendrá que volver en algún momento. Un paso por la peluquería para cortar las puntas y depilarse, una copa con algún viejo amigo, y querrá irse pronto a la cama, a disfrutar de un colchón grande y de un despertar sin alarmas ni toques de queda. Margot ya casi no se acuerda de lo que es escuchar el silencio. Y quiere reservar una tarde para ir a Pereiró con unas flores para la tumba de Isabel, y, una vez más, junto a un ciprés bien alto, imaginar allí arrodillada la vida que pudo tener.

Al cerrar la mochila, piensa en la Escritora. ¿Y si se la encuentra? Si eso pasa, quizá sea mejor hacer como que no se conocen.

Cuando le regaló la mochila, Margot creyó entender que era mejor no volver a verse.

—A mí me van a traer una maleta grande para que quepa todo. Seguro que tú le sacas más partido que yo. —Le dio un abrazo.

—Oh, gracias. Me viene muy bien. ¿Qué vas a hacer a partir de ahora?

—Pues lo mismo que hacía antes, espero, aunque nada volverá a ser igual, claro.

¿Qué haría antes la Escritora? Eso sí que no se atrevió a preguntárselo. Margot, de hecho, tiene la sensación de que no tenía un antes de conocerla ni tendrá un después. Como si fuese un producto de la imaginación y de la vida de Margot, o como si todo en la vida de la Escritora dependiese, en realidad, de la existencia o inexistencia de Margot. Si Margot no la imagina, quizá no haya Escritora bajo el mismo cielo de Vigo que supuestamente comparten. Si Margot no se pregunta qué será de ella, es imposible que las dos coincidan. Eso sí, si Margot pudiera, seguramente le pediría que escribiera la historia de su hijo. Esa sí que merece la pena contarse.

Hay internas que le tienen odio a la Escritora por salir tan rápido, pero Margot siempre supo que esa mujer no era carne de cárcel por muy grave que fuese su delito. Tal vez es una tipa con suerte. Para la propia Margot sí tiene sentido la cárcel, o para sor Mercedes, que era un peligro, incluso para Valentina, que ha resultado todo un talento para delinquir. Pero para la gente como la Escritora, este tipo de prisión no aporta gran cosa.

Al final, qué cosas, aquí solo queda ella. Todas se han ido, por una razón o por otra, y Margot se ha quedado como se queda siempre. Ahora mismo, con la mochila de la Escritora a la espalda, es muy consciente de su soledad porque no tiene de quién despedirse.

De un modo u otro, las despedidas todas se le han ido adelantando sin que ella pudiese controlar nada. Primero fue la Escritora, con esa frialdad tan quieta, saludándola con una especie de «hasta siempre» que todavía le daba más aires regios. El caso es que se ha marchado, y Margot cree que nunca volverá a verla.

Después vino sor Mercedes con su suicidio escandaloso e incómodo para tantos: el capellán de la cárcel, que no sabe muy bien cómo explicar que una religiosa se quite la vida; el director, que ya está harto de que le aumente el índice de suicidios como para que ahora empiecen también las pacíficas chicas del módulo de mujeres; Xabier, que cree que es responsabilidad de trabajo social ver venir esas muertes; y el pobre funcionario de turno, que, una vez más, tuvo que dar parte y hacer un informe sobre los hechos.

Siempre miente cuando sale la conversación y no quiere reconocer que ella misma ha pensado un sinfín de veces en suicidarse, pero las formas de hacerlo en la cárcel siempre le han parecido cutres y trabajosas. De hacerlo, Margot aprovecharía un permiso como el que va a disfrutar ahora. Iría a la playa de Coruxo, se descalzaría, se quitaría la ropa lentamente, y se pondría a andar hacia las Cíes hasta que el agua le cubriese el cuerpo y la llenase por dentro y por fuera. Como aquella tal Alfonsina de una canción de la que oyó hablar una vez a la Escritora con una de las colombianas. En realidad, por lo visto, Alfonsina no se había internado lentamente en el mar, como contaba la canción, comentaba la Escritora, sino que se había lanzado desde un alto. Pero Margot caminaría despacio teniendo cuidado de no flotar «para recostarte arrullada en el canto de las caracolas marinas», dice la canción. Y sí, Margot también se iría con su soledad para que una voz antigua de viento y de sal le quebrase el alma. Llegó a tenerlo muy bien planificado, pero ahora se alegra de que vaya a ser una muerte desperdiciada. Aun así, la canción sigue gustándole mucho.

«Mamá», oyó, y dejó de tener sentido internarse en el mar de Vigo. Cuando respondió, dudó de si eso curaría soledades, pero a Margot le dio esperanza. De ilusiones también se sobrevive.

Quizá por eso ahora, al pensar en sor Mercedes, le viene una sonrisa condescendiente. Ella no se suicidaría en la cárcel. Hay que hacer esas cosas en plena libertad, a poder ser en un lugar inmenso, feliz y abierto. Cuando supo del asunto, poco después de decirle adiós a la Escritora, sintió alivio por Laura, que siempre ha llevado muy mal los suicidios y sus desórdenes. Laura, en fin, que también se ha ido. Margot cree que a Laura no le ha gustado comprobar que compartían un pasado hermoso y distante, pero, en fin, ahora le da igual. Le sigue gustando esa mujer, pero hay algo raro en ella.

Margot sabe que nada será igual cuando vuelva del permiso. Hoy todavía deambula por A Lama el fantasma de sor Mercedes, y todavía podría ser que Laura volviese cualquier día después de unas vacaciones, ni siquiera le ha dado tiempo de echar de menos a Valentina. Pero cuando vuelva, ya no quedará nada de lo anterior. Las estancias en la cárcel son así, y Margot, que tiene experiencia de sobra, lo sabe bien. Volverá, y de repente la cárcel será la misma sucesión de días iguales y, al mismo tiempo, un lugar diferente en el que vivir de una manera parecida, pero distinta, pues sus acompañantes y sus guardias serán otras. Sabe que se le hará difícil acostumbrarse a no tener a Valentina continuamente detrás de ella, pero también es cierto que ha tenido tiempo de asumir que su marcha era un hecho. En el fondo, Margot no solo se alegra de que le llegase el traslado porque es lo que quería y lo que necesitaba el pequeño Daniel, sino también de que la distancia ponga un poco de sentido común en la relación entre Valentina y David. Con algo de suerte, no resisten la separación. La maniobra es habilidosa: intentarán casarse, intentarán tener otro hijo, todo para conseguir que los junten, pero por el momento los han separado, y Valentina tendrá que centrarse en recuperar el tiempo perdido con Daniel. Después, ya se verá. Quizá haya una oportunidad para que esta joven grande y bonita que casi enamora a Margot se salve de ser definitivamente una delincuente, y Daniel un hijo sin madre.

Casi no lleva nada en la mochila de la Escritora. Ligera, Margot cruza la galería acompañada de un funcionario. No hay nadie a quien decirle adiós. Las despedidas fueron en otro momento, en otra vida, en esa cárcel anterior a la carta y a la visita. «Mamá.» Y Margot, antes de que le abran la última puerta con su ruido metálico y el olor a calle, piensa en mañana. Piensa en el mar, y en su acera, en la porcelana que hay que limpiar, y en el supermercado, pero sobre todo piensa en la arena y en la playa, en respirar y en mirar las islas Cíes, y detrás, el horizonte. Mañana.

Por un momento el sol la ciega. No se acordaba de cómo era este lugar por el que ya ha entrado y salido unas cuantas veces. «Hasta la semana que viene», le dice dibujando una sonrisa tímida al funcionario que queda tras la puerta. Él también le dedica un gesto amable. Y cuando se dispone a dar el paso hacia delante para buscar un taxi, allí lo ve, junto a un crossover azul marino, cruzado de brazos y sonriéndole. Su hijo le hace un gesto para asegurarse de que lo ve.

—¡Mamá!

Vis a vis

Sor, querida, lo mismo te creías que el celibato y el asco a los hombres te iba a librar de tu propio vis a vis, pero sabías desde el principio que tú ibas a ser la víctima de esta novela. Siempre tiene que morir alguien. Al público le encabronan las muertes, pero en el fondo les encantan. Si no muere nadie, es como si no hubiese historia y a ti ya te estaba tocando. No es nada personal, Mercedes, solo eres un personaje que cometió un sinfín de delitos amparándose en la línea directa con la moral de Dios y eso no me gusta. Aun así, tenías derecho a un encuentro previo con la muerte.

Tu vis a vis con la muerte en el hospital te convirtió definitivamente en una moribunda. No es que te descubriesen algo terrible. Tú, en el fondo, querías tener un cáncer, un lupus o algo lo suficientemente grave para conseguir dar pena, tú que desde que eras niña nunca has sabido qué es esa clase de proximidad cariñosa. Las clarisas no eran precisamente empáticas. Y después el hábito siempre te dio ese punto de distancia que evita las caricias. Quizá un hombre podría haber resuelto eso, pero he ahí tu asco que impidió que incluso tuviesen pena y conmiseración por ti. Nada. Ingresaste con una neumonía que, efectivamente, podría haberte mandado al otro barrio, pero ya sabían que te ibas a curar. Y sumar tu pinta de monja de la dictadura, como bien imaginabas tú, a tus delitos, no ha ayudado nada a que te mimasen en el hospital en esos quince días en los que simplemente te curaron.

Cuando la muerte entró en tu habitación, viste por fin una cara amiga.

No llevaba una túnica negra y una guadaña. La habitación se quedó fría, bajó la luz, y tú te despertaste de este sueño poco profundo que causan los medicamentos. Te sorprendió que estuviese allí sentada tan tranquila, en la silla al pie de la cama, como si el guardia de la puerta fuese a tomar un bocata y se quedase ella cuidándote. Incluso tenía un aire maternal. Cuando abriste los ojos, no te cupo duda alguna de quién era, y tuviste algo de miedo.

—Todavía es pronto.

—Ya lo sé. No vengo a por ti ahora mismo.

—Ah. Entonces, ¿cuándo?

—No, Mercedes. Ese trabajo vas a tener que hacerlo tú por mí.

—¿Cómo?

—Sabes perfectamente cuál es la muerte que te toca.

—Déjame morir enferma, por favor.

La muerte sacudió la cabeza y, ciertamente, te diste cuenta por fin de que Dios se había desentendido definitivamente de ti.

Fue la única visita que tuviste en los últimos tiempos y, por supuesto, fue la única de tu vida sin el cristal de por medio. La muerte rubia que se sentó a tu lado para cogerte la mano durante la enfermedad te dio un abrazo y te besó en la cara, tan cerca como un vis a vis, para decirte adiós. Pero, claro, Mercedes, en tu estilo, tuviste que cuestionarla, y entonces convertiste la visita en vis a vis. Ya lo dice el diccionario: cara a cara, así que vas tú y te encaras con la muerte. Hay que ver.

¿A quién se le ocurre decirle a la muerte «¿Como qué?», como si fuese una niña pequeña a la que tienes que hacer entrar en razón.

—¿Como qué? Dios no puede desentenderse de mí.

—Eso, Mercedes, es algo que tendréis que solucionar entre vosotros dos, yo solo cumplo órdenes.

Debes de ser una de las pocas personas en este mundo que se atreve a coger a la muerte por la mano y tirar de ella para obligarla a hacer su trabajo. Sí, está el viejo de ese cuento que a mí tanto me gusta, que decía «¡Muerte, entra en el saco!» condenando a no morir a tantísimos ancianos, pero eso es sabiduría popular, no la realidad que contamos nosotros. Así que fuiste tú, sujetaste a la muerte por la muñeca, ya que no eras capaz de sujetarla por el cuello, y quisiste ponerla en su sitio. Pero la muerte te salió respondona.

—Está decidido que lo hagas tú. Y mejor rápido.

—¿Ah, sí? ¿Y se puede saber quién lo ha decidido? Ya sabes que Dios no es partidario de estas cosas…

—De hecho, no ha sido Dios.

Pero se calló el resto. Y con la misma, se estiró la falda, se levantó, te dio ese par de palmaditas condescendientes en la mano que tanto te incomodaron, te miró con pena y se marchó.

Lo mismo en el primer momento pensaste que fue un sueño, pero las dos sabemos que fue real como la vida misma. Has hecho bien. Y te agradezco que no le hayas puesto más pegas. De verdad. Es lo que tenías que hacer, y efectivamente, no fue cosa de Dios, ¿verdad? Ya lo sabemos las dos.

La bola

Fin.

Ya está. ¿Contento?

La he escrito. Pero que exista esta sarta de historias y memorias no tiene nada que ver con que sea una novela, mucho menos que sea buena, así que técnicamente acabo de demostrarte, amor, que me he quedado sin talento.

C'est fini. Yo he cumplido escribiendo todos estos días iguales, así que ahora cumple tú y vive más que yo. Si vives porque escribo, debes saber que no puedo más, así que morirás pronto si eso depende de mí. Yo no soy Sherezade, tengo un límite. Ya se me habían acabado las historias antes de casarme contigo y ahora, para salvarte, he agotado el último cartucho, el de las escritoras mediocres que cuentan su vida. No me queda nada, así que si vas a morir antes que yo, tendré que matarme para evitarlo.

Puedo hacer como mi prima. Voy, me tiro de una torre, y fin de la historia. Eso sí que sería un final, aunque tendría que escribirlo otro, y nunca he sido partidaria de manos ajenas en mi obra, por mala que sea.

Muchas veces he intentado imaginar cómo serían para ella esos segundos durante la caída. ¿Qué ves cuando estás cayendo y sabes que vas a morir? ¿Cierras los ojos? ¿Ahogas el grito o eres incapaz de callarte? ¿Piensas en alguien o sigues pensando en tu desgracia? ¿Verdad que tú tampoco lo habías pensado nunca, amor? Nunca llegué a saber si ella también era bipolar, si iba al psiquiatra o si alguna vez también intentó matar a alguien. De haberlo hecho, puede ser que lo consiguiese, y que lograra el crimen perfecto del que nunca más se supo. No sé si creía en Dios, si estaba enfadada con el mundo, si simplemente la rodeaba una tristeza infinita o si guardaba un secreto que también se estrelló con ella en el suelo. Ni siquiera sé si el tío Pepe también lo intentó con ella. Solo sé que un día saltó, y punto. Fin. Y así, con ese gesto doloroso y el ruido sordo de los cuerpos que caen desde muy alto, logró vivir para siempre en mí.

Son los familiares quienes verdaderamente sufren las condenas de los presos. Ellos no han cometido ningún delito. En mi caso, ya ves, mis padres se quedaron en el camino por culpa de mi crimen inacabado, y antes sufrieron como si fuese una condena bíblica lo que yo jamás querría que sufriesen.

Por suerte, muy poca gente llegó a saber verdaderamente que yo estaba allí. Casi nadie. El delito se quedó en familia y el tiempo que estuve presa podría haberlo pasado perfectamente escribiendo en alguna ciudad lejana. La prueba es que Ismael cree que, efectivamente, fue así, y como él todo el mundo; solo que de esa supuesta estancia no ha salido ninguna novela.

Por cierto, si tienes la tentación de decirme que está sin terminar, aviso de que es así. Una no lleva toda la vida escribiendo novelas para después resolverlas al estilo convencional. Aunque en los libros de historia de la literatura salgo en el capítulo de «Narrativa de mujer. Siglo XXI», yo, en realidad, he estado siempre en el lado de la literatura experimental. Es lo que tiene ser mujer, que, hablando de literatura y de cárceles, ya no puedes ser otra cosa. En la cárcel las damas no accedemos a módulos de respeto, de hombres o de enfermos mentales, a no ser que seamos madres, como Valentina, y tengamos la suerte de que nos manden a una unidad de madres, como si lo único que pudiese distinguir a una indeseable de una mujer de verdad fuese la maternidad. Y en la literatura igual. El día que se inventen la etiqueta de «Literatura de madres», la fastidiamos.

Resumiendo, soy mujer, fui escritora, tuve una hija y viví un tiempo en la cárcel. ¿Qué aprendí?

Oír, ver y callar. Oír, ver y callar. Oír, ver y callar. Y de repente, te encuentras sobreviviendo. Te levantas, más que nada porque te obligan, y te preguntas cómo vas a sobrevivir. Pero pasa media mañana, y sobrevives; pasa medio día, y sobrevives; pasa media tarde, y sobrevives. Llegas a la noche y has sobrevivido, y así un día y otro, y otro, un sinfín de días iguales que vas contando y que solo se distinguen entre sí porque cada jornada es una menos. Al principio, es un día menos para volver con los tuyos. Después, cuando a los tuyos ya los ha eliminado el tiempo, o la distancia, o la casualidad, o el cansancio, cada día es un día menos para comprobar si sabrás aprovechar la vida en libertad cuando te llegue el momento.

Al salir, me sentí aprisionada en un mar de posibilidades que, así de golpe, aturdían. La cárcel tiene una cosa buena: que te obliga a una vida tan metódica y organizada que no tienes que decidir nada de lo que tienes que hacer. Bien mirado, incluso es cómodo. Mal mirado, es una forma más de anularte como persona, que es lo que necesitas cuando, supuestamente, tienes un brote bipolar que te lleva a intentar matar a tu tío violador. Por eso, el día que salí me quedé paralizada en la puerta de la prisión. No podía respirar más allá de la garganta. Porque durante todos los días de tiempo asquerosamente libre que tuve allí dentro, nunca se me ocurrió pensar en el día después. Le escribí al juez en un papel veinte mil ideas y actividades posibles, haciendo alarde de todo el talento literario del que fui capaz, y, efectivamente, logré que me diese el tercer grado. Pero en la práctica, fuera del papel, no podía imaginarme en la calle. No después del delito, no después de la locura, no después de los cientos de pastillas y de las noches de insomnio. No podía imaginarme un después. Y esa es la explicación de que no fuese capaz de escribir nunca más. Pero salí igual. Y la calle, la casa, los libros, los armarios de la cocina, la radio, la ropa, los botes de cosméticos, las plantas, las alfombras, todo seguía siendo lo mismo, mientras que yo era diferente. Y eso, amor, es insoportable.

Insoportable.

Supongo que si yo fuese Margot, sabiendo que volvería a la cárcel tarde o temprano, podría retomar mi vida justo donde la dejé, incluso si fuese Valentina, que en realidad no tenía vida anterior. Pero mi caso es más el de sor Mercedes, y como las pastillas mantenían a raya mis instintos suicidas, tuve que salir, soportar la ansiedad, la angustia y la parálisis, y aprender a vivir otra vez como esta mujer que, contra toda estadística, ha estado en la cárcel a pesar de tener talento artístico, dinero, estudios y una infancia que otros consideran normal.

Pues eso, mi amor, que aquel día salí, respiré, agarré del brazo a mi hermano, y me metí en el coche tratando de obviar que en algún punto de la misma carretera por la que avanzábamos yacían las almas de mis padres pegadas en el asfalto. Y llegamos a su casa, donde me esperaba una habitación con algunos de mis libros, algo de mi ropa, mi ordenador portátil y una mesa que parecía invitarme a describir mi experiencia. Y, con mi pulsera telemática en el brazo izquierdo, refunfuñándole a la mesa, al ordenador, a los cuadernos que recuperé en mi casa al día siguiente y a todas esas cosas que me ataban a alguien que yo ya no era, fue como pude ir construyendo una nueva persona, esa que tú conociste mucho después de habernos visto por primera vez en aquel club de lectura, y poco después de que tu espíritu vivo viniese a verme a la cárcel.

Cuando volví a verte, supe que tú ibas a salvarme. Dirás lo que quieras, mi amor, pero yo creo que eso también vale como razón para enamorarse.

En mi último día en la cárcel las horas pasaron despacio y hubo en ellas algo de ralentí. Cuando te vas a marchar, se mezcla la impaciencia con la sensación de que no te va a dar tiempo de recoger y despedirte, con el deseo de huir cuanto antes y también con la voluntad secreta de quedarte para que nada cambie, porque, en el fondo, ya te has acostumbrado a estar allí. Me despedí de quien me tenía que despedir, pero, curiosamente, no tuve una sensación de adiós definitivo. Por eso me marché sin mirar atrás, aunque supe que esas mujeres a las que dije adiós estarían ahí siempre. Solo vi en ellas unos espectros de mi imaginación que me recordarían siempre que sería imposible librarme de la pesadilla de la cárcel.

Lo mío se fue reconstruyendo de a poco. Primero el tercer grado, después la condicional, viviendo de rentas económicas y emocionales, hasta que llegaste tú.

Esa parte ya la sabes.

Ha pasado el tiempo y la libertad condicional me ha dejado en el cuerpo esa idea de vivir como si. Como si fuese otra, cuando yo soy, en realidad, una homicida en grado de tentativa inacabada. Como si no fuese una loca. Como si pudiese vivir sin el amor provocador de Ismael. Como si fuese capaz de escribir novelas como antes. Pero no. Mi secreto está agazapado en mi interior, amenazando con descubrir toda la verdad.

En la cárcel, a la libertad la llaman la bola, como si fuese un balón que rueda por las galerías y por los patios, debajo del cielo y de las nubes y que va tocando a todo el mundo tarde o temprano. A mí me llegó la bola un día que debiera haber sido, quizá, el más feliz de mi vida, pero en realidad no lo fue. La bola se me llevó por delante arrasando con todo mi ser, y dejó en el suelo de la cárcel, en los raíles de las puertas enrejadas y en los escalones de las galerías, restos míos que no volverán y que permanecen allí para siempre, como los fantasmas de las internas muertas y como el recuerdo de las que se van para volver dentro de poco. La bola se me metió dentro como una bala y volvió a salir dejándome el cuerpo lleno de agujeros.

Pero tú y nuestra hija habéis ido tapándolos todos. Excepto uno, ese que queda abierto mientras lees mi última historia y que, en realidad, no se cierra con el silencio. Y aquí lo tienes, plantado en mi cuerpo, el agujero por el que se me escapa la vida de tanto quererte, de quereros, vaciándome de todo lo que me quedaba por hacer antes de morir yo o matarte.

Ya que has sobrevivido, amor, hazme el favor de cargar tú con mi historia última. Así yo, por fin, podré dormir en paz.

Agradecimientos

Gracias. A Xose A. López Silva y a Raquel Rodríguez Parada por estar conmigo y tan cerca en la versión castellana del texto. A Breixo, a Benigno y a Miguel, que me han hablado de sus vidas en la cárcel y de sus delitos. A Tito Asorey, por presentarme a Breixo. A Carlos Olbés y al personal del centro penitenciario de A Lama. A Raúl Francés, por permitirme conocer a las comunidades gitanas. Y a Lola López Castro, que un domingo lluvioso de café me explicó el día a día de la cárcel con la pasión de quien ama su oficio.

Índice